W0278310

COLLECTION FOLIO

Santiago H. Amigorena

Le premier exil

P.O.L

© *P.O.L éditeur, 2021.*

Né à Buenos Aires en 1962, Santiago H. Amigorena vit en France et publie en 1998 son premier livre, *Une enfance laconique*, aux Éditions P.O.L. Depuis 1998, il écrit un projet littéraire intitulé *Le dernier livre. Le ghetto intérieur*, paru en 2019, a rencontré un très grand succès critique, a été récompensé par plusieurs prix littéraires et traduit dans le monde entier.

I

Trois mois après notre installation à Montevideo, nous sommes retournés à Buenos Aires pour quelques jours. El abuelo Zeide, mon arrière-grand-père maternel, avait appelé lui-même ma mère pour la prévenir qu'il allait mourir. Juif du bout des doigts, cet animal robuste qui naquit dans un shtetl près de Kiev l'année où Lewis Carroll publiait *Les Aventures d'Alice au pays des merveilles*, cet adolescent fougueux qui aima à la folie une jeune fille de Tresorukovo qu'il fut forcé d'abandonner gelée sur la steppe infinie, cette loutre lymphatique qui traversa le Dniepr à la nage en plein hiver pour fuir en Amérique du Sud – cette loutre qui à la fin de sa vie était aussi silencieuse que la loutre graphomane qui vous entretient ici, à présent, à grands coups de queue imprégnée d'encre –, avait passé les dernières années de sa trépidante vie paresseusement installé dans la salle sombre d'un cinéma de l'Once une bouteille d'alcool pur à portée de la main. Au téléphone, comme ma mère lui avait demandé pourquoi il pensait qu'il allait mourir, il avait répondu, simplement :

— Je suis fatigué.

Nous sommes partis de Montevideo le soir même. Le *Vapor de la Carrera*, le ferry qui reliait les deux villes, nous déposa au port de Buenos Aires à l'aube ; et nous allâmes, mon père, mon frère, ma mère et moi, directement à cette grande maison qu'on appelait « La Fábrica » et qui, en réalité, se trouvait collée à la vraie fabrique où quelques cousins lointains, ayant réussi à échapper à la fatalité intellectuelle de la génération de mes parents, fabriquaient encore des meubles en bois.

El abuelo Zeide était alité. Il nous accueillit d'un faible sourire. En entrant dans la chambre, pendant quelques secondes, du haut de mes six ans, je regardai fixement le parchemin de son visage centenaire, puis, sans un mot, nous nous assîmes parmi les autres membres de la famille. C'était très beau : pour une fois, comme moi, tout le monde gardait le silence. Même Gon, mon cousin aux deux kilos trois précoces, l'interprète loquace de mon mutisme durant les premières années de ma vie, ne prononçait pas le moindre mot.

Mon arrière-grand-père toussota et commença à parler tout doucement. Il confia les dispositions qu'il avait prises pour son enterrement et dit à chacun ce qu'il voulait qu'il gardât de lui. Il parla longtemps et je me rappelle avoir trouvé tout ça fascinant – et un peu ennuyeux à la fois. Lorsqu'il eut fini de parler, il fit le tour de l'assemblée du regard, posant ses yeux sur chacun de ses enfants, sur chacun de ses petits-enfants et sur chacun de ses arrière-petits-enfants pendant un long moment, comme s'il avait souhaité se souvenir de chacun de nos visages. Puis il porta sa main à sa bouche et il toucha la salive qui s'était accumulée à la commissure de ses lèvres. Étonné par la présence de ce liquide visqueux sur son visage, il leva un peu plus sa main. Pendant un instant infini, son regard prit une expression exsangue, comme s'il ne parvenait plus à voir cette main qui se trouvait devant ses yeux. Cela le fit sourire. Et il dit, sans plus s'adresser à personne d'autre qu'à lui-même :

— Que raro, ni siquiera duele.

C'est bizarre, ça ne fait même pas mal. Ce furent ses derniers mots. Il abaissa sa main, la plaça lentement sur le drap et ferma les yeux. Il respira une fois. Il expira une fois. Sa respiration était lourde. Il expira une fois. Il respira une fois. Sa respiration était lourde et rauque, sonore. Il respira. Une fois. Il – expira. Une fois. Encore. Il. Il res. Il respira. Une – fois. Il ex. Pira une. Fois. Puis. – Puis un temps. Silencieux. Un temps lourd et long. Puis il expira encore. Une longue longue expiration. Une expiration longue et lourde et grave. Une expiration plus longue et plus lourde et plus grave que toutes les autres.

Je regardais fixement son visage. Je regardais – et j'attendais. Tout le monde attendait. Tout le monde attendait – et il n'y avait plus rien à attendre.

C'était une douce journée d'automne. Il avait cent quatre ans. Je me tournai vers ma mère et lui dis :

— ¿Me morí?

J'avais voulu demander s'il était mort mais j'avais demandé : *Je suis mort ?* Une erreur enfantine à laquelle ma mère ne prêta pas attention. Elle fit oui de la tête et se tourna pour cacher ses larmes.

Mon père m'entraîna avec mon frère hors de la chambre et nous passâmes la fin de l'après-midi entre cousins – cousins germains et lointains cousins-meubles-en-bois –, profitant de l'agitation fébrile des adultes pour jouer au football comme si de rien n'était.

Entre deux buts seulement, prenant fugacement conscience du contraste entre notre pépiement d'enfants et la *terre silencieuse* qu'abordait notre arrière-grand-père, pendant un court instant, j'ai dédaigné le ballon et j'ai tourné les yeux vers l'abuela Rosita, ma grand-mère, prostrée dans le salon. Je la regardais pleurer, el abuelo Vicente à ses côtés, silencieux comme il l'était toujours, et une pensée me traversa l'esprit : je songeai que je devais aller raconter à mon arrière-grand-père que sa fille était en larmes, qu'elle avait besoin de lui.

Avant de faire le moindre mouvement, je me rappelai qu'il était mort.

Il est étrange de ne plus habiter la terre, de ne plus exercer des usages à peine appris, de ne plus accorder aux roses et à tant d'autres choses, pleines de leurs propres promesses, le sens d'un avenir humain, de ne plus être ce que l'on fut dans des mains infiniment craintives...

Je ne me souviens pas de la soirée qui a suivi sa mort, je ne me souviens pas du dîner, mais je me souviens du réveil, le lendemain, comme si ce court séjour à Buenos Aires il y a cinquante ans avait eu lieu la semaine dernière. J'avais rêvé qu'el abuelo Zeide était mort et que je criais et le secouais pour essayer de lui dire que non seulement sa fille mais tout le monde – et surtout ma mère – étaient désespérés qu'il s'en fût allé. Je m'étais réveillé en sursaut et, comme il m'arrivait si souvent enfant après mes cauchemars, je m'étais levé de mon lit aussitôt. J'étais sorti de la chambre qui donnait directement sur une cour intérieure et j'avais découvert la Fábrica sous un jour nouveau : comme si au cours de la nuit elle s'était exilée sur les bords de la Liffey, elle s'étalait, *indécise*, dans la brume. Surpris, au lieu de courir vers la chambre où dormaient mes parents, j'étais allé dans celle où reposait mon arrière-grand-père. Je n'avais pas fait de cauchemar : il était là, inerte. Je regardais son visage déjà pâle, ses grandes mains grises, son corps immobile. La chambre était plongée dans la pénombre, mais je n'étais pas effrayé. Je m'approchais et le regardais encore. Je regardais sa bouche entrouverte. Je regardais ses dents dans les caries desquelles se poursuivrait peut-être *le minutieux cheminement de la mort.* Je le regardais, mais je n'osais le toucher. J'approchai ma main de la sienne pour l'effleurer, mais je n'osai pas l'effleurer.

Tout ange est d'angoisse. À ses côtés, sur la petite table de chevet, il y avait un livre ouvert. À côté du livre était posé un crayon à papier. Je sortis de la chambre et commençai à pleurer. Confusément, je sentais qu'une nouvelle espèce de cauchemar avait commencé dans cette chambre sombre, une forme de cauchemar que je ne connaissais pas encore mais que je ne connaîtrais que trop, un genre alors pour moi nouveau qui se caractérise par l'absence d'éveil, qui se distingue par ce seul défaut, par cette unique carence : ce sont des cauchemars qui n'ont pas de fin.

Il est beau que l'homme ait tant de peine à se convaincre de la mort de ce qu'il aime, et nul sans doute ne se rendit jamais sur la tombe d'un ami sans un léger espoir de l'y rencontrer vivant. Oui, la mort a ceci d'irrémédiablement beau et terrifiant à la fois : en ouvrant une nouvelle ère de notre existence, celle de l'absence de l'être cher et disparu, elle débute un cauchemar, ou une série de cauchemars plutôt, et les débute de telle sorte qu'on croit constamment que d'un moment à l'autre on va se réveiller – et que la mort n'aura pas eu lieu.

Bien sûr, je ne savais pas encore que le temps caresse la mémoire et que l'oubli atténue le manque, apaisant la première morsure de la disparition, mais je n'allais pas tarder à me rendre compte qu'on n'est jamais certain, après avoir perdu quelqu'un qu'on aime, comme après avoir perdu une partie de soi, que le cauchemar est vraiment fini : il est tellement plus simple d'oublier l'instant où quelqu'un est mort que d'oublier tout ce temps où il a vécu !

Ya no hay más muertes bellas.

Il a été un temps où les habitants de la Ville et des Terres n'attendaient rien de ce qui venait après la mort. Lorsqu'ils mouraient, ils mouraient. Je ne sais pas si Mopi, l'aîné de mes cousins, a pensé à notre arrière-grand-père en écrivant ces mots quelques dizaines d'années plus tard. *Il n'y a plus de belles morts.* Y en a-t-il jamais eu ? Existe-t-il de belles morts en dehors de la littérature ? Comment une mort pourrait-elle être belle ? Pourquoi, pour qui le pourrait-elle ?

La mort est en un sens vulgaire inévitable, mais en un sens profond, inaccessible. L'animal l'ignore bien qu'elle rejette l'homme dans l'animalité. L'homme idéal incarnant la raison lui demeure étranger : l'animalité d'un dieu est essentielle à sa nature ; en même temps sale (malodorante) et sacrée.

Il faut être un dieu pour mourir.

Nous sommes retournés à Montevideo quelques jours plus tard. En quittant Buenos

Aires au début de l'été pour venir nous y installer, mes parents avaient réussi à déguiser notre exil en vacances. Comme pour tant d'Argentins, l'Uruguay était notre destination estivale habituelle et si cette fois-ci nous n'avions pas continué notre route au-delà de Montevideo pour nous rendre dans l'une de ces stations balnéaires où nous avions passé quelques étés anciens et où nous passerions tant d'étés à venir – La Floresta, Piriâpolis, Punta Ballena, Punta del Este, Manantiales, La Coronilla –, nous nous étions installés dans un premier temps, comme si le destin de ce petit pays fût d'inévitablement devenir un lieu de vacances, à l'extrême est de la capitale, dans le quartier de Carrasco où la ville se confond déjà avec la plage.

Pourtant, cet été-là, ce n'était guère l'appel des vagues qui nous avait fait quitter Buenos Aires. Le coup d'État du général Juan Carlos Ongania avait porté à la tête de l'Argentine une idéologie libérale, nationale-catholique et anticommuniste, qui s'était distinguée, un mois à peine après avoir pris le pouvoir, par une attaque féroce à l'Université de Buenos Aires. Au cours de cette nuit, qu'on devait nommer plus tard la *Nuit des Longs Bâtons,* la police avait forcé les universitaires à quitter la faculté en leur hurlant dessus « Communistes ! », « Fils de pute ! », « Juifs de merde ! » et d'autres insultes illettrées. Puis on les avait obligés à passer entre une double rangée de policiers qui avaient roué de coups de bâton et de crosses de fusil les hommes et tripoté grossièrement les femmes. Cela n'avait pas été seulement une opération préméditée : le pouvoir militaire s'en était ensuite enorgueilli en rendant publiques les photos des universitaires humiliés et en décrivant l'université elle-même comme un « antre de communistes » et un lieu dangereux « où l'on faisait circuler du savoir ». Lorsqu'il fut questionné, l'officier qui mena l'attaque résuma la situation en une phrase courte et définitive : « L'autorité est au-dessus de la science. »

Il y avait, dans cette manière explicitement fasciste de s'attaquer non seulement à la jeunesse, non seulement aux étudiants, mais à la pensée, aux penseurs – quel que fût leur âge, quelles que fussent leurs opinions politiques –, une violence nouvelle qui fit fuir d'Argentine des centaines et de centaines de professeurs.

Pour des raisons différentes et semblables à la fois, le gouvernement d'Ongania interdit aux psychanalystes d'exercer leur métier s'ils n'étaient pas diplômés de l'École de Médecine. Mon père venait d'être nommé professeur de psychologie à l'Université de Rosario ; ma mère et lui exerçaient tous deux comme psychanalystes sans être médecins. Autant dire que le chemin de l'exil nous ouvrait grand ses bras. Et l'Uruguay, alors, n'était pas seulement l'éternelle promesse d'un temps vacant, suspendu, qu'il est encore de nos jours, c'était aussi, comme la Suisse le fut en Europe, un petit havre de démocratie égaré dans un continent que le feu et le sang commençaient de dévorer de toutes parts : lorsque nous sommes partis d'Argentine, le Brésil et le Paraguay vivaient déjà sous des dictatures militaires et le Che venait d'être assassiné en Bolivie. L'apathie de Montevideo, pendant quelque temps, allait nous permettre de l'ignorer, mais la page la plus sombre de l'histoire du continent sud-américain s'ouvrait déjà sous nos yeux.

Ce premier été du premier exil est passé comme passent tous les étés de la jeunesse : beaucoup trop vite. La maison où nous nous sommes installés se trouvait rue de la Divine Comédie, à quelques dizaines de mètres de la mer, et lorsque je ne jouais pas avec mon frère, j'allais avec mon chien, Celeste, inspecter ces rochers magnétiques qui marquent la fin de la plage de Carrasco et le début de celle de Punta Gorda. Montaigne dit que la compagnie d'un chien connu vaut mieux que celle d'un homme *dont on ignore la langue.* Que dire de Celeste, ce cocker noir comme l'encre que mes parents m'avaient offert peu avant que nous quittassions Buenos Aires et qui ne m'était pas seulement connu mais qui parlait la même langue que moi ? De même que la douce compagnie de mon frère devait me permettre de survivre, six ans plus tard, à la douleur amère de l'exil d'Uruguay en France, la douce compagnie de Celeste me permit de ne point trop souffrir celle du premier exil d'Argentine en Uruguay.

Comme de tant d'événements et de détails de

cet âge perdu, je ne saurais dire aujourd'hui au juste les raisons de la fascination qu'exerçaient sur moi ces rochers qui, sur toutes les plages d'Uruguay, longues de quelques centaines de mètres ou de quelques dizaines de kilomètres, délimitent leur début et leur fin – mais leur souvenir n'a jamais quitté tout à fait mon âme, ni mon corps. Et comme je réentends aujourd'hui en écrivant ma voix d'enfant – cette voix si rare, cette voix que je gardais toute la journée, jour après jour, enchaînée tout au fond de l'obscur cachot de mon ventre – proposer à Celeste : « *¿Vamos a las rocas?* », et comme je l'entends me répondre en aboyant : « Oui, oui, allons aux rochers ! », ce n'est pas seulement l'air et le vent et le sable et l'eau couleur crinière-de-lion du fleuve colossal, ni la noire excitation et les noirs aboiements de joie de mon chien qui renaissent devant mes yeux, c'est la sensation absolue, purement physique, d'habiter le corps tendre et fragile de l'enfant que j'étais alors qui remplace celle d'habiter le corps vieilli, et souffreteux, où je vis à présent.

La mer et la mort se ressemblent : peu de choses nous attirent davantage. Et ce n'est pas par hasard que lorsqu'on prononce ces deux noms un troisième nom nous revient inévitablement en mémoire : mémoire. Si le langage a été donné à l'homme pour qu'*il témoigne avoir hérité ce qu'il est*, c'est la mer, l'océan, l'inlassable mouvement d'approche et de retrait des vagues *qui ôte et donne à la fois*, qui lui permet, ou le contraint, en formant cette constellation divine où les instants passés deviennent lisibles grâce aux moments du présent, de s'en souvenir sans cesse. Oui, la mémoire ressemble à la neige, dont elle parodie l'accumulation glaciale, et au sable, qui façonne les dunes mouvantes des déserts – mais elle ressemble à l'océan bien davantage.

Dans ces rochers épars qui émergeaient du sable en Uruguay, comme plus tard dans les étendues infinies que découvrent les marées basses dans le nord de la France, l'enfant que j'étais espérait trouver l'immense coquillage, le poisson magnifique ou quelque monstre marin demeuré prisonnier dans une flaque, qui lui dévoileraient les mystères du fond de l'océan. Et malgré un coquillage immense trouvé dans le sable de La Coronilla, malgré les poissons magnifiques pêchés au port de Montevideo ou depuis les plages de Punta del Este, malgré ce monstre marin que nous devions encercler quelques étés plus tard dans les ondes de Punta Ballena, comme si l'important ne fût surtout pas d'éclaircir ces mystères, pendant les six années que nous allions passer en Uruguay, vivant jour après jour au bord de l'eau, jamais je ne cesserai d'aller inspecter les rochers.

Je suis fils de l'homme et de la femme, d'après ce qu'on m'a dit. Ça m'étonne… je croyais être davantage ! Moi, si cela avait pu dépendre de ma volonté, j'aurais voulu être plutôt le fils du tigre et de la femelle du requin. Comme n'importe quel gamin de Montevideo, depuis la Rambla, cette large avenue qui longe la grève, je tournais souvent mon regard innocent vers l'horizon marin où se confondait le double firmament de la mer et du ciel. Sentais-je déjà, enfant, que la passion pour la mer ne s'arrêterait jamais ? que semblable à celle de Tiepolo pour le ciel elle me ferait tourner sans cesse mon regard adulte vers *l'azur partout répandu* ? Comme tous les hommes je suis un enfant de la mer, et bien que ce fût à Buenos Aires, c'est à Montevideo que je suis né.

On ment plus qu'il ne faut
par manque de fantaisie :
la vérité s'invente aussi.

De ce premier été pourtant, comme j'écrivais, si la mémoire hésite, trépigne, piaffe, radote, faisant apparaître et réapparaître, et disparaître et réapparaître encore, ces promenades sur la plage en compagnie de Celeste, à part le douloureux souvenir d'un immonde canon en plastique rouge que mes parents m'ont offert pour mon anniversaire de six ans, je peine à retrouver d'autres instants ; et seule la sensation, si singulière, d'émigrer dans un autre corps (ou plutôt dans le corps d'un autre moi) demeure.

— Vous êtes un rat énorme, une cochonne noire. Vous êtes un gros crapaud poisseux. Vous êtes une seiche, une grosse tache d'encre. Vous êtes la bête la plus sombre de la création !

Je ne sais pas pourquoi, âgé de six ans, je

vouvoyais mon chien. Pas plus que je ne sais, après Celeste, pourquoi j'ai vouvoyé Vilaine, saint Bernard de Cîteaux, puis Gata, et enfin Gatita que je vouvoie encore aujourd'hui. Et je sais encore moins pourquoi, après mon cocker noir, des êtres vivants qui m'entourent, ç'a toujours été à mes chats que j'ai le plus parlé.

— Moi aussi je peux pencher la tête et vous regarder dans les yeux la larme à l'œil.

— Wouf ! Wouf !

— À rien ne sert de crier, ma chère bête sombre. Il n'y a que moi, vous savez bien, qui peux vous comprendre en ce monde.

Lorsque mes parents, peu avant de quitter Buenos Aires, m'avaient offert ce cocker noir, j'avais suggéré qu'on l'appelât Negrita – mais ma mère me convainquit que c'était impossible : d'une part, Negrita, dans le cas de Celeste, aurait été, plus qu'un nom propre, un substantif ; d'autre part, c'était le surnom que portait ma nounou. Comme s'il fût impossible de faire confiance aux mots, ou comme s'il fût plus important de rendre hommage à Proust que d'éprouver de la pitié pour les daltoniens, mon père la nomma Celeste. Voulant forger mon destin d'écrivain, il préféra, au prénom de ma nounou, lui attribuer le prénom de la nounou d'un autre – cet Autre, Marcel, dont je ne cesserais jamais de suivre les pas, pastichant jusqu'à ses pastiches, avide de devenir l'ombre de son ombre, l'ombre de sa main, *l'ombre de son chien.*

Faut-il nommer les choses ? Peut-on ainsi

donner un peu de monde à ce, ou à ceux, comme les animaux, qui toujours en manquent ? Un nom qu'on donne est-il un don ou un vol, est-il une offre ou une demande – est-il *une offrande* ? Plus tard, ne souhaitant pas imposer à mes enfants d'autre destin littéraire que celui d'avaler quelques livres, je les laisserai – pour nous rassurer quant à la confiance qu'on peut faire aux mots, c'est-à-dire comme s'il était probable *qu'il s'accroche toujours un peu de choses en soi* à leurs basques – nommer les deux chats qui vivaient avec nous à leur naissance Gato et Gata, et leur premier chaton Gatita.

Plus loin sur la rue de la Divine Comédie, à une centaine de mètres de chez nous, il y avait une villa fastueuse dont nous allions régulièrement, avec mon frère, contempler le parc où vivaient, enclos, des cochons et des lamas, des hyènes et des tortues, des paons et des autruches, et un zèbre et un léopard qui fascinaient nos regards enfantins. Ce n'était pas un zoo ouvert au public, mais une mystérieuse propriété privée, qui occupait un pâté de maisons entier, et appartenait à un homme seul que nous n'avons jamais vu sortir ou entrer *de à* chez lui (si vous me permettez une larme d'écriture inclusive) que dans une Rolls-Royce conduite par un chauffeur en livrée.

> *… et voici : sauvage à la fin d'un jour qu'apparut*
> *La rive sauvage par-dessus la grève de la mer infinie…*

Cette énigmatique Suisse de l'Amérique latine qu'est l'Uruguay est séparée en trois parties bien distinctes : l'intérieur du pays (que je ne devais jamais connaître) ; la côte fluviale, dévorée par la jungle, qui borde les provinces argentines de Corrientes et Entre Ríos (que je connais à peine) ; et la côte océanique qui remonte jusqu'au Brésil (que je connais, et qui me connaît, comme si nous nous étions faits). Géographiquement parlant – puisque le propre de la géographie est aussi d'être politique et d'établir des frontières –, l'océan stricto sensu ne commence qu'à Punta del Este, c'est-à-dire cent trente kilomètres au-delà de Montevideo. À Carrasco, l'eau est encore celle du Río de la Plata, ce fleuve imaginaire, fruit de la jonction du Paraná et de l'Uruguay, qu'on dit n'avoir, de chaque côté, qu'une seule rive – car, malgré son nom, ce n'est ni un fleuve ni une rivière mais un estuaire. C'est pourtant à Carrasco, dans ce quartier oriental de la capitale, que commence cette vaste traînée de sable, cette suite indéchiffrable de grandes dunes et d'immenses vagues qui s'étend interminablement vers l'est. Enfant, comme je remarquais que lorsqu'on s'éloignait de Montevideo les dunes et les vagues devenaient toutes deux de plus en plus monstrueuses, s'affrontant dans un combat de plus en plus sauvage, j'imaginais toujours – semblable aux Anciens qui, lorsque la Terre était plate, songeaient irrationnellement (ou si raisonnablement plutôt) que la mer devait avoir un bord où les bateaux arrivaient et sombraient dans le néant – qu'à un incertain endroit de la côte uruguayenne le monde tout entier devait s'avouer vaincu, et se faire entièrement dévorer par la fureur de l'océan.

Crinière échevelée, ainsi que des cavales,
Les vagues en tordant arrivent au galop
Et croulent à mes pieds avec de longs sanglots
Qu'emporte la tourmente aux haleines brutales.

À la fin du mois de février, ma mère, mon père, mon frère, ma noire Celeste et moi avons abandonné la maison de Carrasco pour une somptueuse demeure située dans le quartier, plus central, des Petits Puits. L'année scolaire allait commencer et il était temps, pour nous tous, de comprendre, ou d'accepter, que nous n'étions pas partis d'Argentine pour d'éternelles vacances orientales.

Je ne me souviens pas du déménagement ; je ne me souviens pas de l'arrivée dans cette maison de trois étages – presque quatre –, si différente de celle de Carrasco et des appartements où nous avions vécu à Buenos Aires et de ceux où nous vivrions à Paris, puisqu'elle deviendrait finalement, dans ma vie de jeune têtard graphophile, ma seule véritable demeure familiale.

Que dire de cette maison de Pocitos ? Comment lui rendre justice par de simples mots ? Comment lui rendre justice ici, dans ces pages où je tente depuis des années et des années de tout écrire *pour ne plus écrire* ? Elle était située dans la calle Parra del Riego, qui doit son nom à un poète futuriste péruvien, contemporain de Vallejo, qui connut le plus triste sort que peut connaître un poète futuriste : celui de tomber dans l'oubli. Parti triompher à Paris, où il fut le protégé de Supervielle, il retourna vite en Uruguay, où il mourut en 1923, à l'âge de trente ans. Ses œuvres comptent une seule pièce de théâtre, magiquement intitulée *La Vérité du mensonge*, quelques articles journalistiques, et plusieurs recueils de poésie, dont *Hymnes du ciel et du chemin de fer*.

Agile
Fin
Ailé
Électrique
Je t'ai vu jouer
Dans l'après-midi olympique…

Dans ses poèmes, *où il a voulu concilier le naturalisme de Whitman et le futurisme de Marinetti*, il chante aussi bien *l'allégresse et la beauté violente* des moteurs que les exploits d'Isabelino Gradin, idole de la *Celeste* (non pas mon cocker noir, mais l'équipe de football d'Uruguay).

Le ballon rond y roulant tant davantage que ces véhicules *qui semblent courir sur la mitraille*, l'on peut penser que c'est à ce penchant sportif de son œuvre que rend hommage la petite rue tortueuse qui coupe l'angle maladroit que forment ces deux grandes artères de Montevideo que sont le bulevar Artigas et le bulevar España. Montant puis descendant une colline modeste, la calle Parra del Riego a la particularité d'atteindre son apogée en une minuscule place ronde plantée de quatre grands arbres, et de redescendre sur les boulevards à ses deux extrémités. Lorsque la chaleur était vraiment trop forte pour jouer au football sur la chaussée brûlante, c'est à l'ombre des grands arbres de la minuscule place que nous jouions aux billes.

La rue se divisait alors selon deux frontières : d'une part celle de la chaussée elle-même, séparant les maisons situées entre la rue et les boulevards de celles situées « seulement » sur la rue ; d'autre part, celle de la minuscule place, séparant les maisons plus proches de l'un ou l'autre des boulevards. Les maisons les plus cossues, situées entre la calle Parra del Riego et le bulevar Artigas – noble allée dont le terre-plein au gravier rouge abritait de grands arbustes et quelques palmiers (et de nombreuses prostituées dès la nuit tombée) – possédaient deux adresses et deux entrées. Les deux adresses de notre maison étaient 1017 (que nous prononcions toujours : dix-dix-sept), Parra del Riego et 1018 (dix-dix-huit), bulevar Artigas.

Mais si notre maison de quatre étages était parmi les plus cossues de la rue, son jardin était riquiqui ; mais si son jardin était riquiqui, un arbre immense le rendait presque infini. Double discordance de l'enfance. Ou de cet âge plutôt – que j'appelle jeunesse – où l'enfant n'est plus tout à fait privé de mots. À tout âge, la mémoire reste un miracle insoluble de bruit et de silence ; elle est inévitablement, toujours, cette troisième forme a priori de la sensibilité où le temps et l'espace se confondent – où un goût, une odeur, un son, une caresse, une image seront à jamais plus puissants qu'un témoignage. Mais qu'il est difficile de ressusciter la mémoire de cet âge singulier où les mots nous permettaient de nous souvenir et où la vie pourtant était encore si vivante, si rapide, si pleine d'oubli ! La mémoire d'alors est plus mémoire que partout ailleurs : la constellation qu'elle forme des instants passés avec les moments du présent a autant d'étoiles que de trous noirs. Et c'est pour ça qu'il me faut écrire, cherchant dans les failles des mots, dans les nœuds du fil du langage, à obscurcir plutôt qu'à éclaircir, à attiser plutôt qu'à apaiser – à créer plutôt qu'à reproduire. Il me faut écrire – même s'il est douloureux de ne réveiller cet âge frétillant que pour le faire ici mourir.

Mais seul. L'espoir de la dernière phrase est venu interrompre ma ferme volonté de demeurer bavard, de combattre ce silence qui m'encercle et que je ne veux pas admettre mien, que je refuse d'envisager comme constitutif de ce moi dispersé que j'abhorre, ce silence qui, pourtant, cimente ces mois multiples me constituant dans la mémoire comme dans l'oubli. Je me suis arrêté d'écrire pendant une semaine entière. Je me suis encore laissé pigeonner par le rythme seul qui m'a convaincu que cela suffisait, qu'il n'était guère nécessaire d'aller plus loin, de pousser l'état déjà lamentable dans lequel je me produis au-delà de cette dernière note, ou plutôt de ce dernier accord par lequel j'ai fini de vous entretenir de mon enfance laconique : mais seul. Mais seul. *C'est ainsi que finissent tous les tangos qui forment ma faible culture musicale : mais… seul ! Rythme* ou *langage. J'ai dû choisir. Et je me suis tu. Mais me voici de nouveau. Toujours disséminé, babouinant de-ci de-là, papillonnant entre les lettres comme l'éraflure d'une épave. J'interroge le sens du rythme, celui de* deleine la vache *au galop* d'Ulysse ; *celui qui nous échappe et vient malgré nous dire véritablement ce qui nous occupe ; ce rythme infiniment plus sensé que le sens de nos mots épars ; celui de certaines phrases de Proust, interminables, qui nous fait franchir des pentes raides à toute allure et arriver à leur sommet hors d'haleine, ou qui en d'autres, soporifique, nous entraîne dans son manque de sommeil et nous rend sensible son état épuisé, épuisant – son état tout aussi lamentable.* Dans une *céleste* balance lui apparaissait, chargeant l'un des plateaux, sa propre vie, tandis que l'autre contenait… *Voilà, je recommence. Prétentieux comme une rate juste après l'ablation, une rate encore frétillante de son souvenir de vie, une rate se recordant le temps où, heureuse, elle abritait une bile encore grise, fluide comme une douleur autre que dentaire, je recommence – je recommence à écrire.*

Mais seul. J'ai écrit le début de ce livre, de ce livre intitulé *Le Premier Exil* que vous tenez entre vos mains, il y a presque trente ans. J'ai écrit ce début, cet autre début que vous venez de lire, à la suite immédiate de la dernière phrase *d'Une enfance laconique*, le premier livre que j'ai publié : *Usant moi aussi pour ma défense des seules armes que sont le silence, l'exil et la ruse, j'espère encore aller un peu plus loin, mais seul.* Le deuxième livre devait commencer par les mots qui achevaient le premier : *Mais seul. L'espoir de la dernière phrase est venu interrompre ma ferme volonté de demeurer ici bavard...* C'était au tout début des années 90 du siècle dernier. Lorsque j'avais fini de rédiger la première partie de mon œuvre, je m'étais arrêté d'écrire pendant quelques jours – mais je croyais encore qu'il me fallait tout écrire avant de publier.

Le rythme. Le rythme qui m'a appelé tout doucement, qui a prononcé mon nom et m'a fait croire élu ; le rythme, ou les rythmes plutôt, qui, au bord du langage, m'ont contraint tant de fois à écrire de mauvais poèmes. Ces rythmes subtils que mon corps déchiffre à peine, étant moins doué pour la musique qu'un bloc de marbre. Adolescent, alors que je commençais d'apprendre la flûte traversière, mon père m'a conseillé de m'en tenir au triangle. Pour une fois, je ne lui en veux pas. Il savait que la famille était peu encline à la musique, qui le lui rendait bien en étant assez enclume envers elle : même avant le premier exil, nous avons tous chanté faux.

Je m'éparpille encore, je n'arrive pas à me perdre. Fugace fièvre d'avril. Printemps qui m'empêche d'écrire. Peu à peu, lentement mais, comme on dit, sûrement, les intermèdes se prolongent, l'équilibre se défait : j'écris moins que je ne me tais. – Me callo, sto zitto, I shut up, σιωπάω. Cortala. Pourquoi n'y a-t-il en aucune langue de mot pour signifier « ne pas écrire » ? Pourquoi doit-on écrire « se taire » ?

Les langues se mélangent et me dérangent. Et ma langue à moi, celle que mes lectures m'ont promis que je découvrirais peu à peu ici, celle qui devrait vous être à tous étrangère, me déçoit. J'écris comme un soldat blessé qui ignore le sens des ordres qu'il reçoit d'un état illusoire à force d'être major. J'écris comme ces peintres manchots qui coincent leur pinceau entre leurs orteils, comme un handicapé moteur qui court le Tour de France sur un fauteuil roulant rouillé, comme un ver qui a pris un bout d'acier pour une pomme, comme un saumon qui cherche en vain à remonter une dune de sable, comme un homme-tronc passionné d'alpinisme qui escalade une falaise interminable à l'aide de ses canines cariées. Et comme l'Aleijadinho, qui sculptait avec ses moignons, pour ma dernière œuvre, j'ai délaissé le bois mol et j'ai choisi le granit. À force de me taire, mes gencives sont en sang. J'essaie de me souvenir, de trouver un coupable, le responsable de mon grotesque silence. Je cherche celui qui a ordonné à l'œil de ne pas entendre, à l'oreille de ne pas voir et à ma bouche de ne pas parler. La noire Celeste. Les noms de pays. Les noms de la mer. Les noms des animaux de compagnie. L'enfance de mon silence…

Je croyais, il y a trente ans, qu'il me fallait tout écrire avant de publier, et je rêvais d'un seul ouvrage, de quelque trois ou quatre mille pages, qui mériterait le titre que je lui avais déjà attribué : *Le Dernier Livre.* Que j'avais tort ! Et que j'avais raison. Que j'avais tort et raison, et que – j'étais prétentieux. Presque aussi prétentieux qu'aujourd'hui où, ayant déjà publié quelques milliers de pages – et ayant compris que jamais je ne trouverai la pierre philosophale, que jamais je ne transformerai mon sombre silence en or trébuchant et sonore –, j'écris encore.

J'écris en silence
tandis que les mots
attendent la pluie
et dansent.

Au troisième étage de notre somptueuse demeure familiale, il n'y avait qu'une minuscule pièce, ou plutôt qu'une minuscule antichambre, ouverte d'un côté sur l'escalier et de l'autre sur la terrasse. Sur la terrasse, où nous n'allions guère (pourquoi serions-nous allés souvent sur cet espace extérieur de l'intérieur de la maison alors que la rue nous appartenait, alors que toutes les rues du quartier étaient notre terrain de jeu ?), il y avait un grand foyer destiné à l'*asado,* cette cérémonie rituelle, cet holocauste, qui consiste, en Argentine comme en Uruguay, pour on ne sait quels dieux, à faire brûler des bêtes bien grasses, mais qui devait surtout servir à sacrifier quelques dizaines de livres lorsque quatre ans après notre arrivée la simple possession d'un ouvrage du Che, de Mao, de Lénine ou de Marx devint pour le pouvoir une raison d'emprisonnement – voire de torture. L'antichambre était perchée tout en haut d'un escalier dont la longue rampe en métal nous servait, à mon frère et à moi, de toboggan ; et c'est pour en redescendre immédiatement que nous y montions parfois, juste avant le coucher. Au deuxième étage, tout au bout d'un long couloir, s'ouvraient une petite salle de bains et deux chambres : celle de mon frère et la mienne. À l'autre bout du couloir, effroyablement loin, se trouvait la porte de la chambre de mes parents. C'est au premier étage que nous passions le plus clair de notre temps. Non pas dans le salon et la salle à manger, ces deux grands espaces divisés par un bas meuble violet, mais dans une pièce que nous appelions « quotidienne » et dans la salle de jeu, situées d'un côté et de l'autre de la cuisine. (Je suis désolé de la minutie de cette description mais, comme si souvent, ce n'est qu'en écrivant – ou en *décrivant* seulement comme c'est le cas ici – que les espaces du passé resurgissent dans la pensée.) La pièce quotidienne, où nous prenions tous nos repas sans invités et où nous jouissions des improbables programmes de la télévision uruguayenne, avait la particularité de posséder une porte ouvrant sur un escalier extérieur, et c'est par cette « entrée », celle du dix-dix-sept Parra del Riego, que nous sortions et entrions dans la maison, mon frère et moi, comme nous partions à l'école le matin ou comme nous en retournions l'après-midi. Au rez-de-chaussée, juste en dessous de la salle de jeu, se trouvait le garage où mon père garait sa petite Fiat 125. (Ayant depuis toujours le goût des beaux tableaux, des beaux dessins, des sculptures, des masques, des céramiques anciennes et de toutes ces curiosités qu'on trouvait aussi bien dans les cabinets de la Renaissance que dans celui de Freud, mon père n'eut jamais le goût des belles voitures. Le « mauvais goût » des belles voitures, allais-je écrire, tant il m'a légué un bon goût semblable au sien. Son père pourtant – el abuelo Horacio, grand bourgeois argentin aimant déjà les œuvres d'art et les meubles anciens – aimait aussi, encore, les grosses cylindrées. Après l'interminable limousine noire qu'il possédait lorsque nous habitions à Buenos Aires, une Hudson Commodore dans laquelle mon frère et moi, ses seuls petits-enfants, jouions si joyeusement avec les strapontins situés face aux sièges à l'arrière du véhicule, il acheta, pour nous venir voir à Montevideo, une belle berline bleu ciel : cette

Mercedes-Benz 300 qui, luciole de métal parmi les *furieuses lucioles éphémères,* allait venir régulièrement percer l'obscurité de la calle Parra del Riego. Bon goût ? Mauvais goût ? Quelque chose sans doute se précise avec les générations. Mais nous ignorons toujours, dans ce miroir de l'histoire humaine que sont les familles, si, morts, nous en serons la Renaissance, l'Âge classique, ou le Baroque, le Maniérisme – la décadence ; ou, pire encore ? un incertain Moyen Âge.) Près du garage, il y avait les deux petites chambres où dormaient l'immuable doña Petrona, notre cuisinière, et les différentes filles, plus jeunes et plus volatiles, plus furtives, plus volages, qui, tour à tour, s'occupaient du ménage, et de mon frère et moi. Plus loin, du côté bulevar Artigas, une autre porte donnant sur le jardin permettait d'accéder aux cabinets de mes parents.

Enfin – enfin ! –, la maison, dans son jardin lilliputien, abritait ce dernier abri immense, ce labyrinthe aux multiples chambres secrètes, à la fois occultes et ouvertes sur le monde, où, perchés comme deux grands paresseux, mon frère et moi passions des heures : notre gomero. Dans cet arbre fourchu dont les feuilles, comme les jambes frêles des petits rats d'opéra, poussent enveloppées par un collant rose parme *plus soyeux qu'un songe de luthier* que nous nous plaisions à tendrement déchirer afin de les délier, dans cet arbre branchu connu en France sous le nom de gommier des Malouines ou de Magellan mais qui restera toujours pour moi le *gomero* de mon enfance, dans cet arbre touffu qui étendait ses bras tortueux vers la maison telle la pieuvre dans son ballet intime ses tentacules vers son poulpe amoureux, dans cet arbre prodigieux, démesuré, presque aussi grand que la maison elle-même, mon frère et moi, très vite après notre déménagement, avions trouvé cinq ou six alcôves formées par les ramifications des multiples branches. Au réveil les jours où nous n'avions pas école, au retour de l'école après le goûter, nous nous disputions ces diverses niches d'où nous scrutions la rue et ses enfants (Eduardo, « El Flaco » Juancho, Álvaro « Uno » et Álvaro « Dos », Sergio « Lechuza » Paitrés, et les trois Curcio : « El Rata » Pepeto, l'aîné, « El Pato » Marcelo, le puîné, et Fabio « Chinche » Curcio, le frère cadet) qui, âgés de cinq à douze ans, *princes séraphiques au langage de voyous,* formaient la célèbre bande de Parra del Riego – dont mon frère et moi ne tarderions pas à faire partie.

Oui, plus tard, quelques semaines, quelques mois, quelques années plus tard, cette maison, plus que toute autre, deviendrait *notre* maison, cette rue deviendrait *notre* rue – et le gomero, grandiose fatras de vérité, de verdure et de vie, deviendrait le berceau de nos siestes et ses branches des nacelles qui nous emporteraient, un livre à la main, au-dessus des nuages. Plus tard, Montevideo allait devenir *notre* ville. Mais qu'en était-il lors de cette première année du premier exil comme, âgé de six ans, j'avançais à pas craintifs dans ce pays qui n'était pas encore le mien ?

J'étais un enfant. Le moment d'aller me coucher était, tous les jours, *un moment véritablement tragique.* Comme tous les enfants, je ne savais pas encore ce que savait saint Isidore : que la nuit existe seulement pour que l'on se repose de la fatigue du jour. L'obscurité m'effrayait. Chaque soir, terré au fond de mon lit, j'avais peur. Pour ne pas voir l'immensité ténébreuse de ma chambre, je me tournais vers le mur en crépi où la pénombre dessinait *des visages sans physionomie, des faces larvaires dépourvues de traits, de massifs aveugles troués de ventouses et de vacuoles.*

Je ne sais quel goût bizarre a fait que dans les années 60 du XXe siècle la mode était à utiliser la technique du crépi moucheté pour décorer les murs intérieurs des maisons ; mais je sais que ma chambre n'était pas la seule à avoir été peinte, si l'on peut appeler ça de la peinture, en jetant du plâtre gâché à grands coups de taloche. Avant de m'endormir, soir après soir, je me retrouvais nez à nez avec cette foule de monstres créés par le mur raboteux. Ils étaient nombreux, et affreux, et j'essayais de me rassurer, tant que la fatigue n'abaissait pas mes paupières, en me disant qu'au moins ils étaient minuscules. Malheureusement, soir après soir, à la peur de la veille succédait la peur du sommeil. Dès que je fermais les yeux, les monstres devenaient gigantesques. Dès que je fermais les yeux, leurs monstrueuses bouches tordues par de monstrueuses grimaces, leurs monstrueux yeux monstrueusement exorbités de leurs monstrueuses orbites, ils quittaient le mur et s'invitaient dans ma nuit. Et ils m'entouraient et dansaient et criaient. Je luttais, je gardais les paupières ouvertes le plus longtemps possible, et j'avais mal, j'avais mal aux yeux qui me piquaient, desséchés, et j'avais mal à tous les muscles du visage ; et cet effort immense, et cette douleur immense, en rien ne me permettaient d'éloigner la peur – puisque je savais qu'inévitablement la nuit triompherait, qu'inévitablement je fermerais les paupières, qu'inévitablement les monstres grandiraient et reprendraient leurs monstrueuses saturnales dans les *ténèbres visqueuses* de ma chambre.

Adultes, rien ne nous effraie davantage qu'un effroyable cauchemar. Mais nous nous réveillons pour nous convaincre que le cauchemar est fini. Enfants, la peur d'avant et d'après le sommeil n'est pas clairement séparée de celle des mauvais rêves.

Dans ma chambre, tout athée que je fusse, je priais pour que ces démons qui grouillaient sur les murs ne me touchassent pas. Mais les cauchemars me réveillaient et je les voyais dans l'obscurité la plus sombre ; ils peuplaient la pénombre, et m'attendaient et m'épiaient. Parfois, dès que ma mère éteignait la lumière, les visages murmurants des monstres, leurs murmurantes voix, remplissaient *la conque sombre de la caverne.* Parfois, je m'endormais, et je me réveillais, et je m'endormais de nouveau et je me réveillais de nouveau, et j'avais si peur que je me levais et, effrayé, épouvanté, je parcourais l'interminable couloir pour aller frapper à la porte de la chambre de mes parents. Ma mère me consolait, puis me raccompagnait à mon lit et s'asseyait à mes côtés, et restait là jusqu'à ce que je me rendormisse. Parfois, lorsque je me réveillais, j'avais si peur que le couloir lui-même me semblait infranchissable, et j'allais dans la chambre de mon frère, qui était collée à la mienne, et je me couchais dans son lit. Parfois, au milieu de la nuit, j'avais si peur qu'il m'était impossible de sortir de mon lit, et je m'endormais encore, espérant que les cauchemars du sommeil seraient enfin moins terribles que ceux que je faisais éveillé.

Dans les
Noms liquéfiés
Bondissent les marsouins

La journée, ma vie était toute différente. Je ne garde que peu de souvenirs précis de l'école où je suis allé à mon arrivée en Uruguay et où je ne suis resté que quelques mois. Je venais d'avoir six ans et à la déchirante douleur de l'exil s'ajoutait la déchirante douleur de devoir commencer à aller en cours. Mon accent argentin, pour clairsemés que fussent les mots qui sortaient de ma bouche, me désigna aussitôt, aux yeux de tous, comme un étranger. Cet établissement – el colegio Hispano-Americano – me valut un seul ami, un garçon que je remarquai très vite, assis rêveur contre une fenêtre dans la salle de classe. À la fin de la première semaine d'école, comme de tous les enfants nous étions les seuls à rester à l'écart, enfermés dans notre silence et notre solitude, nous nous approchâmes l'un de l'autre. Ce n'était pas par hasard que je l'avais remarqué dès le premier jour : fils de diplomates africains, Abu était noir comme le charbon. Il ne parlait pas le moindre mot d'espagnol et, grâce à mon laconisme et à son ignorance, la barrière du langage ne pouvant hisser ses insurmontables murailles entre nous, nous jouions dans la cour de concert, dans une entente limpide, loin de tous, pendant les récréations.

Ayant eu vent de notre amitié, ma mère décida d'inviter Abu à dormir à la maison. Dès qu'il le vit arriver, Sebastián, mon frère, mon seul et grand frère, âgé déjà de huit ans, éclata en sanglots. Il n'avait jamais vu un Noir de sa vie. La soirée s'annonçait dramatique : elle fut tragique. Ma mère réussit à calmer les pleurs de mon frère – qui, peu après, refusa de s'asseoir à table avec mon ami pour le dîner. Puis, après que nous avons dîné dans des pièces séparées, comme Sebastián s'opposait, quelles que fussent les conditions, à dormir sous le même toit que lui, ma mère, pétrie de honte et de chagrin, se résigna à appeler les parents diplomates d'Abu afin qu'ils vinssent chercher leur sombre progéniture.

Quelle était la nature de ce racisme ? la peur.

Sebastián, mon frère, mon grand frère chez qui j'allais me réfugier pour assagir mes terreurs nocturnes, fut terrifié par la couleur de la peau de ce garçon qu'il ne connaissait pas. Il n'y avait à l'époque, en Argentine, pas d'autres Noirs que ceux qu'on surnommait « Negro » ou « Negra », comme ma nounou à Buenos Aires, parce qu'ils venaient de l'intérieur du pays et que leur peau et leurs cheveux étaient à peine plus foncés que ceux de n'importe quel habitant de Buenos Aires. En Uruguay, au contraire, il y avait, « déjà » si l'on peut dire, comme au Brésil, de « vrais » Noirs. Mais un racisme d'État – comme au Brésil – les maintenait à l'écart, reclus dans une classe sociale proche de celle qui en Inde se compose de ceux qu'on dit « Intouchables ». Né de ces conditions historiques, le racisme enfantin de mon frère était bien moins coupable qu'un racisme d'État ; il n'en changea pas moins mon regard sur ce nouvel et seul ami que je m'étais fait dans cette première école. Comme je cessais de jouer avec Abu, comme tous mes camarades, de la même manière qu'à mon arrivée à Paris six ans plus tard, se moquaient de plus en plus de moi, comme mon laconisme inquiétait de plus en plus les maîtresses, et sans doute pour d'autres raisons que j'ignore aujourd'hui comme je les ignorais alors, mes parents décidèrent de me changer du colegio Hispano-Americano à l'Instituto Crandon – *mon Institut Poupon à moi* – où j'appris, en cette première année en Uruguay, non pas le seul enseignement qui a modifié ma vie, mais le seul sans lequel je ne serais pas celui que je suis : j'appris à écrire.

ours ourse amour mer mor
vous lavez-vous ? Je vous aime.
Santiago

J'ai déjà raconté dans *Une enfance laconique*, en racontant les six premières années de ma vie, comment commença, grâce à la plume, *le long malheur* de mes jours ; comment débutèrent, après avoir écrit ces quelques mots énigmatiques que vous venez de lire, *les furieux mais interminables moments qui m'ont donné le droit de dire que j'ai vécu.* J'ai déjà raconté ce que furent ces premiers instants de têtard-scriptor et par quelles ruses, par quels maléfices, on me poussa à m'embarquer dans le plus *coûteux* périple de mon existence : écrire pour ne plus me taire, vaincre le silence des mots tus par le silence têtu des mots écrits. J'ai déjà exposé comment, *tel le rhinocéros, qui ne peut être capturé par aucuns chasseurs, mais qui, en revanche, si l'on place devant lui une jeune fille qui se découvre le sein à son approche, perd toute férocité, pose sa tête sur la poitrine nue et s'endort*, j'ai accepté, pour me soulager du poids de mon mutisme, de m'étourdir dans le mutisme de l'écriture.

Je ne reviendrai donc pas ici sur le déplaisir des pleins et des déliés. Au laconisme chronique de mon enfance, l'écriture, à partir de l'âge de six ans, donna une raison sociale, un statut social dont je jouis encore aujourd'hui, qui me permet de vivre, malgré mon narcissisme et ma suffisance, par moments, si ce n'est en paix avec ceux qui m'entourent, dans une sorte d'entente tacite – forcément tacite – où la guerre qu'en écrivant je me livre à moi-même justifie le peu d'attention que je leur accorde. Ce n'est bien sûr pas l'envie qui leur manque – à mes amis, et davantage encore à la femme qui partage mes jours *tous les jours* –, mais qui donc jetterait la première pierre sur un pauvre fou qui, depuis presque trente ans, se lève chaque matin à l'aube pour noircir d'une écriture de forcené, de branquignol fantasque et biscornu, de pétulant maboul féru de citations obtuses, des pages et des pages que tu es, ô Hypocrite lecteur, mon semblable, mon frère, *le seul* à lire ?

Je joue avec les
feuilles du gomero
et le ciel
joue avec moi

J'entends son rire
d'ours de nuage
et ses larmes
tombent sur moi

Je regarde le ciel
qui passe et je tombe
de là vers en haut
pas vers en bas

Après avoir écrit cette première lettre à ma tante Victoire partie vivre à Londres, après avoir écrit un petit texte, court et indéfinissable, où il est aussi question d'un ours, un ours furieux qui ne veut pas partir (un texte qui trahit l'importance des ours dans l'apprentissage de l'écriture en langue castillane et aussi, surtout, la tristesse et la colère provoquées par mon premier exil), j'ai écrit, à Montevideo – la ville *qui se dit comme un vers* –, ce premier poème. J'avais six ans et, du papier et des crayons de couleur à la main, j'avais escaladé le gomero pour dessiner tranquillement perché à une branche, ou plutôt confortablement installé dans l'une des bifurcantes ramifications de ce vaste espace feuillu qui s'étendait autour du tronc.

Je m'étais assis, puis étendu, et j'avais regardé le ciel, perdu parmi les feuilles. Je n'avais pas éprouvé de vertige mais, concentré sur les nuages qui défilaient derrière les feuilles grasses du gommier, écoutant le silence battre à mes tempes *comme la rumeur effrayée de mon sang*, j'avais eu le sentiment que la force de gravité pourrait tout à coup cesser – et que je pourrais, aspiré par les nuages, tomber vers le haut.

Commerçant ! colon ! medium !
Ta rime sourdra rose ou blanche,
Comme un rayon de sodium,
Comme un caoutchouc qui s'épanche !

Surtout, rime une version sur le mal des pommes de terre. Je n'avais pas encore lu Rimbaud – je n'avais pas encore lu tout court –, mais quelque chose pourtant, un sentiment céleste, entre l'arbre et le ciel, m'avait poussé à tracer, sur une grande feuille blanche, avec ce crayon bleu clair que j'avais saisi pour dessiner, ces quelques mots disposés en vers.

Je n'avais encore rien lu, mais les vers ne m'étaient pas inconnus. Sur l'un des murs de ma chambre (sur l'un de ces murs dont le crépi, près de mon lit, comme je le contemplais avant de m'endormir, façonnait ces visages monstrueux et laissait échapper, dès que je fermais les yeux, des goules et des ogres, des croquemitaines et des loups-garous), ma mère avait tracé, d'une grande écriture joueuse, le poème tauromachique de l'un de mes aïeuls.

À l'Orée de l'Ombre, aux Souvenirs de Gloire,
Le Poète endosse son Habit de Lumière.
Sa Cape Vermeille tournoie en l'Air
Pour alerter la Bête Imaginaire.

Oui, oui, oui. Tout semblait avoir été tramé, depuis bien avant que je naquisse, pour que, rose et replié sur moi-même, *j'écrevisse* – si jeune ! – quelques vers. Le poème tauromachique de mon aïeul (que vous pouvez trouver *in extenso* dans le premier livre que j'ai publié) est formé de dix quatrains qui étirent interminablement une seule et même métaphore qui fait des picadors des philosophes, du poète le torero et du taureau le langage.

Et voici que soudain le Langage s'élance,
Fait chavirer un Philosophe ! Mais il lui plante
sa Lance
Qui de deux centimètres
Son Cou meurtri pénètre.

La passion de mon ancêtre pour les Majuscules, digne d'un Allemand, ne saurait dissimuler l'à-propos, l'adéquation, que dis-je ? la congruité ! de ce poème (qui commence par décrire la manière dont le Poète se prépare à affronter le Langage et qui finit par exalter sa mise à mort) avec la visée mégalomaniaque de mes écrits. Oui, oui, oui. À quelle autre destinée aurais-je eu pu aspirer, ayant eu cet Amigorena pour arrière-grand-père et son poème couché sur le mur de ma chambre d'enfant ?

Après quelques Passes, ayant construit son Œuvre,
Le Poète cesse ses Magnifiques Manœuvres,
Il lève son Épée et la plante comme une Évidence
Car le Langage est l'Ombre du Silence.

Voici comment finit le poème de mon arrière-grand-père paternel.

Pendant les semaines qui ont suivi la mort de l'abuelo Zeide, mon arrière-grand-père maternel, le seul de mes arrière-grands-parents que je connus en vie, ma mère pleurait souvent et ne se consolait que lorsque mes larmes, ou celles de mon frère, venaient s'unir aux siennes. De mon côté, en revanche, le sentiment d'un éveil possible que j'avais éprouvé le matin à la Fábrica de meubles en bois de Buenos Aires, cette sensation qui m'avait fait hésiter un instant avant de me dire que tout cela était vrai, que mon quasi éternel arrière-grand-père maternel que je n'avais jamais vu qu'installé placidement dans le temps pur de la vieillesse, dans la *région du profond silence,* n'était plus ; cette sensation qui, avais-je cru, allait recommencer chaque matin durant le reste de ma vie, – cette sensation avait très vite disparu.

Il y a un âge où la mort existe à peine.

— Mais tu vas mourir ?

— Mais toi aussi tu vas mourir ?

— Mais tu vas mourir quand ?

Comme tant d'enfants, je me souviens d'avoir fatigué ma mère de ces questions. Nous craignons tous terriblement, pendant quelques mois, la mort de nos parents, puis nous comprenons que sans doute elle surviendra dans longtemps – et toutes les morts soudain, pour des années, nous semblent irréelles. Toutes les morts nous semblent irréelles parce qu'il serait si inutile de grandir, de vivre, si elles ne l'étaient pas. Puis nous vieillissons – et les morts, les autres morts, pendant quelques années encore, nous épargnent de penser à la nôtre. Ou alors nous écrivons – et notre mort nous accompagne chaque jour. La mort devient-elle pour autant plus réelle ? Rien n'est moins sûr. Penser à la mort n'est pas la meilleure manière de la connaître. Penser à la mort n'est pas la meilleure manière de mourir – mais c'est pour certains, comme moi, la seule manière de vivre.

Car ma mort sera douce – même si je meurs.

Bien des années plus tard, agonisant au plus profond du désespoir de ma première défaite, lisant Leopardi et *le Napolitain Cirillo,* je devais écrire un poème sur ma propre mort qui s'achève par ce vers. Et depuis, chaque fois que je me redis ces mots, la mort de mon arrière-grand-père, comme celle de mon arrière-grand-mère à Treblinka, revit dans mes rêves. Sa mort revit en moi – et, pour me laisser vivre, comme toutes mes autres morts, elle meurt aussi parfois.

Mais si souvent, avant comme après avoir écrit ce poème, j'ai bien peu pensé à l'abuelo Zeide, maintenant, depuis que j'ai commencé ce *Premier Exil* par sa disparition, je ne cesse de le revoir, assis seul au fond de la petite salle obscure du quartier de l'Once (le Sentier de Buenos Aires) ou alors étendu sur son lit juste avant de s'éteindre ; et chaque matin le réveil répète l'incertitude, chaque matin, *minutieusement* comme reviennent toutes les nuits d'insomnie, je me redemande s'il est vraiment mort. Comme j'écrivais, adultes, les cauchemars de la nuit meurent avec l'aube, ceux que nous faisons éveillés, comme ceux de l'enfance, ne finissent jamais réellement.

J'écris
Accouplé à la peur
comme Dieu *à l'*odieux

Au tout début de l'hiver austral, je commençai aussi d'aller chez le psychanalyste. J'avais déjà vu pendant quelques mois, avant de quitter Buenos Aires, une jeune thérapeute *au prénom filant*, Estrella, dans le but de me préparer au premier exil. Mais c'est à Montevideo que je commençai vraiment à suivre une analyse. À cet âge plus mystérieux que tous les autres âges, à cet âge qui ignore la foi dans le doute de l'âge adulte et le doute dans la foi de l'adolescence, à cet âge qui ne subit pas l'oubli bavard de la vieillesse et qui ne se perd pas non plus dans l'ineffable oubli de l'enfance, à cet âge entier, à cet âge glorieux, à cet âge « pur » selon saint Isidore qu'en espagnol on nomme *ninez* et qu'en français on dit « tendre » ou « innocent » sans oser le nommer, à cet âge qui au fond se moque des mots et des noms et où la nuit peu à peu cesse de provoquer la terreur, à cet âge rapide, effervescent, où les jeux nous permettent d'inventer le réel, à cet âge qui est le seul qui mérite d'être appelé « jeunesse », à cet âge qui pour moi a commencé à six ans par un premier exil d'un pays, l'Argentine, dans un autre, l'Uruguay, et s'est achevé à douze ans par un second exil, d'une langue, l'espagnol, en une autre, le français, – à cet âge tout est commencement. Commencement pur. Nulle conscience de la répétition. Ni de celle de nous-mêmes, ni de celle de l'humanité.

À l'enfance, nous souffrons un premier cauchemar, nous écrivons une première lettre – nous faisons nos premiers pas. Tout-puissants, nous ignorons ce qui échappe à notre volonté. Puis, pendant la *jeunesse,* nous commençons de vivre avec le monde – et le monde commence de vivre avec, ou contre nous. Parmi les nombreuses blessures qu'il peut infliger à chacun, il m'avait réservé l'exil. L'étrange compréhension de ce qu'il m'arrivait chaque jour a commencé là : par la mort de mon arrière-grand-père et par mon premier exil. Avant l'âge de six ans ma vie était réelle : elle m'échappait entièrement. C'est-à-dire qu'entièrement je la possédais. Car la vie, comme le temps, n'est réelle que lorsqu'on l'ignore (puis, *peut-être,* lorsqu'on l'écrit). Maintenant, si je puis dire, âgé de six ans, j'étais condamné à la double peine de me comprendre et de m'éloigner de moi-même. Au seul symptôme de mon malheur, c'est-à-dire de mon identité – le silence –, exposé aux yeux de tous par ce premier exil qui m'avait éloigné de Gon, mon cousin aux deux kilos trois précoces dont la verbosité au cours des six premières années de ma vie avait parlé à ma place, on proposait deux sédatifs : l'écriture et la psychanalyse. La première, malgré le poème de mon aïeul, je ne devais comprendre que trente ans plus tard qu'elle ne s'oppose pas au silence, qu'en rien elle ne le guérit, qu'en rien elle ne le soulage : que, de même que *lux ombra Dei*, elle n'est que son Ombre ; la deuxième, j'allais l'affronter férocement, érigeant devant mon nouvel analyste, Mme Garbarino, pour l'empêcher d'extraire de ma bouche le moindre mot, le mur d'un mutisme farouche qui me permettrait, en six ans, à raison de trois séances hebdomadaires, d'établir un nouveau record du monde *toutes catégories confondues* : trente-quatre mille cent vingt minutes de silence absolu.

Un autre rituel, bien moins réflexif, bien moins spectaculaire, mais tout aussi oral, occupait mes après-midi : mes rendez-vous chez le dentiste. Plus ou moins avec la même fréquence que chez le psychanalyste, j'allais me faire tripatouiller la cavité buccale et ses petites perles de nacre chez un arracheur de dents à Punta Gorda. Il y avait, dans le travail interminable, et interminablement douloureux, qu'accomplissait cet homme froid comme un glaçon, une précision, une minutie – fût-elle sanglante – qui faisaient songer au travail des archéologues ; et j'aimais bien songer, assis sur son fauteuil de supplice, pour oublier la douleur purement physique, que lui aussi, au-delà des bactéries enfouies dans mes innombrables caries, tentait d'extraire de ma bouche ces mots qui ne franchissaient jamais l'enclos de mes dents.

École-psychanalyste, école-dentiste, école-psychanalyste, école-dentiste. Faisais-je une claire distinction, en cette première année du premier exil, entre les rendez-vous chez l'un et les séances chez l'autre ? Avais-je déjà ouï dire que Dieu infligea des maux de dents à certain saint loquace pour l'empêcher de parler ? Ou alors, solitaire en herbe, sentais-je déjà qu'avec un mal de dents *on se sent moins seul* ? Ou encore, commençais-je de comprendre, à cause du premier exil, que pour moi aussi, *homme sans racines, point de pivot* ? École-psychanalyste, école-dentiste, école-psychanalyste, école-dentiste. Mes journées, quoi qu'il en fût, étaient rythmées comme une partition de salsa. Et j'allais sans façon chez l'un comme chez l'autre. D'un côté, les douleurs aiguës me semblant à l'époque bien mois graves lorsqu'elles n'étaient pas dentaires, je préférais le psychanalyste ; de l'autre, comprenant, ou acceptant plutôt, que ma passion pour les bonbons était responsable de mes caries, j'assumais cette responsabilité en me souvenant du plaisir que les bonbons m'avaient procuré et en rêvant à celui qu'ils me procureraient encore.

Le cabinet des Garbarino – où je voyais madame et mon frère monsieur – était situé bulevar Artigas, à quelques centaines de mètres de chez nous, et je devais m'y rendre à pied, et le trajet était, pour mes minuscules jambes, sempiternel. Le cabinet du dentiste se trouvait calle Coimbra, à Punta Gorda, et j'y allais avec ma nounou, grâce au bus 104 qu'il était normal, à cette époque, d'attendre parfois une heure, voire une heure et demie, dans la chaleur épaisse de Montevideo. Mes souvenirs de l'un, en cette première année montévidéenne, se résument à la terreur que j'éprouvais lorsqu'en sortant je devais refaire à pied le chemin infini pour rentrer seul comme la nuit tombait ; ceux de l'autre, à l'éternelle attente du bus qui, inexorablement, me mènerait à une nouvelle séance de martyre dentaire.

Accompagné par mon frère et deux membres de la bande de Parra del Riego, « El Pato » et « La Chinche », le Canard et la Punaise, les deux cadets des frères Curcio, qui fréquentaient également l'Instituto Crandon, je prenais aussi le bus chaque matin pour aller à l'école ; et chaque après-midi, puisque nous ne finissions jamais les cours exactement à la même heure, tout seul pour en revenir. En ces années lointaines, les bus, à Montevideo, passaient toujours lentement, seulement quand ils avaient le temps. Ils apparaissaient au loin, dans la rue déserte – car il n'y avait que très peu de véhicules circulant dans la ville – et ils avaient la particularité, outre leur lent conducteur, de posséder un deuxième employé, tout aussi lent, assis sur un siège surélevé près de la porte arrière, dont la seule tâche consistait à transmettre les requêtes d'arrêt. Dans ce petit pays engourdi, ce rituel, comme tant d'autres, suivait un protocole des plus rigoureux : lorsqu'un passager désirait descendre du bus, il devait lancer un « pschitt ! » à l'employé assis près de la porte arrière. Celui-ci le relayait en tirant sur une ficelle tendue près du plafond du bus. Tout au bout, la ficelle faisait tinter une clochette située à côté de l'oreille du conducteur. Malheur à qui, ignorant l'étiquette, touchait la ficelle ! Les regards noirs de l'employé, du conducteur et de tous les passagers le fustigeaient comme s'il avait commis le plus sanglant des crimes.

Le matin, Marcelo « Le Canard » Curcio pschittait pour nous quatre ; l'après-midi, tout seul, craignant de devoir émettre moi-même ce « pschitt » qui semblait si naturel dans la bouche des habitants de Montevideo et qui, sur mes lèvres, devenait le plus sibyllin des mots, je faisais souvent le trajet entier en priant pour qu'un autre passager désirât, comme moi, descendre devant la Faculté d'Architecture qui se trouvait juste en face de chez nous, de l'autre côté du bulevar Artigas.

Ces frayeurs – pschitter dans le bus, aller chez le dentiste, rentrer à la nuit tombante de chez le psychanalyste – étaient titanesques. Elles occupaient, plus que tout, mes journées. Mais comment me souvenir réellement de ces peurs enfantines qui hantaient encore ma jeunesse ? Elles n'ont pas marqué la mémoire du sceau tenace d'un effroyable cauchemar ou d'une blessure précise dont je pourrais, en écrivant, caresser la cicatrice ; elles n'ont pas accouché d'un texte qui serait devenu le palimpseste de celui que vous tenez entre vos mains : elles se sont simplement évanouies avec l'âge. Mais que ces peurs mineures minaient mes jours ! Souvent, adultes, nous vantons la témérité des enfants – ce n'est que pour mieux oublier la torture que constitue la timidité générale de l'enfance. Nous avons tous tremblé avant de lever la main une première fois en classe ; nous avons tous eu peur d'aller demander où se trouvent les toilettes dans un restaurant ; nous avons tous craint l'instant où, pour la première fois, il nous fallut entrer seuls dans une boulangerie pour acheter une baguette. Et il reste bien peu de chose en nous, adultes, de ces peurs immenses et infimes à la fois. Adultes, nous n'éprouvons le plus souvent même plus de la pitié lorsque nous voyons un enfant affronter ces moments d'horreur. Tout enfant que je m'efforce de rester, je me souviens d'avoir moi-même éprouvé plutôt une forme de fierté en voyant mes propres fils affronter ces instants terribles. Et à présent, comme je tente en écrivant de retrouver l'effroi de ces moments-là, mes mots me semblent si vains, si inefficaces. Comment, pourquoi, pour quel moi, pour quel toi, tolérer que cette partie de l'enfance *aussi* nous échappe ?

La peur la plus terrible, la plus cruelle, celle dont le souvenir ne s'effacera jamais, reste celle de l'obscurité. Pourtant, à l'opposé des six premières années de ma vie, celles de mon enfance laconique à Buenos Aires, au cours de mon aphone jeunesse à Montevideo, cette terreur, comme j'écrivais, devait peu à peu s'en aller. À Buenos Aires, les rues étaient illuminées et elles m'étaient interdites. L'obscurité n'existait que dans l'artifice de ma chambre à l'heure du coucher. En Uruguay, lorsque nous nous y sommes installés, la nuit souvent nous surprenait dehors, car nous jouions au football sur la chaussée jusqu'à ce qu'elle tombât, et la calle Parra del Riego, à l'époque, n'était pas éclairée. À Buenos Aires, comme dans toutes les villes du monde de nos jours, l'obscurité avait été volée aux hommes. En Uruguay, dans ce petit pays si paisible, si nonchalant, qui allait devenir peu à peu si violent, la nuit existait encore – et les rues appartenaient aux enfants. Et lorsque la nuit était douce, comme dans tant de pays chauds, on nous laissait jouer dehors jusque tard ; et, dehors, j'avais, et je n'avais déjà plus peur. J'étais encore, et je n'étais déjà plus tout à fait un enfant. Je le sais. Je le sais parce que très peu de temps après notre arrivée, je devais constater que Fabio « La Punaise » Curcio, qui avait un an de moins que moi, ou Álvaro « Uno », qui avait mon âge mais était bien plus peureux, refusaient de jouer à ces parties nocturnes de *Dos se esconden y los demás los buscan* auxquelles je participais avec une excitation extrême.

Mais dès que je retournais dans ma chambre et que ma mère éteignait la lumière, je redevenais l'enfant que jamais je ne cesserais d'être ; l'enfant qui, aujourd'hui encore, âgé de soixante ans, fuit, pâle, défait, hanté par son linceul, *ayant peur de mourir lorsqu'il couche seul.*

Je ne sais si *Dos se esconden y los demás los buscan* – Deux se cachent et les autres les cherchent –, que souvent nous diminuions à *Dos se esconden*, est un jeu qui existe ou qui a existé dans d'autres pays, dans d'autres villes, ou même chez d'autres bandes d'enfants d'autres rues de Montevideo ; mais aucun jeu, à cet âge lointain, ne suscitait en moi une effervescence semblable. Plus tard, lorsque la puberté sonnerait à ma porte (et bien que, ne voulant pas grandir trop vite, je la retinsse fermée de toutes mes forces), comme nous jouions à ce même jeu en vacances, dans les profondeurs sombres des *Paradas* de Punta del Este, la fièvre viendrait de l'espoir, lorsque c'était mon tour de me cacher, d'une proximité complice avec quelque fillette de mon goût. Mais calle Parra del Riego, aucune complicité intime ne pouvait venir titiller la moindre espérance sensuelle pour deux raisons bien simples : j'avais six ans et la puberté était encore loin, et il n'y avait pas de fille dans notre téméraire compagnie. Et pourtant. Et pourtant et pourtant et pourtant. Et pourtant, lorsqu'au cours de ces immenses parties de cache-cache nocturne je partais arpenter le pâté de maisons avec l'un de mes amis à la recherche d'une nouvelle cachette, puis comme nous attendions, perchés sur un arbre ou terrés dans le recoin d'un jardin, que l'on nous trouvât, mon cœur battait comme il devait battre pour un poème, pour un tableau ou pour une femme, dix, vingt, trente ans plus tard, lorsque la vie s'offrirait à moi avec le plus de véhémence.

Sans doute une incertaine intensité habite

tout cœur humain tant qu'il palpite ; et nous pouvons, de même qu'enfants nous tressaillons lors d'une partie de cache-cache ou de chat perché, vibrer adultes pour des futilités telles qu'une promotion dans notre métier, la victoire d'un candidat lors d'une élection ou de notre équipe dans une compétition sportive, l'acquisition d'une maison de campagne ou l'octroi d'un prix qui récompense notre travail. Mais que cette incertaine intensité décroît avec l'âge ! Dans ma trépidante vie (qui, de têtard têtu et aphone né au fin fond de l'Amérique du Sud et banni, dès l'âge de six ans, dans le plus flegmatique des pays – la République orientale d'Uruguay –, devait me conduire à devenir le gros crapaud graphomane, repu et baveux, qui s'expose à présent à vos humbles yeux), j'allais croiser Beckett et Borges, Orson Welles et Fellini, j'allais avoir des enfants avec la future femme d'un président français, j'allais partager la vie d'une comédienne ayant obtenu les prix d'interprétation des festivals de Cannes, Venise et Berlin, j'allais avoir pour amis des prix Goncourt, des palmipèdes palmés d'or, j'allais connaître des prix Nobel et tant d'autres gens inutilement célèbres. Dans ma trépidante vie d'enfant du tiers-monde ébloui par les chatoiements poudroyants et spécieux de la renommée, j'allais poursuivre pendant des décennies le rêve ridicule de devenir le centre du monde, d'être un nouveau Dante, un nouveau Cervantès ou un dernier Shakespeare, et j'allais faire de la mondanité la plus futile, la plus vaine – celle du cinéma en général et du festival de Cannes en particulier –, un exutoire qui me permît de supporter le petit supplice que chaque jour je m'inflige au réveil : coucher quelques lignes qui seront à peine lues assis en face d'un crâne qui me rappelle le peu que je suis et que je serai jamais.

Here hung those lips that I have kissed I know not how oft.

Certains sans doute trouveront mon destin digne de mes mémoires – ce n'est pas pour eux que j'écris. Certains sans doute trouveront qu'avoir grandi dans les rues de Montevideo avant de fouler tous les champs Élysées d'Europe mérite d'être couché sur quelques pages – ce n'est pas pour eux que j'écris. Certains sans doute trouveront qu'être arrivé à Paris nu-pieds, qu'avoir été l'enfant le plus pauvre et le plus méprisé du parc Monceau avant d'y faire grandir mes propres enfants comme de petits princes (ou de petits Marcel), est digne d'être narré – ce n'est pas pour eux que j'écris. Comme vous le savez, ô mes lecteurs supposés ! mes pages sont destinées, comme toutes les pages mais avec un acharnement supplémentaire, à notre commun oubli. J'écris *pour moi-même et pour mes amis.* J'écris *pour adoucir le cours du temps* – j'écris pour personne. Et si je sais que l'échec ne peut être recherché – écrire pour personne et n'être pas lu serait une véritable réussite –, je sais aussi combien commencer à chercher la réussite serait pour moi un échec – écrire pour être lu et être lu ne ferait que confirmer l'échec de celui que j'étais et que je ne serais plus.

Ce n'est pas tant – fût-ce *en vérité* – que nul n'est prophète en sa patrie, mais il n'est de véritables prophètes que ratés. Et heureusement pour chacun et malheureusement pour nous tous, pourrait-on dire, nous sommes si nombreux ici-bas à nous croire élus et, puisque lui-même a cessé de le faire, à jouer à être Dieu.

Et si les jours s'allongent avec l'âge, si les échecs comme les réussites peu à peu deviennent indifférents, si quelque chose en nous s'affaisse, s'éteint, s'amoindrit, il ne faut surtout pas s'en plaindre : que nos jours en vieillissant ressemblent de plus en plus à de longs crépuscules d'été nous permet – comme nous permettait enfants l'incrédulité – de continuer de vivre en sachant que seule la nuit nous attend mais sans cesser de nous émerveiller du simple fait d'exister.

Le temps est la haine
Que Dieu a de lui-même

Les week-ends, parfois, nous partions en voiture vers l'est. Nous allions à Piriâpolis ou à Punta del Este, les deux seules stations balnéaires d'Uruguay qui, en 1968, possédaient des hôtels qui répondaient aux exigences de mon père. De cette première année du premier exil, je ne me souviens pourtant que d'un seul périple oriental. Ou plutôt d'un seul détail d'un seul périple oriental : nous étions allés à l'hôtel Argentino de Piriápolis et, après avoir mangé des moules sur le cerro San Antonio comme nous le ferions tant de fois par la suite, mon père nous avait emmenés en voiture, mon frère et moi, du côté de Punta Colorada. Comme la route en terre s'arrêtait abruptement au milieu de nulle part, nous avions abandonné notre véhicule et nous étions partis nous promener à pied sur un sentier étroit qui serpentait au milieu d'herbes folles. Nous avancions joyeusement, mon père et mon frère se tenant par la main et marchant d'un même pas, alors que je courais à leurs côtés, devant, derrière, fier, déchaîné, effréné comme un chiot foufou. Les herbes folles étaient de plus en plus hautes et le sentier de plus en plus étroit. Au loin, on entendait les vagues, mâchant et remâchant les dunes. Soudain, comme je courais loin devant mon frère et mon père, je dus m'arrêter brutalement : un grand bâton coloré posé sur le sol barrait le chemin. Fasciné, je me penchai pour le contempler. Il était couvert de diamants rouges et verts, et son écorce semblait frémir d'une vie possible. J'étais à quelques centimètres à peine, et si étourdi par sa beauté, que je n'entendis pas mon père arriver en courant dans mon dos pour me tirer brusquement en arrière.

— Ça va ?!

Mon frère est arrivé à son tour et nous avons regardé ensemble le magnifique bâton coloré se tordre et zigzaguer, et disparaître lentement dans les hautes herbes agitées par le vent : c'est seulement à ce moment-là que j'ai compris que c'était un grand serpent que j'avais surpris endormi.

De retour à Montevideo, nous avons raconté à tous les enfants de la bande de Parra del Riego notre aventure. Eduardo et Juancho, les plus grands, avaient des avis opposés : pour l'un c'était une couleuvre, pour l'autre une yarará. Dans un cas notre aventure était anodine ; dans l'autre, nous avions échappé de peu à la mort.

Aujourd'hui je suis vaincu, comme si j'avais appris la vérité ;
Aujourd'hui je suis lucide, comme si j'allais mourir...

Juste à côté de notre maison, du côté de notre gomero, se trouvait une demeure qui ressemblait à un grand chalet suisse malencontreusement égaré dans cette partie subtropicale du monde : la maison de Tommy. Tommy était un homme d'une soixantaine d'années dont la gentillesse blessée débordait sans relâche de ses yeux bleus et humides. Il avait, dans tout son visage qu'entouraient une barbe et une crinière d'un gris très clair, quelque chose de ces grands chiens indolents qu'on ne voit jamais qu'étendus sur le sol, comme si tout fût au-dessus de leurs forces, et, tout à la fois, une petite étincelle rieuse, malicieuse, qui fait qu'aujourd'hui encore, comme je me souviens, je le confonds avec le visage, solaire, des dernières images d'Ernest Hemingway. Souvent, comme je traînais suspendu sur quelque nœud branchu du gomero, j'entendais, provenant des fenêtres du dernier étage de son chalet, un cliquetis étrange, irrégulier et interminable, dont je ne savais deviner l'origine. Parfois, Tommy nous ouvrait les portes de chez lui, et je contemplais, intrigué, l'escalier qui se perdait dans la pénombre du premier étage. Je rêvais d'y monter pour percer le mystère de cette crépitation pétillante, de ce cliquètement pétardant, mais nous n'avions droit, tous les gamins de la bande de Parra del Riego, que de rester dans son immense cuisine où il nous offrait un goûter composé d'étranges flocons croustillants qu'il servait dans des bols et qu'il arrosait abondamment de lait. Plutôt par politesse que par gourmandise, nous avalions cette denrée exotique qui aujourd'hui a envahi le monde : des céréales.

Car Tommy, voyez-vous, comme sa cuisine, en plus de tant d'autres choses, était nord-américain. Mes seuls souvenirs de lui en cette première année du premier exil sont ces mystérieux craquètements grésillants qui s'échappaient de la fenêtre du dernier étage de son chalet, ces goûters peu ragoûtants, et les bourdons qu'armés de pots de verre, *insecticides* en herbe, nous capturions dans son jardin, les attrapant dès qu'ils se posaient sur une fleur que nous décapitions en refermant dessus le couvercle. Il y avait dans ce geste, comme dans la chasse de ces cafards géants de dix ou quinze centimètres de long qui envahissaient périodiquement le trottoir ou dans l'observation des coccinelles qui s'agglutinaient et copulaient en couvrant parfois des pans entiers des murs de certaines maisons, ou encore dans le sadisme qui nous conduisait à écraser les escargots, les dénudant comme des limaces, ou à faire exploser des crapauds avec des pétards, – il y avait, dans tous ces gestes pleins de bonté et de mauvaiseté, pleins de beauté et de laideur, quelque chose de profondément humain, et de profondément réel ; quelque chose qui ressemblait à un savoir indécis qui s'est aujourd'hui perdu.

Sans doute toutes les enfances sont-elles aussi cela : le sanctuaire de savoirs disparus, des savoirs qui, à l'époque où nous sommes nés, semblaient éternels. Mais mon enfance singulière a-t-elle perdu davantage ? Ou plutôt : y avait-il quelque chose de plus fondamental, des savoirs plus essentiels, dans une rue de Montevideo de la fin des années 60 du XXe siècle que dans d'autres époques et dans d'autres lieux ? Oui. Et non. Non, parce que toute enfance est en contact avec une réalité qui se trouve par-delà bien et mal, et que le monde qu'elle contient se situe en dehors du temps. Et oui. Oui, parce que la petite rue Parra del Riego, à la fin des années 1960, vivait égarée dans un passé bien plus lointain, proche du XVIIe ou du XVIIIe siècle, et que ce n'est que depuis le XIXe que le pouvoir a trouvé comme solution à l'action politique quotidienne *qui occupait le plus grand nombre d'êtres humains* – chaparder, braconner, squatter, déserter – d'*effacer* des savoirs.

Pendant des siècles, partout dans le monde, alors que les puissants s'appropriaient par des lois et des titres de propriété la terre, la nature, les *dons de la nature* – et qu'ils s'armaient de gardes-chasses, de gardes forestiers, d'une police, ainsi que de tribunaux et de potences pour établir et protéger ces « droits » –, la plus grande partie de la population mondiale, *pour contester ces prétentions et faire valoir ses propres revendications*, usait des armes du pauvre, *discrètes et anonymes*, que sont le fait de voler du bois pour construire sa maison ou se chauffer, voler du fourrage pour nourrir ses propres bêtes, chasser du petit gibier et pêcher sur les terres des maîtres, et se cacher ou s'enfuir pour éviter d'être engagés dans une guerre absurde ou pour un travail inhumain. Et cette possibilité contestataire était justement permise par des savoirs communs comme celui de planter un arbre, de bâtir une cabane, d'élever des animaux, de fabriquer une chaise ou de tisser un tissu. De l'industrialisation à l'univers virtuel, tout a été fait, ces deux derniers siècles, pour que l'homme devienne de plus en plus dépendant de ce qui lui échappe. Et c'est ainsi que nous sommes aujourd'hui, quel que soit notre âge, non pas de grands enfants ou d'éternels adolescents comme on se plaît à nous le répéter, mais des vieillards séniles, sachant franchir mille obstacles, capables de trouver notre chemin dans les pires dédales, ne craignant pas de nous battre contre des centaines de guerriers – pourvu que tout ça se passe dans un jeu vidéo –, mais lâches, ignorants et incapables lorsqu'il s'agit d'affirmer notre désir ou d'éplucher une pomme de terre.

Au cours des cinq premières années du premier exil, la rue, cette rue docte, érudite, débordante de savoirs anciens, cette rue où passaient des charrettes tirées par des chevaux et d'où les pauvres n'étaient pas encore chassés comme des pestiférés, tel un puits de science, allait m'enseigner à utiliser un canif, à faire des nœuds, à voler des fruits, à gonfler ou réparer un ballon en cuir ou la chambre à air du pneu d'un vélo, à me battre et à me faire battre, à aider un ami, à respecter un ennemi, à regarder la mort, et à imaginer le sexe. Au cours des cinq premières années du premier exil, la rue allait me servir d'école – mais j'allais aussi à l'école.

Après le colegio Hispano-Americano, ce fut donc l'Instituto Crandon, une institution anglaise et protestante formée de deux grandes bâtisses – celle de l'école primaire et celle du collège et du lycée – occupant chacune un pâté de maisons entre les avenidas 8 de Octubre et Garibaldi. Comme chaque ère de mon existence jusqu'à l'âge de trente ans (mon enfance laconique à Buenos Aires, mon adolescence taciturne après le second exil à Paris, ma maturité coite surpeuplée par mon premier amour, ma vieillesse discrète après ma première défaite), ma jeunesse aphone en Uruguay dura six ans. Et comme chacune de ces périodes, elle fut radicalement – et postérieurement – divisée en deux par le petit Hegel qui se cache en moi comme en chacun d'entre nous : les cinq premières années du *premier exil* et l'année isolée des *premiers arrangements.* Lors de ces cinq années – dont je veux t'entretenir ici, ô hypothétique lecteur ! – les lieux et les temps n'étaient pas encore clairement établis ; ou plutôt, il m'est aujourd'hui impossible de les démêler et de les étendre sur le fil à linge alphabétique où je fais, depuis des décennies, sécher mes souvenirs. Dans la mémoire de cet âge où les âges n'existaient pas encore, la mémoire, comme j'écrivais, ressemble véritablement à la mémoire : un peu plus que pendant les années de l'enfance qui l'ont précédée et bien davantage que pendant celles de l'adolescence et de l'âge adulte qui les ont suivies, là, pendant cette jeunesse aphone, la mémoire, déjà fourmillante, est une fricassée de sensations et de sentiments, un salmigondis bigarré de bric-à-brac mémoriel, un pot-pourri cacophonique où s'imbriquent des vestiges sombres ou lumineux, une grande bouillabaisse de souvenirs et d'oublis, un insoluble pêle-mêle ouvrant des fois sur d'insalubres impasses – et d'autres fois sur des chemins fleuris.

D'avant mes six ans, mes souvenirs sont précis parce qu'ils sont rares ; d'après mes douze ans, ils le sont parce qu'ils sont proches. En Uruguay, entre ces deux âges, les souvenirs déferlent et éclatent, légers comme des bulles de savon ou étourdissants comme de grandes vagues, et ils flamboient aussi – comme ces plantes impatientes qui explosent pour se reproduire. Avant de devenir une encre de Michaux, où chaque souvenir, tels ses petits monstres sombres, pour extravagant qu'il soit, se retrouve aligné comme un idéogramme – fût-ce d'une langue que j'ignore –, la mémoire, ma mémoire, entre six et douze ans, ressemble à un grand tableau de Pollock éternellement en cours de fabrication : les souvenirs, plus nombreux et plus autonomes, plus immaîtrisables que jamais, pleuvent dans un désordre de plus en plus complexe comme j'écris.

Plic-ploc, plic-ploc, plic-ploc. Le bus du matin avec mon frère et les Curcio, l'école, le bus de l'après-midi tout seul, le goûter, le gomero, le dentiste ou le psychanalyste, le foot dans la rue jusqu'au soir, le coucher, les monstres du crépi, les invités de ma nuit. Plic-ploc, plic-ploc, plic-ploc ; tic-tac, tic-tac, tic-tac. Il pleut de grosses gouttes de temps noir sur la mémoire.

Entre las ramas ramo sin llegar
Raro remo de pez sin mar

Entre les branches je grappe sans arriver / Rare rame de poisson sans mer. Grappe sans but parmi les branches / Je rame rare de poisson sans océan. Je ne sais au juste comment traduire ces mots enfantins que je couchai sur le papier installé sur un nœud branchu du gommier. Sentais-je réellement que je devenais moi-même une branche ? Allongé pendant des heures dans les ramifications insolubles de la frondaison de mon arbre, finissais-je par me sentir moi-même un inextricable nœud ?

À l'école, j'apprenais à écrire ; sur l'arbre, perché des heures au milieu des branches, j'écrivais. Bercé par le bruit du vent et le cliquetis clapotant de craquètements des fenêtres hautes du chalet de Tommy, je tentais de dompter, et tout à la fois d'exciter, le monstre-à-la-queue-couverte-de-poils contre lequel s'était battu mon aïeul, poète et toréador. Clopin-clopant, je faisais mes tout premiers pas sur le sentier tortueux de mon devenir. Oui, c'est en boitant, immobile sur un arbre, que j'ai commencé d'écrire – c'est en boitant, immobile à une table, que je continue d'écrire.

> *Dionysos est le dieu de la contradiction, de toutes les contradictions. C'est précisément là que réside l'origine obscure de la sagesse.*

À l'école, je faisais déjà des efforts pour devenir ce mauvais élève exemplaire – ce mauvais élève érudit, *ayant un tel goût d'apprendre que l'obligation de le faire deviendrait superflue* – que j'ambitionnerais d'être pendant toutes mes années d'études. Mais d'abord, surtout, j'apprenais à écrire. Que dire de plus sur l'enseignement ? J'ai été à l'école, comme tout un chacun, jour après jour, cinq jours par semaine, durant plus de dix ans. J'y ai sans doute appris d'autres choses, mais en cette première année du premier exil à Montevideo, j'y ai appris surtout cela – à écrire. L'un des drames les plus profonds de la littérature tient peut-être à ceci : on nous enseigne à écrire alors qu'on ne nous enseigne pas à parler. Jamais aucun enfant n'a appris à parler autrement que par l'imitation et l'erreur. Seules les tentatives ratées nous ont permis de comprendre les règles de la grammaire. Aucun parent, aucun maître, n'a essayé de nous enseigner, à deux ans, qu'un déterminant précisait un nom, qu'un sujet devait accompagner un verbe ou qu'un verbe pouvait se conjuguer. Nous avons tous appris à parler comme nous avons appris à marcher : en tombant mille et une fois. Les règles de grammaire sont là pour qu'on oublie la liberté des erreurs qui nous ont appris ce qu'est réellement le langage : un rat rapide et fuyant, un labyrinthe sans issue, un lierre centenaire où nous nous perdons comme des coccinelles malhabiles sachant à peine voler, une nuit très obscure et très étoilée, un rosier agressif, plein d'épines et de pétales, dégoulinant de douceur et de sang, un univers en expansion où chaque phonème est une planète, chaque mot une étoile, chaque phrase une petite galaxie qui s'éloigne inexorablement des autres, une bête féroce qui renifle dans l'arène et bat le sol de ses sabots noirs avant de foncer sur nous pour nous tuer – et mourir à la fois.

La langue ne s'apprend pas : elle est un organe abstrait de notre corps. Si, enfants, nous appliquions les règles de la grammaire, nous n'apprendrions jamais rien. Quelle logique grammaticale pourrait-elle nous apprendre que lorsqu'on dit « Pierre dit qu'il est malade » Pierre et il sont une seule personne alors que lorsqu'on dit « Il dit que Pierre est malade » ils sont deux ? Quelle règle pourrait résoudre le simple paradoxe que pose l'affirmation « Je mens » ? Qui saurait expliquer ce que « je » ou « tu » veulent dire ?

> *Le mot Je n'est qu'une « personne grammaticale » au sein du dialogue qu'il engage avec Tu, qui n'est qu'un autre Je.*
>
> *À l'intérieur de la littérature, c'est cette lutte qui se défait, c'est ce dialogue qui se décompose, c'est l'oralité et le sens qui en provoquait le gémissement ou le vacarme qui se ruinent, se disloquent, s'émiettent, se dissipent.*

La grammaire elle-même, on l'oublie de plus en plus, n'est pas ce qui régit une langue mais *son étude* : elle naît, a posteriori, de son observation. Les vrais apprentissages se font toujours à travers des échecs. C'est pour ça que l'école, comme les règles, ne devrait pas être là pour nous enseigner, mais pour nous amuser. En grec, *skholè* veut d'abord dire « s'arrêter », « repos », « suspension temporelle », « prendre ou procurer du loisir ». C'est un temps de liberté, un temps libre, souverain : un temps où le temps est maîtrisé, ou inexistant. C'est le temps du jeu, du théâtre, de l'art – et de la politique. C'est le temps gratuit, le temps qui n'est pas *a-skholia*, marchand, productif, le temps qui n'est pas dédié aux affaires, au négoce (né-goce : ce qui n'apporte pas du *gaudium*, du plaisir, de la jouissance ; ou nég-oce : là où il n'y a pas d'*otium*, d'oisiveté. En latin aussi, avant de s'appeler *schola*, l'école s'appelait *ludus*, « ce qui amuse »).

Avoir gardé le nom d'école pour nommer cette institution publique obligatoire née en même temps que l'usine et le travail à la chaîne, *et dont l'organisation est calquée sur celle de la prison*, est aussi abusif que d'avoir gardé le nom de démocratie pour qualifier le régime représentatif capitaliste transmis par l'Église chrétienne que nous subissons de nos jours et dont l'origine se trouve bien plus dans le régime que subissaient les enfants, les femmes et les esclaves dans les foyers grecs – l'*oikonomia* – que dans celui dont jouissaient les hommes libres dans la cité. L'inévitable air de parenté, depuis le XIXe siècle, entre les écoles, les usines et les prisons n'est d'ailleurs pas dû seulement à la fantaisie des architectes. L'école obligatoire *est une usine où l'on offre une formation de base, des compétences minimales en calcul, en lecture et en écriture* ; son but est de produire *un citoyen patriotique, sans langue particulière, sans ethnicité, sans religion.* Elle est là, la grande tragédie du système scolaire : c'est une usine à produit unique. *En quoi consiste ce produit ? en une certaine forme d'intelligence analytique que l'on peut mesurer à l'aide de tests,* alors qu'un grand nombre de compétences, *précieuses et nécessaires* à l'épanouissement des êtres humains (l'intelligence imaginative ou émotionnelle, les dispositions artistiques), n'ont rien à voir avec cette intelligence-là. Bref, c'est pour toutes ces raisons que l'on peut dire que si l'école dégoûte les élèves d'apprendre, ce n'est pas fortuitement : *c'est que des enfants ayant le goût d'apprendre la rendraient inutile.*

— Allez, réveille-toi, faut aller à l'école.

— Encore ?! Mais pourquoi ? J'y suis déjà allé hier !

Qu'un enfant réponde cela le deuxième jour de cours est la chose la plus saine qui soit. *Skholè, ludus.* Que l'assiduité ne soit pas un choix signifie que l'école telle qu'elle existe se trompe dès le départ. Il serait pourtant si simple de faire de l'école une tout autre chose ! L'école n'est pas, comme disent les Juifs de leur mère, *un mal nécessaire.* Imaginez une école où le jeu serait le moyen principal d'enseigner, où chacun viendrait non pas pour apprendre un savoir unique mais pour enseigner aux autres ce qu'il a de singulier. Quel homme les enfants pourraient-ils ainsi créer ? Ne serait-il pas forcément meilleur, férocement meilleur ! que celui que les adultes tentent de façonner en éduquant les enfants ?

Bien des années après cette première année d'école à Montevideo, je devais aller à l'école en France, l'un des pays, *avec la Chine, le Japon et la Corée*, où l'éducation obligatoire *culmine avec un examen global qui détermine en grande partie la mobilité sociale future* et *où la ruée pour être admis dans les écoles les mieux cotées atteint son paroxysme.* Quel malheur ! – Et quelle chance. Car n'est-il pas ironique, douloureusement, cruellement, lamentablement ironique, que *moi qui écris ces lignes et vous qui les lirez*, ô adorables *mélanges d'éléphant et d'ange* ! nous soyons les vainqueurs de cette compétition acharnée ?

Qui suis-je pour dire qui je serai, si j'ignore qui je suis ?
Être celui que je crois ? Mais je me prends pour tant de monde !
Et puis nous sommes si nombreux à nous prendre pour le même qu'il ne saurait y en avoir tant !

L'Instituto Crandon était une école anglaise et protestante, méthodiste pour être tout à fait précis, mais à peine religieuse. Le cours d'éducation chrétienne, justement, était le seul qui n'était pas obligatoire – alors que celui d'*oikonomia*, d'économie domestique, l'était. Comme dans n'importe quelle prison, j'allais y rencontrer des codétenus sympathiques, admirables (Daniel, Guille et Fonseca bien sûr, mais aussi Walter, « El Lagarto » Sierra, « El Cane » Perrone) et une première codétenue tendre comme un premier jour de printemps : Ruth Prins.

Dans l'apprentissage de l'amour, plus encore que dans celui de l'écriture, de l'amitié ou de la politique, il y a un premier âge, une première étape, où l'imitation est un jeu – et où le jeu est pourtant si profond, si sincère ; où jouer est si préservé de cet aspect un peu double, un peu fourbe et un peu sournois qu'il prendra plus tard. À six ans, à sept ans, on aime comme on croit qu'on doit aimer : on mime l'amour sans la fatalité de l'amour. Mais que j'aimais Ruth pourtant ! Je l'aimais bien au-delà de l'injonction qui nous poussait – puisqu'on s'appréciait – à devenir l'un de ces petits couples innocents que forment tant d'enfants.

Comme dans la découverte de l'écriture, et sans doute de la même manière que pour d'autres dans la découverte du dessin, du solfège, de l'arithmétique, je trouvais, dans la découverte de l'amour, fût-il encore cet amour pudique de l'enfance, un univers émerveillant qu'il me fallait tout à la fois explorer et contempler – un univers unique, né de la douceur d'un autre être, où je sentis aussi, immédiatement, malheureusement, qu'il me faudrait cheminer seul. Car, voyez-vous, Ruth m'aimait aussi, mais je sentais souvent, dans ses yeux en cours, dans sa petite main tiède qui craignait l'approche de la mienne au fond de la cour, près du tunnel qui menait au bâtiment des grands, ou sous le préau ce matin pluvieux où j'essayai de l'embrasser pour la première fois, que mon amour serait toujours plus pressant et plus insatiable que le sien. J'aimais Ruth ; et j'aimais aussi mon amour pour elle. J'aimais Ruth, et je voulais me laisser aller, je voulais plonger dans cet espace nouveau que notre proximité créait ; et j'aimais mon amour, et je ne pouvais m'empêcher de nous contempler de loin, comme si de cet espace nouveau, de cette contrée nouvelle dans laquelle je voulais me perdre, je sentais – déjà ! – qu'il me faudrait, en même temps, par l'écriture, en dresser le plan.

Après la puberté, puisqu'il n'y a pas d'expérience de l'amour, chaque amour est un premier amour. Alors, âgé d'à peine six ans, mon corps ne savait pas encore lire les hiéroglyphes des gestes et des regards. J'avançais à tâtons, certain seulement que cet univers qui s'ouvrait à moi me serait inévitablement familier, et inévitablement étranger. Et, de la même manière que pendant le reste de ma vie, je me trompais, je me trompais absolument, et je ne me trompais pas, je ne me trompais absolument pas : j'avais tort et raison à la fois.

Tes yeux bleu.
Tes yeux clair.
Les cheveux blond que tu as.
Et tes lèvres
Qui sont plus ~~rouge~~ plus douce que moi.

J'ai écrit ce premier poème d'amour à l'âge de six ans et demi. Je l'ai écrit d'une écriture très ronde, généreuse (et pleine de fautes d'orthographe) sur les lignes espacées de mon cahier d'écolier. Ruth avait quelque chose de très avenant, de très souriant, de très pétillant, et d'un peu chiffonné à la fois. Elle était blonde, mais sa peau très blanche et ses yeux très bleus cachaient les traits d'une rousse, plus amples et un rien plus grossiers que ceux qu'on remarquait au premier regard. J'adorais, en cours, la contempler pendant des heures. Et si elle aussi me regardait parfois, si ses yeux *clairs et lumineux comme ceux d'une sainte* m'observaient aussi dans leur *halo de pureté*, si lorsqu'elle me regardait j'entrevoyais dans ses yeux l'âme qui les habitait *et mon âme aussi*, c'étaient toujours ses yeux qui se détournaient avant les miens, c'était toujours elle qui me quittait avant moi.

Ce tout premier premier amour ne m'a laissé que le très vague souvenir de ce regard fuyant en cours et de cette petite main évasive dans la cour de récréation. Ai-je, alors, appris autre chose ? quelque chose que j'ignore et qui fait pourtant de moi celui que je suis aujourd'hui ? Ruth m'a-t-elle légué d'autres dons et d'autres tares ? Je l'ignore. La seule chose que je sais, même si à la douceur de l'avoir aimée se mêle fatalement la douleur de sentir que j'aimais aussi mon amour, est que cinquante ans après, j'aime reposer mon esprit en songeant à son visage indécis.

Instruit par le murmure harmonieux
du bocage,
j'appris à aimer
parmi les fleurs

De tous les jeux cruels de mon enfance à Montevideo, il en est un, en cette première année du premier exil, qui plus que tout autre faisait une sorte d'écho au jeu narcissique de ce premier amour : armés des premiers canifs que notre père nous avait offerts, nous faisions, mon frère et moi, de longues entailles sur le gomero de notre maison afin de cueillir cette sève laiteuse qui en séchant se transformait en caoutchouc. Les entailles que nous tracions dans le tronc de cet arbre que nous adorions, après avoir laissé couler leur collante larme de sperme, s'asséchaient, devenant des cicatrices indélébiles que nous contemplions et caressions chaque jour. Et si c'étaient alors les boules de caoutchouc que nous formions avec la sève qui nous ravissaient, c'est à présent bien davantage ces longues blessures que nous infligions au gomero qui reviennent, tout aussi fascinantes, sans cesse à ma mémoire. Cet arbre immense, maison, foyer, refuge, et aussi monde, forêt vierge, Himalaya, cet arbre foisonnant où j'appris à écrire et à penser, à contempler et à écouter, cet arbre dont chaque ramification me devenait si familière qu'aujourd'hui encore j'éprouve parfois la sensation physique de me fondre entre ses branches dès que mon corps trouve le confort d'un fauteuil ou d'un canapé, cet arbre qui m'était plus intime et plus douillet que n'importe quel lit – cet arbre, aussi, j'aimais à le blesser.

La vie est une longue *blessure absurde* où

chacun subit ou provoque – et souffre en subissant, et souffre en provoquant – des exils et des défaites. Peut-être, je ne saurais le dire, même celui qui commet des abus, des exactions, souffre de sa souffrance de tortionnaire. Si le bien et le mal sont souvent inséparables dans les actes des enfants – que dire de nos actes d'adultes ? L'amour et l'écriture, par exemple, sont-ils autre chose que des blessures qu'on s'inflige pour se souvenir qu'on est encore en vie ? Et ces blessures qu'on s'inflige, ne blessent-elles pas autant nos proches, ceux que nous aimons, que nous-mêmes ? La vie immédiate, instinctive, irréfléchie, indomptée et indomptable existe-t-elle pour ces animaux doués de parole que nous sommes ? La parole, d'ailleurs, est-elle une vertu ? ou le langage est-il seulement un défaut, une imperfection, un vice ? Plutôt que doués, ne devrions-nous pas dire que nous sommes des animaux – comme on dit des enfants, des aliments ou du temps – « gâtés » de parole ? De parole – et d'amour, puisque l'amour est le langage du sexe, puisqu'il en est, pour le meilleur et pour le pire, ses vers et sa prose, sa poésie et sa philosophie.

Shall I compare thee to a summer's day ?

En amour, nous pouvons être légers et vaillants comme Shakespeare, célestes et puissants comme Dante, profonds comme Spinoza ou tourmentés comme Nietzsche, mais nous pouvons aussi être prévisibles et ternes, comme tant d'autres philosophes et comme tant de mauvais poètes. Aujourd'hui, je sais combien aimer et écrire peuvent parfois, mais rarement – comme en ce matin clair à Patmos –, être simples et plaisants ; je sais à quel point le corps et l'âme éprouvent parfois une plénitude naïve, primitive, dans l'union sensuelle et la contemplation d'un autre être ou dans le commerce avec la plume. Mais ! ne courons-nous pas de déception en déception ? Ne sommes-nous pas toujours, infailliblement, les architectes d'un labyrinthe dont la seule issue possible est notre propre mort ?

> *Que l'âme et le corps soient indissociablement joints – cela est spirituel. L'esprit n'est pas un tiers entre l'âme et le corps : il est seulement leur fragile et merveilleuse coïncidence.*

J'écris pour ne plus écrire. J'écris ce *Dernier Texte,* autobiographie et œuvres complètes, confessions et fiction, vérité et mensonge, prose et poésie, pour tout écrire – et ne plus écrire. Ai-je aimé depuis Ruth Prins pour ne plus aimer ? Ai-je cherché – et échoué, terriblement échoué – à trouver dans chaque amour, dans chaque premier amour, celui qui serait le dernier ?

Mis penas,
de ser tan sólo mias,
son como ajenas.

À la routine répétitive qu'on m'infligeait – aller à l'école, aller chez le psychanalyste, aller chez le dentiste –, j'ajoutais une autre routine, tout aussi répétitive, que je m'infligeais à moi-même : ne manger chaque jour, matin, midi et soir, que des escalopes milanaises. Cette routine uruguayenne était permise par la présence, dans notre majestueuse demeure, d'une femme exceptionnelle exceptionnellement experte dans l'art de faire des milanaises : notre cuisinière uruguayenne qui, par le plus purs des hasards, portait le même prénom que la plus célèbre cuisinière d'Argentine, doña Petrona. Armée d'un gros marteau en bois, elle frappait pendant des heures les escalopes qui, muettes, mouraient *sans dire seulement une parole.* À son art pétronien exercé dans la cuisine, elle ajoutait également des idées pétroniennes exprimées continuellement comme, ayant fini de préparer les repas, elle traînait à nos côtés dans la salle de jeu ou la pièce quotidienne.

— Si on avait les avants d'Elizabeth Taylor, c'est sûr qu'on les écrasait !

Après chaque défaite de Liverpool, l'équipe de football de son quartier de Montevideo, le Michel-Ange de notre cuisine redisait cette même phrase qui lui semblait à chaque fois tout à fait originale. Elle la redisait comme si chaque défaite de son équipe (et elles étaient fréquentes) était la première et comme si c'était aussi la première fois qu'elle la prononçait : avec une satisfaction, poétique ou conceptuelle, qui la faisait se redresser, qu'elle fût assise ou déjà debout, et partir le regard ferme, l'allure fière, pour clore la discussion – la discussion que jamais personne n'avait songé à entamer.

Elle possédait de nombreuses formules semblables, toutes issues de cette sagesse qu'on dit « populaire » qui au lieu de poser les questions découlant *de notre incompréhension de la logique du langage* se résume à y apporter des réponses. À chaque fois qu'elle épluchait des oignons, par exemple, pleurant à chaudes larmes, elle se tournait vers mon frère et moi, ou alors vers notre jeune nounou, et elle disait, avec une complicité accusatrice, comme si toutes les larmes que nous, nous pouvions verser étaient ridicules et injustifiées :

— Moi, au moins, je sais pourquoi je pleure.

À mon frère et à moi, cette formule, comme toutes les autres qu'elle proférait et qui lui permettaient toujours d'avoir le dernier mot, nous faisait sourire ; mais je me souviens d'une de nos nounous, souffrant une terrible peine de cœur, qui plus d'une fois, comme doña Petrona répétait sa maxime, fondit en sanglots avant de s'enfuir en courant.

Y a un village chez moi là-bas
qui s'appelle ne-m'oublie-pas

Le gomero et doña Petrona, brusquement, me semblent incompréhensibles sans revenir sur l'Uruguay en général. Ou plutôt, comme j'écris et retrouve ces souvenirs (et comme je retrouve ces vers de Zitarrosa si infailliblement uruguayens), il me semble faillir constamment à trouver les mots qui pourraient vous les faire voir comme je les vois, éprouver comme je les éprouve, si je ne cède pas un instant à la facilité de considérations d'ensemble.

Si le gomero était un univers dans lequel mon frère et moi pouvions nous perdre pendant des heures, si doña Petrona pouvait préparer des mets exquis, qui portaient loin dans la rue *l'odeur de ses mérites*, tout en traînant longuement à nos côtés pour disserter sur le sens de la vie, c'est parce que l'Uruguay tout entier vivait sur un rythme qu'aujourd'hui, aussi bien ici, en France, en Europe, qu'en Argentine ou en Uruguay, il est presque impossible de concevoir. Ce n'est pas tant qu'alors, à Montevideo, même en comparaison de Buenos Aires, il n'y avait pas de cinémas, de télévision, de vitrines, de restaurants – c'est que l'idée de devoir se divertir ne semblait jamais avoir effleuré l'imagination d'un Uruguayen. Bien sûr, il y avait le football, les billes, les toupies, ainsi que *Dos se esconden* et d'autres jeux que nous inventions comme tous les enfants de tous les pays du monde, mais quelque chose de plus profond, comme une voix qui nous était à tous intérieure, semblait nous répéter sans cesse combien ces activités étaient futiles, voire injustifiables, tant le temps uruguayen se devait de respecter un tempo tempéré.

La plus grande distraction familiale, à laquelle nous avions droit une fois par semaine, était de marcher après le dîner pour aller prendre une glace à *La Chicharra*. Ô comme cette marche était joyeuse ! Après de longues minutes de flânerie dans des rues sombres, très sombres, l'apparition au loin de l'enseigne lumineuse du glacier – avant même que de goûter nos glaces – comblait déjà nos cœurs d'un bonheur si profond. Parfois, je ne voulais pas marcher et je me plaignais que c'était trop loin, que la nuit était trop noire, que mes jambes étaient trop petites, mais la promesse de ces parfums que j'adorais – dulce de leche, chocolat blanc – et les bras de mon père qui me portait pendant quelques dizaines de mètres, ou sa main et la main de ma mère qui, prenant mes mains à moi, me faisaient voler dans les airs tous les trois pas, avaient toujours raison de mes caprices.

— Ring !... Ring !... Ring !...

La sonnerie du téléphone provoquait une joie semblable à celle de ces marches nocturnes pour aller chez le glacier. Comme le moindre appel demandait des heures de tentatives ratées (les lignes téléphoniques, en Uruguay, fonctionnaient alors à grand-peine), à chaque fois que notre téléphone sonnait, deux ou trois fois par semaine tout au plus, la surprise suscitait en nous une telle allégresse que même une mauvaise nouvelle avait toujours quelque chose d'heureux.

Oui, il m'est si difficile aujourd'hui, aujourd'hui

où tout va si vite, aujourd'hui où tout se précipite vers le précipice précis et précieux de la plume et du papier, de ressusciter ce temps posé et passé. On s'ennuyait tellement que l'un des seuls divertissements qui pouvaient égayer les longues journées paresseuses de l'été était de contempler le fascinant mouvement circulaire de la machine à trancher le jambon de notre épicière, une femme âgée que nous nommions la Vieille Autruche – et que nous devions croiser par hasard, bien des années plus tard, preuve de l'ampleur de l'exil auquel la dictature à venir allait contraindre le peuple uruguayen, à l'ambassade d'Uruguay à Paris.

Mais en cette première année à Montevideo, en ce temps d'avant l'arrivée des militaires, la vie n'était encore que lente. Tout bêtement lente, tout extrêmement lente. Les journées, à Montevideo, passaient et ne passaient jamais.

Aujourd'hui la mort s'est promenée, cherchant quelque chose entre mes livres. Aujourd'hui cet après-midi, elle s'est promenée entre les papiers, cherchant à savoir qui j'ai été, comment a été ma vie, combien de temps j'ai perdu, comment j'écrivais quand il n'y avait pas de télé... Aujourd'hui, la mort s'est promenée entre mes livres en cherchant mon passé – et elle n'a rien trouvé.

À l'aube, en écrivant, je retrouve parfois cette lenteur montévidéenne. Les mots inutiles que j'agglutine sur des pages de plus en plus sombres ne s'adressent alors à personne – et le temps existe et n'existe plus. Tout est suspendu comme j'écris ; tout est encore plus silencieux. C'est simple, mon amour : si tu ne dormais dans la chambre d'à côté, la fin du monde aurait déjà eu lieu.

Mais tu dors, Marion – et j'écris ; – et le monde, je sais, comme après chaque aube, même dans cet hémisphère boréal où je vis et où chaque nuit, comme chaque hiver, semble éternelle, va s'éveiller doucement et, encouragé par la lumière poudreuse du matin et le piaillement primesautier des moineaux, va commencer à bruire, pareil à mes souvenirs.

Mais là est l'aiguillon du dieu ; nul sans lui
Ne saurait aimer l'injustice divine.

Je ne sais pas. Je ne sais pas si tenter d'écrire sur l'Uruguay en général, si essayer de dépeindre une époque et un pays, me rapproche ou m'éloigne – de toi, cher lecteur, cher gastéropode ailé, baveux et agile à la fois ; et surtout de moi, jeune têtard graphophile devenu un vieux crapaud graphomane.

Faut-il rapprocher Zitarrosa et Hôlderlin ? Faut-il tenter encore, toujours en vain, d'unir philosophie et poésie ? Sommes-nous ici, sur ces pages où, comme dirait (ou pas) Tristram Shandy, tout est acerbe et silencieux, pour éclairer d'autres mystères que le seul qu'il nous est permis de contempler dans toute sa noirceur, dans toute sa misère – c'est-à-dire nous-mêmes ?

Mange des chocolats, petite ;
Mange des chocolats !
Dis-toi bien que les chocolats sont ici-bas le fin mot de la métaphysique.

Je ne tardai pas à remarquer, en cette première année, dans le parler des gamins de la bande de Parra del Riego qui étaient déjà devenus mes amis et dans celui de mes codétenus de l'Instituto Crandon, les quelques différences notables qui séparaient notre castillan portègne de l'espagnol de Montevideo. Appeler un enfant « guri », une équipe de football un « cuadro », ces sandwiches à la viande qu'en Argentine on nomme « lomito » un « chivito », un stylo une « birome », un bus un « bondi », un pull un « buzo », un tee-shirt une « remera » ou des baskets des « championes », sans parler de ces nombreux noms par lesquels ils s'appelaient les uns les autres (« guacho », « botija », « choto ») et des innombrables « bo » et « ta » dont ils ornaient leur moindre phrase, m'ont forcément étonné dans un premier temps – avant de devenir, comme une nouvelle langue, ma nouvelle patrie.

Il est étrange que nos seules véritables patries – l'enfance et la langue – soient toutes deux des patries évanescentes. Notre errance sur terre a-t-elle un autre but que de lamenter ces pertes ?

Parfois oui : lorsque enfants nous jouons, lorsque adultes nous aimons. Et puis aussi lorsque nous contemplons le silence d'un Bellini ou la puissance d'un Goya, lorsque nous lisons quelques vers de Manrique, de Blake ou de Mallarmé, quelques pages de Proust, de Dostoïevski, de Joyce, de Musil ou de Borges, lorsque nous écoutons un opéra de Mozart ou de Purcell, un concerto de Bach ou une symphonie de Beethoven, ou une improvisation de Miles Davis ou de Charlie Mingus, lorsque nous assistons à une grande représentation de Sophocle ou de Tchekhov, lorsque nous regardons un beau coucher de soleil avec un ami – ou lorsque nous mangeons une bonne glace à la mangue. Bref, plaignons-nous constamment – mais ne nous plaignons pas trop.

Et écrivons, puisque nous sommes aussi incapables de parler – que de ne rien dire. Écrivons puisque aujourd'hui il ne nous semble pas ridicule de dire « nous ».

> *Telle est l'exemplarité de l'étant que* nous *sommes, du* nous-mêmes *dans cette situation discursive du* Mitsein *où nous pouvons, à nous-mêmes et à d'autres, dire* nous.

Je. Je, je, je. Ich, ich, ich. Je et pas je. Dans la bande de Parra del Riego, j'ai omis de mentionner deux membres bannis, éternellement absents et éternellement présents : le frère trisomique de Juancho et la magnifique sœur d'Eduardo. Tous deux me fascinaient, et tous deux m'effrayaient. D'une incertaine façon, ils formaient les limites extrêmes de notre univers.

Les maisons de Juancho et d'Eduardo étaient contiguës. Seul un long couloir mitoyen, très étroit, permettant d'aller de Parra del Riego au bulevar Artigas, les séparait. D'un côté du couloir, il y avait la petite fenêtre de la chambre de la sœur d'Eduardo ; de l'autre, la porte d'où surgissait, toujours inquiétant, le frère de Juancho.

Le souvenir de la sœur d'Eduardo est trouble, indécis, terriblement vaporeux : il se mélange, à son extrémité la plus proche, avec celui d'Adriana, la sœur aînée de Gonzalo « Fon » Fonseca, l'un de mes meilleurs amis de l'Instituto Crandon, et se perd, à son extrémité la plus distante, dans la confusion sensuelle de l'ensemble de ce temps de ma vie où la sexualité existait et n'existait pas encore, ce temps où je vivais le désir seulement par procuration – ce temps intouchable et chauve d'avant que je ne pénétrasse dans *le monde poilu du sexe*.

Je ne me souviens pas vraiment de son visage, je ne me souviens pas vraiment de son corps. Mais je me souviens qu'elle était un peu blonde, et je me souviens qu'elle était un peu ronde. Je me souviens que nous nous arrêtions de jouer au football sur la chaussée de la rue lorsqu'elle passait sur le trottoir ; je me souviens comment nous riions lorsque le frère de Juancho parvenait à l'attraper et à se frotter à elle comme ces chiens en rut qui confondent les jambes des humains avec le derrière des chiennes ; je me souviens, plus d'une fois, d'avoir suivi mon frère et les grands de la bande – Eduardo, Marcelo et Pepeto Curcio – afin de tenter de contempler sa nudité dans sa chambre qui se trouvait, pour des raisons que j'ignore, au sous-sol.

Pour regarder à l'intérieur par la petite fenêtre haute collée au sol, il nous fallait nous coucher sur le carrelage du couloir, et la vue que nous avions de la chambre était plongeante et parcellaire, et le spectacle de sa nudité, comme elle se déshabillait pour se mettre au lit, se limitait à l'incandescence furtive de la peau de ses épaules, de son ventre et de ses cuisses, car, au parfum de nos regards indiscrets, jamais elle n'enlevait son soutien-gorge et sa culotte avant de s'enfouir sous les draps. La mère d'Eduardo, nous surprenant régulièrement étendus par terre dans le couloir, ne cessait de nous chasser et nous l'interdire, mais, désobéissants, nous ne cessions d'y revenir.

Le frère trisomique de Juancho était son cadet, mais il n'avait pas vraiment d'âge. Et il était d'une force redoutable. Même Juancho et Eduardo, les plus musclés de nous tous, ne pouvaient contenir sa fureur lorsqu'il était hors de lui. Et il était souvent hors de lui. Parce qu'il apercevait une prostituée sur le trottoir du bulevar Artigas, parce qu'il voulait se saisir de notre ballon de football et que Juancho l'en empêchait, parce qu'il voulait un bonbon qu'on lui refusait – ou pour des raisons bien plus mystérieuses, comme la présence d'un chat sur un toit, le vol d'un oiseau dans le ciel, l'arrêt de la pluie –, il devenait enragé et il était impossible de le maîtriser.

À ces puissants moments de rage faisaient écho d'autres moments, des moments d'émerveillement silencieux d'une puissance toute aussi grande. Parfois, il s'arrêtait en extase devant un papillon, et le contemplait en bavant jusqu'à ce qu'il s'envole. Parfois, il se collait de tout son corps au capot chauffé par le soleil d'une voiture, et il pouvait rester ainsi pendant des heures, à plat ventre sur la tôle, le visage défiguré, ou « configuré » plutôt, par un immense sourire. Parfois aussi, il nous accompagnait voler des nèfles sur l'arbre d'un voisin grincheux qui habitait au coin d'Araúcho, et alors que nous, nous en dévorions des dizaines, plus animal et plus humain, il profitait, avec à la fois une sauvagerie gloutonne et une science si exacte, d'un seul fruit qu'il écrasait férocement sur sa gueule, puis dont il léchait et sentait et touchait et contemplait la moindre parcelle. Il m'inspirait autant de sympathie et de pitié que de frayeur ; et je me vois encore, du haut du néflier, le regarder apeuré comme il grognait en écrasant le fruit entre ses mains, ou étonné et amusé, comme il se caressait la joue avec son noyau, emporté par un plaisir si intense.

Une des premières nuits d'été de la fin de cette première année du premier exil, alors que la chaleur depuis plusieurs jours était si étouffante que dormir semblait illusoire, j'ai entendu sa voix rauque à la fenêtre de ma chambre :

— Santi… ¡Bo vení!

Sa voix, en toute occasion avait quelque chose de grave, et il parlait toujours très lentement. Je me suis approché de la fenêtre. Il était perché sur notre gomero, à quelques mètres à peine de moi.

— ¿Qué pasa?

— ¡Veni bo! ¡Veni!

Sans plus un mot, agile comme un chimpanzé, il a dévalé de l'arbre. J'ai mis mes chaussures par-dessus mon pyjama et je suis sorti de la maison. Il m'attendait déjà dans la rue déserte. Je ne comprenais pas au juste ce qu'il voulait de moi mais mes parents m'avaient assez demandé de le traiter gentiment pour que je répondisse, sans trop me poser de questions, à son imprécise requête. Il m'a pris par la manche du pyjama et il a tiré dessus.

— ¡Veni! ¡Veni bo! ¡Veni!

— ¿Pero adónde querés ir?

— No… irse no… ¡No!

Mais tu veux aller où ? – Non, pas s'en aller. Il avait fugué plusieurs fois, et il avait été sévèrement puni, et il voulait me rassurer sur la portée de l'escapade nocturne qu'il me proposait de faire avec lui. Me tirant toujours par la manche du pyjama, et me rassurant toujours, régulièrement, par la répétition de ces mots : « Irse no… ¡No! », il m'a emmené au-delà de la calle Obligado – ce qui, à notre âge, en pleine nuit, dans les rues alors si sombres de Montevideo, était déjà une bien grande expédition.

Soudain, découvrant enfin la maison qu'il voulait me montrer, il s'est arrêté, aux aguets, pour observer longuement le grillage qui protégeait le jardin qui s'étendait devant la demeure. Surpris, je l'observais aussi : très peu de maisons dans le quartier des Petits Puits, en ces temps lointains, étaient protégées par des grillages – et aucune par un grillage surplombé de quelques rangées de fil de fer barbelé comme celui qui se trouvait devant nous.

— ¡Shht!

Portant ses doigts à ses lèvres, il m'a intimé l'ordre de ne plus faire le moindre bruit puis il a mis sa main sur mon épaule pour me forcer à m'accroupir à ses côtés. Nous sommes restés ainsi quelques longues minutes, figés et silencieux, contemplant le très haut grillage qui entourait le jardin de la maison. Rien ne semblait jamais devoir se produire à cette heure tardive, dans cette chaleur écrasante, en cette rue sombre et déserte de cette ville infatigablement endormie. Parfois je me tournais vers lui – qui ne quittait jamais le grillage du regard et dont les traits concentrés du visage avaient pris un air si sérieux qu'on eût dit que sa vie dépendait de ce qui allait se passer, ou ne pas se passer, derrière le petit muret – et je me demandais ce que je faisais là, en pyjama, au milieu de la nuit, accroupi aux côtés d'un idiot.

Les minutes passaient et rien de nouveau

n'advenait : la rue était toujours aussi calme, la nuit toujours aussi noire et aussi silencieuse.

Alors que j'allais me relever pour partir, brusquement, d'un geste, il m'a demandé de tendre l'oreille. Ce que je fis. (Ce que je fis aussi simplement que je le dis, car le passé aussi, parfois, est simple.) Et là, dans l'insonorité déserte et nocturne de Montevideo, j'ai entendu clairement, provenant du jardin obscur, un frottement très précis et très lourd, comme si quelqu'un tirait un gros tapis épais sur une pelouse un peu trop rêche.

— ¡Shht!

Me prenant par la main, il m'a fait traverser la rue. Le lourd frottement ne s'arrêtait pas. J'avais peur et je ne voulais pas m'approcher de la maison mais il me tenait la main avec une telle force que je n'avais guère d'autre choix que de le suivre. Arrivé devant le muret, comme le frottement continuait, si proche, et que la curiosité commençait de vaincre la peur, je collais comme lui mon visage au grillage. Dans l'herbe noire, un serpent de plusieurs mètres de long serpentait longuement. Il avait une tête très large, très carrée, et sa langue pointue pointait par à-coups hors de sa gueule, et on voyait briller le reflet de son regard terrible dans la pénombre. Je le regardais en retenant mon souffle. C'était fascinant, véritablement fascinant. Ma main ne voulait plus lâcher celle de mon compagnon.

Ce n'est qu'après un long moment, comme l'anaconda s'éloignait de nous, que je me rappelai l'air subjugué du frère de Juancho lorsque nous avions raconté, mon frère et moi, notre rencontre avec le serpent endormi à Punta Colorada. Je me tournai de nouveau vers lui. Il me regardait fixement, fier, ravi, un filet de bave à la bouche, un immense sourire idiot remplissant son visage d'une joie sans nom.

Mon cœur ne dort pas plus, mais infinie
La nuit me tient captif de sa magie.

Quelques jours plus tard, ou quelques semaines peut-être, avant ou après que nous étions partis en vacances, ou après ou avant que nous fussions partis en vacances (cette éventualité temporaire a-t-elle une solution grammaticale ?), au cours de cet été 1969 en tout cas, alors que nous traînions devant chez lui, Tommy ouvrit la porte de son chalet et nous proposa d'y entrer. La bande de Parra del Riego était au complet. Après les céréales, pour la première fois, il nous fit monter l'escalier jusqu'à cette pièce, pour moi si mystérieuse, dont les fenêtres donnaient sur le gomero. C'était son cabinet de travail. Au milieu d'une infinité de livres, de papiers, de dossiers et de journaux formant sur les étagères ou à même le sol des tours instables, il y avait un de ces bureaux à rideau américains en bois clair des années 1930 sur lequel trônait un appareil singulier qui m'était alors absolument inconnu : une machine à écrire.

Tommy avait eu vent des expéditions nocturnes

dans lesquelles le frère trisomique de Juancho avait réussi, après moi, à entraîner plusieurs gamins de la rue. Avec un sérieux auquel il ne nous avait pas habitués, il nous dit qu'il ne fallait plus jamais nous approcher de cette maison protégée par du fil de fer barbelé. Il nous dit qu'il en avait parlé avec la plupart de nos parents et qu'ils nous expliqueraient pourquoi il ne fallait pas le faire. Mais il tenait à nous le dire lui-même :

— Cette maison est interdite. Elle est dangereuse. Il ne faut plus s'en approcher. Plus jamais.

Comme moi-même, je crois, aucun d'entre nous ne comprenait la gravité de son intonation, mais nous l'avions tous écouté sagement. Puis, alors que mes amis et mon frère quittaient la pièce pour retourner jouer dans la rue et que je restais là, le regard rivé sur sa machine à écrire, Tommy posa sa main sur mon épaule.

— Tu veux l'essayer ?

Je ne savais pas exactement ce que ces mots voulaient dire. Tommy sourit, tira la chaise pour que je m'assisse devant le bureau, enleva la feuille sur laquelle il était en train d'écrire et glissa une feuille blanche dans le cylindre.

— Regarde.

Par-dessus mon épaule, il tapa ces mots : « Santiago quiere escribir. » *Santiago veut écrire.* J'étais impressionné. Non pas par cette phrase si sobre – et si prémonitoire – mais par la simplicité et la vitesse agile avec laquelle ses doigts avaient tapé les lettres de ces trois mots.

Je venais d'avoir sept ans. Tommy tapait bien plus vite que je ne pouvais lire.

— Dale.

Vas-y. Comme il insistait, je mis mon doigt sur le bouton de la lettre A et je le poussai fort, mais lentement.

— Non, pas comme ça. Comme ça, ça ne marche pas. Regarde.

La confondante réalité des choses
Est ma découverte de tous les jours.
Chaque chose est ce qu'elle est
Et il est difficile d'expliquer à quiconque à quel point cela me réjouit,
Et à quel point cela me suffit.

M'asseyant sur ses genoux, Tommy tapa très vite ces quelques vers qu'il m'offrit. Je pris la feuille et m'en allai en courant.

Comme mes amis avaient déjà tiré les équipes et commencé une partie de football, je montai sur le gomero pour contempler mon trésor. Trouvant une place *aérienne, mouvante, tiède et simple*, formée par la bifurcation du tronc et deux grosses branches, je m'y étendis.

En plein cœur de la frondaison de l'arbre, mon poème à la main, j'écoutai mon sang battre dans mes veines, *tout entier livré à la volupté d'exister.* Je n'avais nul besoin de lire les vers d'Alberto Caeiro que Tommy m'avait offerts. Volontairement à l'écart, protégé de tout et de tous, j'éprouvais pour la première fois un sentiment d'exclusion joyeuse, voulue, une exclusion qui n'était pas due à mon silence, une exclusion qui, par la solitude qu'elle provoquait, me donnait un pouvoir magique sur moi et le monde : le pouvoir apaisant, immense et factice, d'empêcher ou tolérer que quoi que ce fût advienne. De mon obscur refuge, je contemplais le ciel et c'était moi qui faisais défiler les nuages. J'observais une chenille et c'était moi qui la faisais avancer sur sa petite tige. Je surveillais mes amis qui interrompaient la partie de football comme une *cachila* des années 1910 montait la rue difficilement – et j'avais le sentiment que c'était moi seul qui leur permettais de faire ce qu'ils faisaient. Je leur permettais ou je leur interdisais – car permettre et interdire n'avaient plus de différence ni de raison d'être : ils *étaient.*

Alors que le vieux tacot s'éloignait, émergeant des fenêtres hautes du bureau de Tommy, j'entendis de nouveau le bruit de sa machine. Dans sa crépitation, dans son grelottement irrégulier, je reconnaissais maintenant le tintement de la clochette comme le chariot arrivait au bout de sa course, et les deux cliquetis, et le frôlement chuinté que faisait en tournant le cylindre avant que les doigts ne reprissent leur ballet grésillant.

« Santiago quiere escribir. » Emporté par une émotion colossale que je ne pouvais pas comprendre, je relevai les yeux de la rue vers le ciel. Le bruit de la machine à écrire, monotonie insignifiante pour n'importe quelle autre oreille, je l'entendais comme une berceuse baroque, délicate et dissonante à la fois. Par je ne sais quelle alchimie, son rythme gris, monocorde, en pénétrant dans mes esgourdes décollées d'aphone bloc de marbre, se transformait en un oratorio aussi harmonieux et sacré que cette *musique savante* qui manque toujours à notre désir. Le jour tombait et je profitais de la lumière mielleuse et des ombres joueuses du grand arbre tropical pour m'oublier.

— Santi…

Autour de moi, Montevideo s'assoupissait comme une pieuvre immense relâchant, après l'orgasme, son amoureuse étreinte. « La luna. » Je ne sais pas pourquoi, remarquant la lune dans le ciel encore clair, je prononçai ces mots à voix haute. « The moon. » Sans doute n'étais-je pas tout à fait sorti de cet âge où on croit au rapport naturel des mots et des essences, cet âge *où on croit qu'on crée ce qu'on nomme* : cet âge qu'on retrouve parfois adulte, par exemple lorsqu'on craint de traduire un mot.

— Santi…

Le crépuscule avait été si doux, la nuit était tombée avec une telle bienveillance, que bercé par le bruit de la machine à écrire, tranquille et intranquille à la fois, je m'étais endormi.

— Santi… ¡Santi!

La voix de ma mère, qui depuis un moment se tenait debout au pied du gomero, finit par me tirer de mon sommeil. J'ouvris lentement les yeux. La machine à écrire s'était tue et l'aplomb de l'obscurité, son évidence, avaient déjà entièrement triomphé de la pusillanimité effarouchée du jour.

— ¡Ya te dije que no tenés que dormirte en el árbol!

Je t'ai déjà dit que tu ne devais pas t'endormir sur l'arbre. Je souris à ma mère qui me grondait, descendis de l'arbre, pris la main qu'elle me tendait et nous entrâmes dans la maison. Mon père et mon frère étaient assis à table et le dîner était déjà servi.

À peine avions-nous commencé à manger que mon père nous expliqua pourquoi Tommy nous avait parlé de cette maison située à quelques centaines de mètres de chez nous. Elle appartenait à la CIA. Les USA, inquiets de l'importance que prenait le mouvement révolutionnaire des Tupamaros, envoyaient de plus en plus d'instructeurs militaires en Uruguay. Tommy était journaliste et il avait conseillé aux parents de tous les enfants de la rue de ne plus nous laisser nous en approcher.

Ce que, pour une fois obéissants, nous avons fait.

II

Une des toutes premières actions des Tupamaros, peu de temps avant notre installation à Montevideo, avait été de faire exploser un des dépôts de la société allemande Bayer qui, personne ne l'ignorait à l'époque, après avoir produit le célèbre Zyklon B pour aider les nazis à exterminer des Juifs, produisait en Allemagne, comme Monsanto aux États-Unis, de l'Agent Orange pour aider les Américains à tuer des Vietnamiens. Personne ne l'ignorait à l'époque, de même qu'aujourd'hui – alors que ces deux groupes, *combinaison d'une rentabilité presque idéale*, n'en forment plus qu'un qui commercialise aussi bien *les produits qui causent les cancers que ceux qui prétendent les soigner* – personne ne semble s'en souvenir.

Comment ces deux entreprises ont-elles pu si impunément continuer de sévir sans même avoir eu à changer de nom ? Peut-être, je hasarde une hasardeuse réponse, parce que rien n'est plus opposé à l'histoire que le journalisme – et depuis les années 1980, comme dirait un journaliste, *force est de constater* que l'un triomphe alors que l'autre peu à peu disparaît de notre manière de lire le monde. N'en déplaise à Fukuyama, ce n'est pas à la fin de l'Histoire que nous avons assisté : c'est à la fin de l'histoire-géo.

Comme l'ERP et les Montoneros en Argentine, comme le MR-8 au Brésil et le M-19 en Colombie, comme le MIR au Chili, l'organisation guerillera des Tupamaros en Uruguay était née au début des années 1960, peu après la révolution cubaine. Il est difficile d'imaginer à quel point la lutte armée n'était pas alors dénigrée, dépréciée et déconsidérée comme elle l'est aujourd'hui. Le monde, même pour un enfant des classes aisées du Tiers-Monde, était encore si concret que non seulement la mort mais la vie aussi avait un sens, et un poids surtout, bien différent de celui qu'elle a de nos jours. La vie et la mort existaient encore : les morts pouvaient parfois être belles, et la vie réelle. Et le risque que prenaient ces garçons et ces filles, souvent âgés d'à peine sept ou huit ans de plus que moi, qui formaient le gros des maigres troupes de ces mouvements révolutionnaires pour voler des armes, de la nourriture ou de l'argent, était comme un éloge à la puissance de l'une et de l'autre, et à l'intensité singulière qui surgit lorsqu'on a conscience du fil ténu qui les relie.

Les premières « opérations » des Tupas, comme le vol d'armes (qui malheureusement s'avéreraient être des armes de collection inaptes à être utilisées) au Club Suisse de Colonia ou celui du camion d'un supermarché rempli d'aliments et offert aux habitants d'un quartier pauvre de Montevideo, pour adolescentes qu'elles fussent, avaient une forme d'innocence et d'insolence d'où l'enfance ne s'était pas encore absentée. *Maintenant il faut des armes.* Le mot d'ordre de Blanqui (Blanqui, Barbès, Raspail… il suffit de regarder un plan de Paris pour comprendre à quel point l'insurrection armée n'a pas toujours été condamnée comme elle l'est aujourd'hui), auquel on ajoutait « et du fric », a guidé les premiers pas de toutes les organisations guerilleras des années 1960 et 1970 : lorsque leurs actions n'étaient pas destinées à obtenir les unes, elles avaient pour but d'acquérir l'autre.

Aux enlèvements de chefs d'entreprise, de diplomates et d'agents nord-américains et de politiciens locaux, les Tupas avaient eu la joyeuse initiative d'ajouter le vol des casinos. Après celui du Grand Hôtel de Carrasco, ils avaient réussi à voler le casino de l'hôtel San Rafael à Punta del Este. Or ces deux hôtels sont intimement liés à l'intime histoire de votre batracien serviteur.

Le San Rafael, immense bâtisse en briques rouges de style Tudor située juste en face de l'océan à la Parada 11 de la Playa Brava de Punta del Este, qui ressemblait comme deux gouttes d'eau à une *old school* d'Oxford et dont on se demandait par quel maléfice elle s'était égarée parmi les dunes pour se faire bercer par le bruit des vagues à cet endroit insolite du monde, n'est autre que l'hôtel où el abuelo Vicente, mon grand-père maternel, avait invité toute la famille pour les vacances d'été 1962 – vacances tristement interrompues à deux reprises : par la naissance de Gon, mon cousin aux deux kilos trois précoce, le 1er février, et la mienne quinze jours plus tard. Et l'hôtel-casino de Carrasco, cette autre immense bâtisse datant du début du XXe siècle, d'un style plus français que britannique, qui se trouvait à quelques dizaines de mètres à peine de la première maison où nous avions habité au tout début de notre premier exil, est le casino où se rendait el abuelo Horacio, mon grand-père paternel, à chaque fois qu'il nous rendait visite à Montevideo.

Lorsque son imposante luciole bleu ciel surgissait parmi les lucioles éphémères, dardant ses phares comme elle tournait au coin de Parra del Riego et nous forçant à nous arrêter de jouer au football sur la chaussée, toute notre petite bande montait sur le trottoir pour la contempler passer et aller se garer devant notre demeure. Au-delà de la frustration d'avoir dû interrompre le jeu, au-delà de la blessure infligée à l'obscurité, j'éprouvais – bien plus que la fierté qu'aurait pu produire le fait que l'imposante luciole bleu ciel appartînt à mon grand-père – la même admiration béate que mes amis. Car nous nous étions exilés à Montevideo un an plus tôt, et en un an, j'étais déjà devenu uruguayen. « ¡Bo! ¡Bo! » « ¡Ta! » Ces interjections foncièrement orientales égayaient mon castillan comme si je fusse né dans les rues du quartier des Petits Puits. Têtard graphophile, voyez-vous, j'étais définitivement devenu un *botija*, un *guacho*, un *gurí*.

Au tout début du mois de mars, peu avant la rentrée des classes, comme l'été n'était pas encore fini, comme il n'avait pas encore baissé ses chaleureux bras devant la fraîcheur humide de l'automne, nous sommes allés, notre jeune nounou, mon frère, Celeste et moi, à la plage de Carrasco, là où la ville commence de se confondre avec les petites stations balnéaires qui ne cessent de s'étirer paresseusement vers l'est jusqu'au Chuy. À un incertain moment de la longue journée de plage, comme nous nous étions déjà baignés dans le fleuve, comme nous avions déjà inspecté les rochers, et comme notre nounou dormait sur le sable ou batifolait dans l'eau avec quelque jeune baigneur de son âge, mon frère m'a pris par la main – comme il devait le faire bien des années plus tard à Patmos – et nous avons quitté la grève pour aller nous promener, escortés par Celeste, dans les rues de ce quartier où nous avions habité pendant les deux premiers mois du premier exil. Mon frère voulait que nous retrouvassions cette mystérieuse demeure dont le parc était semblable à un jardin zoologique ; je voulais revoir notre ancienne maison.

De la Rambla, nous avons remonté la rue de la Divine Comédie jusqu'à la calle Mones Roses. Nous avons retrouvé facilement la grande bâtisse sombre et son immense jardin. Les cages étaient encore là et de grandes pierres dessinaient toujours des enclos, mais le parc zoologique avait été vidé de ses zoologiques occupants. Déçus, mais toujours la main dans la main, nous sommes retournés rue de la Divine Comédie pour contempler notre ancien domicile. Un panneau en bois planté dans l'herbe du minuscule jardin indiquait qu'elle était à louer. Nous avons traversé le jardinet et nous nous sommes approchés à petits pas timides de la porte vitrée qui donnait sur le salon. Mettant nos mains de chaque côté de nos visages pour cacher le reflet du soleil, nous avons regardé à l'intérieur.

Peut-être, ô mécréants lecteurs ! ô lecteurs impies ! avez-vous eu la chance (ou le malheur) de lire mon *Enfance laconique* il y a vingt-trois ans et vous souvenez-vous de cet énorme canon en plastique rouge que mes parents m'avaient offert pour mon anniversaire quelques jours après notre installation à Montevideo. J'avais laissé entendre, lors d'une promenade, passant devant la vitrine d'un magasin de jouets, qu'il me ferait plaisir. Mais le jour de mon anniversaire, *ayant mûri entre l'instant du désir et celui de son assouvissement*, je le trouvai ridicule. Il me sembla adressé à un autre moi, un moi que je regardai avec mépris, comme un enfant que je n'étais déjà plus.

Nous venions d'arriver en Uruguay, nous venions de subir notre premier exil. Comment aurais-je pu ne pas grandir brusquement en quelques jours ? Au début de la soirée, je m'en souviens clairement, je craignais plus ce cadeau que je ne l'attendais. *Dès que je le vis, j'éclatai en sanglots.*

Un an plus tard, dans la maison inoccupée, traînant au milieu du salon vide, l'immonde canon en plastique rouge semblait encore m'attendre, me narguant de son innocente énormité. Je le contemplai longuement. Qu'y a-t-il vraiment dans un jouet ? Quelle âme mystérieuse possède un pistolet en bois, une petite voiture en tôle, une poupée de chiffons ou un immonde canon en plastique rouge ? Pour mon deuxième anniversaire en Uruguay, mon père m'avait rapporté d'un voyage à Buenos Aires un robot incroyable, qui marchait et bougeait ses bras tout seul et dont le torse et les yeux s'embrasaient de lumières colorées. Jamais aucun cadeau – à part, bien sûr, ma noire Celeste pour mes cinq ans – ne m'avait fait autant plaisir. Je le chéris quelques jours, empêchant mon frère de le toucher, dormant avec lui comme si ce fût une peluche, puis commençai de le dépouiller. Je lui crevai ses yeux lumineux, j'arrachai les loupiotes de son torse, je tordis la tôle qui recouvrait ses jambes et ses bras jusqu'à ce qu'il ne reste que ce squelette métallique que je conserve encore aujourd'hui et qui, malgré son absence d'âme, continue de s'agiter lorsque je tourne la clef qui est plantée dans son dos. Mais, si l'âme lui manque aujourd'hui, qu'avais-je découvert en le dépouillant alors ? La cruauté dont j'avais fait preuve – cruauté tout enfantine, tournée vers ce robot innocent et vers moi-même – m'avait poussé à délaisser, après quelques jours, ce jouet que j'avais adoré ; mais qu'avais-je trouvé en le dénudant ?

J'avais éprouvé de la peine et de la joie à le détruire. J'avais senti, pour la première fois peut-être avec une incertaine conscience, que ces deux sentiments n'étaient pas opposés. *Quelles singulières créatures sommes-nous pour accepter de porter nos premiers désirs en un lieu sans espoir ?* Notre seule patrie est l'enfance (et la langue, la langue qu'on partage, la langue qu'on s'invente). Toutes les autres – je ne devais pas tarder à le comprendre quand j'entendrais ce mot revenir sans cesse dans la bouche des militaires uruguayens et argentins – ne forment que des refuges illusoires pour les paranoïaques. Mais que cette seule vraie patrie est complexe ! Et que ces êtres qui la peuplent, ces jouets qui alors étaient nos seuls vrais compatriotes, nous obéissaient et nous commandaient à tour de rôle ! Le monde des jouets, prestigieux et intense, est un monde à part, *surajouté au quotidien comme les initiales gravées se surajoutent aux timbales.* Mais il est aussi, à ce moment précis de nos vies, par à-coups, notre seul monde sensible.

Plus tard, tous les êtres humains, surtout ceux qui n'ont pas la même nationalité que nous, deviennent nos compatriotes – et nous nous perdons inévitablement dans nos vies surpeuplées. Il en va tout autrement lorsque nous sommes enfants. Les cercles qui nous entourent s'ouvrent lentement. D'abord, il n'existe qu'une seule personne : la propriétaire de ce sein qui nous nourrit ; puis apparaît un autre être, dangereux, étranger : notre père ; puis un frère ou une sœur, un chat ou un chien, et presque en même temps une peluche, un doudou qui n'est ni sujet ni objet, ni animé ni inanimé – et qui débute cette mystérieuse relation que nous entretiendrons pendant des années avec les jouets.

Il m'est impossible aujourd'hui de savoir ce que j'avais trouvé alors dans les entrailles métalliques de mon robot, mais je sais que j'ai dû y voir quelque chose d'assez fascinant, quelque chose d'assez proche de ce que je trouve au cœur du langage dont je fouille et farfouille les entrailles d'une semblable manière, quelque chose d'ineffable et pourtant d'inoubliable – puisque cinquante ans plus tard le squelette de ce petit robot est encore à mes côtés, posé près de mon bureau comme j'écris.

De quel mystérieux mal l'immonde canon en plastique rouge était-il les initiales ? Je ne savais pas. Je ne savais plus. Une année entière était passée et la douleur était de nouveau là. Elle venait me rappeler que tout uruguayen que je fusse devenu, j'étais encore ce petit Argentin désespéré par un premier exil que j'avais été un an plus tôt. Je contemplai l'immonde jouet endormi dans la maison vide un long moment. Je ne me tournai pas vers mon frère. Je sentais sa main serrer à peine plus fort la mienne et cela me suffisait. Il avait aussi aperçu le canon en plastique rouge et se souvenait comme moi des sanglots inconsolables de ce premier anniversaire du premier exil.

— ¿Vamo?

On y va ? D'un simple mot, il m'a tiré du passé douloureux. Celeste, tout excitée, a commencé à aboyer. Et nous sommes retournés sur la plage. Notre nounou, toujours insouciante, nous a juste demandé où nous étions passés. Elle n'était pas inquiète. Malgré les Tupamaros, rien en Uruguay ne semblait encore pouvoir survenir qui dérangerait son éternel sommeil de belle au bois dormant. Mon frère a couru dans l'eau. Et Celeste a couru derrière lui. Je les suivis jusqu'au bord du fleuve. Pris d'une émotion que je ne connaissais pas, je m'arrêtai et restai debout sur le sable humide. Je ne pensais plus au canon en plastique rouge ni à ce triste premier anniversaire du premier exil mais quelque trait envenimé et flottant du passé, tel l'aigle du Caucase dans le foie de Prométhée, venait se replanter sans cesse dans mon cerveau. Seul, debout face à l'immensité marine, je contemplais les vagues, je contemplais l'horizon. Le regard perdu, le cœur encore lourd, je sentis soudain quelque chose de tiède couler de mon nez sur mes lèvres. Je passai ma main sur mon visage et constatai que je saignais. Me penchant en avant, je retournai en marchant lentement vers ma nounou. Les gouttes de sang qui coulaient de mon nez formaient des traînées de petits monstres sombres sur le sable.

Quelque chose partout, on ne sait où, rétrocède. Une impression aérienne remplace l'impression du compact. La matière a cessé d'être indiscutable.

Impersonnellement on est.

Enfant, comme tant d'autres enfants, j'ai souvent saigné du nez ; mais ce jour-là, pour la première fois, j'ai commencé de sentir une forme de soulagement – oserai-je dire de bonheur ? – à former avec ces petits mots sombres, semblables à ceux peints par Michaux, des phrases que les vagues viendraient sous peu effacer. Poète en herbe me demandais-je déjà, *renversant la question du philosophe* : pourquoi n'y a-t-il rien plutôt que quelque chose ? Ai-je commencé là, sur cette plage, à vivre dans cet état où, *ayant solidement établi mes quartiers en plein cœur de l'avenir*, à l'instant même où j'accomplis le plus ordinaire de mes actes, je me préoccupe surtout de savoir quel souvenir je vais en garder plus tard, lorsque je pourrai, *attendri*, me remémorer mes gestes anciens et leur conférer la dignité d'étapes et de signes qu'ils n'auront pas manqué d'avoir acquise ? Sentais-je déjà sur cette grève propre l'intime morsure de l'en-soi ronger ma tendre chair d'un remords qu'il me faudrait guérir plus tard par des mots d'encre ? Morsure de l'en-soi, caresse de l'anchois. Ma *déplorable condition d'Argentin*, comme disait Funes le mémorieux, s'effaçait déjà, je le sentais, mais une petite graine maléfique plantée par ce premier exil commençait de pousser dans mon ventre ; une petite graine de l'une de ces plantes rampantes et luxuriantes, *filtrantes et expansives*, qui poussent depuis à l'intérieur de moi et qui me font écrire ; une petite graine d'un sentiment dont le père est l'orgueil et la mère la nostalgie et que je ne savais pas encore nommer – la mélancolie.

Je dois oublier. Il faut oublier. Je dois oublier qu'il faut oublier. C'est ça le passé. Un canon triste comme moi quand je me souviens. C'est pour ça. Je vais pisser des mots. Pour oublier le passé. Pour oublier d'oublier.

Ces quelques phrases que j'aligne à présent sagement les unes à la suite des autres égayent, si l'on peut dire, les pages du cahier d'écolier de ma deuxième année de classe à l'Instituto Crandon de Montevideo. J'avais à peine appris à écrire, et je théorisais déjà de grands projets d'écriture. Dans ce pays où l'art d'attribuer des surnoms a atteint son apogée, après avoir été nommé « El Porteño » l'année précédente, en cette deuxième année, je fus appelé par toute ma classe « El Mudo » – le Muet.

Luis « Le Petit Monstre » Marsicano, Alvaro « Le Soupe » Aguirre, Rafael « Le Microbe » Milans, Gustavo « Le Gnocchi » Arigón, Andrea « Main de Fer » Ottieri, Patricia « Petit Mec » Rivara, Andrea « Chère Lapine » Puppo, Gabriela « Vieux Jours » Días Arnesto, Claudia « Raz de Marée » Olaso, Rafael « Cane »

Perrone, Sandrita « Tête de Cul » Berta, Carol « Absente » Miles, Walter « Le Rachitique » Stancov, les deux frères Aguirre, Fernando « Coup de Poing » et Gonzalo « Coup de Boule », Veronica « Chaises et » Mesa et Sandra « Gros Nez » Cladera – que je devais tant aimer – et Gonzalo « Fon » Fonseca, et Daniel qui deviendrait mon meilleur ami, et Guillermo, qui l'était déjà. À part Daniel et Guille, presque chaque élève de ma classe (de mes classes, puisque les mêmes élèves devaient m'accompagner de l'âge de six à l'âge de douze ans) portait un surnom. Enfin, disons plutôt qu'en cette deuxième année d'école, c'est-à-dire, comme on disait en espagnol, en « deuxième degré » ou, comme on dirait en français, en « dixième » ou, comme on dirait aujourd'hui, en CE1, tous n'avaient pas encore acquis de surnom. Certains ne se le verraient attribuer qu'en CE2 ou en CM1, mais pratiquement aucun ne serait plus appelé par son simple prénom lorsque je serais forcé de partir de cette école – et d'Uruguay, et de ma langue maternelle – à la fin du primaire ; et c'est donc seulement ainsi, enjolivés de leurs surnoms, que je peux à présent me souvenir d'eux.

Elle était grande, vous pouviez la voir de loin.
Une fois, à la fin de l'été
elle resta debout un si long temps
en bordure du marais
que nous avons pensé qu'elle s'y tenait
prête à partir avec les hérons.

C'est la première fois que nous avons vu quelqu'un faire cela, aussi l'avons-nous nommée « Réveillée-en-héron » pour ne pas l'oublier. La communauté se souvient. *De la naissance de « Né-en-faisant-des-nœuds », par exemple, ou de la turbulence, quand il jouait avec d'autres garçons, de celui qu'elle appellera « Caribou-Sans-Repos ».* La communauté surprend, dans la vie quotidienne de chacun de ses membres, un petit mystère, une habitude ou un trait qui, le rendant singulier, unique, servira dorénavant à le désigner. Chacun a « gagné » le nom qu'il porte. *« On m'a apporté des noms de partout, je les ai ramenés à la maison et c'est ici que je les raconte. »* Donner des noms. Cette tâche et ce talent dont les Uruguayens ont hérité des Cheyennes, des Pawnees, des Apaches, des Iroquois et des Crees du Canada, et qu'ils ont transformé en sport national, est le propre, *aussi*, de l'écriture. Et je ne doute pas que ce soit pour cela qu'un si grand nombre d'écrivains français – Supervielle, Laforgue, Lautréamont – ont choisi d'aller naître à Montevideo. (Je risque une parenthèse. Le propre de cette région de l'écriture qu'on nomme « littérature » est de donner des noms – comme le propre de cette autre région qu'on nomme « philosophie » est d'utiliser ceux qui existent déjà. Dans un cas, on se méfie du langage, on le combat ; dans l'autre, on lui fait confiance – pour se méfier des idées. Du moins jusqu'au XXe siècle. Heidegger, Lacan, Deleuze, Derrida. *L'heure où la graine plantée par*

Héraclite donne sa plus grande récolte a sonné. La pensée occidentale a mis deux mille cinq cents ans à revenir à ce qu'Héraclite savait déjà : qu'il ne s'agit pas tant de penser un sujet et un objet mais plutôt un sujet et lui-même, c'est-à-dire le langage et le temps. Un peu longuet sans doute, mais quel beau voyage ! Cependant, la littérature accomplissait de son côté un détour similaire, commencé quelques siècles auparavant et qui s'est achevé quelques décennies plus tôt, lorsque Proust et Joyce ont fait de la prose un lieu où la pensée et la poésie devaient se joindre à nouveau.)

Quoi qu'il – quoi qu'il, quoi qu'il, sans fût ni soif –, bien que je n'y fusse pas né, je vécus dans ce terrain propice à l'écriture littéraire qu'est l'Uruguay de l'âge de six à l'âge de douze ans. Terrible désavantage d'être autant avantagé. Grand héritier d'une longue lignée de Silencieux et de Bègues, je devais pousser dans ce champ fertile où les surnoms éclosent comme des colchiques, des coquelicots, des centaurées. Mais si la communauté nomme pour ne pas oublier, le plumitif renomme pour *pouvoir* oublier. Et c'est pour cela que ce programme d'écriture que l'immature têtard graphophile se fixait déjà à sept ans sur son cahier d'écolier – *pisser des mots pour oublier le passé* – n'est guère différent de celui que l'auguste crapaud graphomane que je suis devenu poursuit aujourd'hui, cinquante ans plus tard, à vos côtés, et à vos frais.

La communauté se souvient pour exister

– l'individu oublie pour survivre. D'où les hérissons. Mais laissons Schopenhauer dormir tranquille pour le moment. Comme chacun sait, la société nous rend asociaux et la philosophie et la poésie (et la zoologie aussi) sont des fleurs sauvages qui poussent sur une seule et même branche du très-grand arbre du langage.

Guillermo Ache, Guillermo, Guille, *beau, frêle et doux*, était en cette deuxième année d'école mon meilleur meilleur ami. C'est-à-dire que parmi mes trois meilleurs amis – Guille, Gonzalo « Fon » Fonseca et Daniel Martinez Colistro (qui n'avait alors pas de surnom mais que bien plus tard, car lorsque nous marchions en bande il avait la fâcheuse habitude de se faire inévitablement coincer entre deux épaules, nous devions nommer « Le Sardine ») –, Guille était celui avec qui je faisais équipe lorsque nous jouions aux billes. Sept ans. Bébés porcs-épics, nos piquants commençaient à peine de piquer.

Qu'est-ce donc que cet âge si mystérieux que j'appelle « jeunesse » et qui demeure, à mes yeux fatigués, plus incompréhensible encore que l'ineffable enfance ou la toute-puissante adolescence ? Il est un temps, autour de sept, huit, neuf ans, où tout est si simple, où notre corps atteint cette perfection musculaire qui nous rend infatigables, où notre esprit gambade allègrement d'une matière à une autre, où les jeux sont aussi importants que la réalité, et l'univers tout entier – humain, animal, végétal, minéral – une source inépuisable d'émerveillement et d'amitié. À ce moment précis de nos vies, nous sommes puissants – et confiants. Les animaux les plus dangereux nous semblent gentils – et ils le sont. Les choses ne sont pas séparées. Le monde est entier. Le bien et le mal – qui jusque-là n'existaient pas – commencent d'exister, mais non de s'opposer. Exalté·e·s, impétueux·euse·s, nous quittons alors tout doucement notre état androgyne et les filles (ou les garçons, c'est selon) commencent aussi d'exister. Mais *illes* demeurent un lointain mirage social dont nous comprenons à peine qu'un jour lointain il faudra nous occuper. Oui, en deuxième degré, j'aimais Guille sans différencier l'amour de l'amitié (*la* amour de *le* amitié ? Mais que fait du masculin et du féminin de noms aussi essentiels qu'amour et amitié l'écriture inclusive ? D'ailleurs : un amour ou une amour ? ou les deux ? Un premier amour, un dernier amour. Mais des amours délicieuses ou printanières. Féminin lorsqu'il est multiple, masculin lorsqu'il est un ? Il y aurait tant à dire sur la bisexualité du mot amour ! D'abord, peut-être, que si l'amour est effectivement le besoin de sortir de soi, ou *le fait* de sortir de soi, l'idée que hors de soi on est un autre, neutre, indéfini – ou, mieux, hermaphrodite –, est la plus plaisante).

C'est du regard rieur et humide de Guille, de son regard *liquéfié par la longueur de ses cils sombres,* que je me rappelle surtout. Il habitait un grand immeuble des années 1940 situé dans cet endroit insolite, un rien inhospitalier, qu'était le centre de Montevideo. Je ne sais pas ce que faisaient ses parents. Je me souviens de quelque chose de triste et d'indéfini – un divorce ? une mère honteusement célibataire à cette époque où, en Uruguay, la séparation d'un couple était socialement inavouable ? –, quelque chose qui teignait l'appartement où j'allais parfois jouer les week-ends d'une tonalité lourde et grise.

Un jour, du balcon de chez lui (l'immeuble, je m'en souviens clairement à présent comme j'écris, se trouvait avenida Agraciada, à deux pas de l'avenida 18 de Julio), nous avons regardé passer une grande manifestation et nous avons vu la police fondre sur les manifestants et furieusement les frapper. Des hommes avec des casques distribuant de tous côtés, indistinctement, comme des machines incontrôlables, des coups de matraque ; des hommes à cheval encerclant et bousculant et empêchant les femmes et les enfants de s'en aller ; des hommes en costume gris dirigeant les policiers et les militaires ; des corps traînés par les cheveux sur la chaussée. Les souvenirs de cette manifestation se mêlent bien sûr aux souvenirs d'autres manifestations, car ces images sont des images que je devais revoir souvent lors de ces années que nous vécûmes à Montevideo.

Comme j'écrivais, partout en Amérique latine, c'est pendant ces années-là qu'ont pris le pouvoir les dictatures militaires les plus sanglantes que ce continent ait connues. Mais la première fois que j'assistai à ces scènes de violence qui ne tarderaient pas à devenir quotidiennes, ce fut du balcon de la maison de mon meilleur ami. Nous avions regardé un long moment ce déferlement de brutalité avant que la mère de Guille vînt nous chercher pour nous faire rentrer dans l'appartement et éloigner de notre regard innocent ce spectacle. Elle avait fermé la porte-fenêtre du balcon et elle avait baissé le store en bois ; et les cris et les bruits de la manifestation avaient disparu – comme avaient disparu la lumière du soleil et le bleu éclatant du ciel.

Cuando se cierra la ventana se apaga el cielo

Quand on ferme la fenêtre le ciel s'éteint. Ce vers solitaire, couché également sur mon cahier de deuxième degré, j'ai longtemps cru qu'il appartenait à l'une de ces chansons de la guerre civile espagnole que nous chantions si souvent en ces jours lointains ; mais je n'ai jamais trouvé son origine et j'ai décidé ici, sous vos yeux, de m'en attribuer la paternité – ou de l'attribuer plutôt au jeune têtard graphophile que j'étais. Pendant les années qui ont suivi, j'allais voir beaucoup de regards se détourner ainsi. La mère de Guille nous avait préparé le goûter que nous avions pris dans la cuisine, éclairée par la triste lumière d'une lampe électrique.

Que dire de plus ? *Quand on ferme la fenêtre le ciel s'éteint.* Les mots des enfants sont souvent plus justes que ceux des adultes, n'est-ce pas ?

Durant six ans en Uruguay, escortant la joie de cet âge béni d'avant l'adolescence et l'enthousiasme révolutionnaire de la fin des années 60 et du début des années 70 du XXe siècle, je n'allais cesser de voir des adultes fermer des fenêtres et éteindre des ciels. La mère de Guille n'était guère plus coupable que toute cette classe moyenne qui, en Uruguay comme en Argentine, en Argentine comme au Chili, allait fermer les yeux à chaque fois que les militaires feraient un pas supplémentaire pour s'approprier le pouvoir et, une fois au pouvoir, un pas supplémentaire vers la barbarie.

Nous, nous autres enfants, nous avions encore le droit, nous avions encore la possibilité, pour quelques courtes années, de nous occuper de ce monde parallèle – et parfois si réel ! – où les billes, puis les toupies, puis les « figuritas » avec des têtes de joueurs de football, attiraient toute notre attention. Ces jeux, chaque année, revenaient les uns après les autres ; et de la même manière qu'il eût alors semblé bien ridicule de manger des raisins en dehors des mois de mars et d'avril ou des tomates si nous n'étions pas en été, il était impensable de jouer aux billes, aux toupies ou d'échanger des figuritas lorsque ce n'était pas la saison. Quel dieu mystérieux donnait-il l'ordre de passer d'une saison à l'autre ? je ne saurais le dire. Mais chaque année, après quelques semaines où seules les billes nous fascinaient, nous les oubliions dans un tiroir pour ne plus nous intéresser qu'aux toupies. Une bille – ne parlons pas d'une toupie ou d'un paquet de cinq figuritas ! – était en ce temps-là un bien précieux. On les achetait encore à l'unité dans les kiosques ou les magasins de jouets. Comme en Grèce dans l'Antiquité – comme pendant ces dizaines de siècles où les enfants, partout dans le monde, avaient accès à d'autres sols qu'en parquet, en moquette ou en béton –, nous jouions à ce jeu qui consiste à mettre les billes dans un petit trou creusé dans la terre. Le jeu comportait un certain nombre de règles complexes qui permettaient d'avancer d'une, deux ou trois « mains » (c'est-à-dire la distance entre le pouce et le petit doigt tendus) et de toucher les billes de l'équipe adverse avant d'atteindre le trou. Nous comptions les points, et les boulets et les calots étaient des prises qui payaient pour cinq ou dix « normales ». Parfois, une partie entre deux équipes durait plusieurs jours, car elle ne s'arrêtait que lorsque l'une d'elles avait été dépouillée de toutes ses billes.

Il m'est arrivé, il y a quelques années seulement, lors de la visite d'une propriété agricole dans la plaine de la Bekaa, comme je commençais d'écrire les pages que vous tenez entre vos mains, une histoire – si l'on peut appeler un événement aussi insignifiant et magique à la fois « une histoire » – qui a trait aux billes. En sortant des écuries, j'avais aussitôt remarqué une longue allée bordée d'arbres que nous n'avions pas empruntée pour y entrer mais qui avait dû être, autrefois, l'entrée principale de la propriété. Je m'étais immédiatement éloigné du groupe de gens avec lesquels je me trouvais pour aller marcher dans cette longue allée à l'ombre des platanes. Je ne m'étais pas éloigné pour cesser d'entendre les explications, passionnantes, que nous donnait notre hôte sur la manière dont la propriété de sa famille, comme la plaine tout entière, avait été, depuis des siècles, balayée depuis le nord ou le sud par différents envahisseurs, mais parce que quelque chose que j'ignorais – et que je ne pouvais pas ignorer – m'attirait ardemment à m'engouffrer dans ce chemin. Alors que je marchais, enivré par la douceur de cette journée d'automne et par le bruit du vent qui peu à peu s'emparait du monde, je me suis brusquement arrêté pour contempler l'allée infinie qui s'étendait devant moi : elle était identique aux allées des estancias d'Uruguay et d'Argentine. Le vent, l'ombre rieuse des platanes, le chant des feuilles qui frissonnaient à la cime des arbres, l'odeur d'herbe et d'eucalyptus, des chevaux au loin : tout était identique. L'allée était longue, je ne pouvais pas voir où elle finissait, mais je savais que si je m'y engageais, elle me ramènerait chez moi. Désespéré, plein d'espoir, je levai mes yeux vers le ciel pour prier afin que mon enfance revînt. Le soleil qui jouait derrière les arbres, un nuage pressé et des voix qui s'adressaient en arabe aux chevaux m'ont vite rappelé qu'elle ne reviendrait jamais. Vaincu, je baissai mes yeux vers le sol. Entre les feuilles mortes, un petit bout de verre attira mon regard. Je m'accroupis pour écarter les feuilles et le déterrer : c'était une bille, une de ces billes qu'on appelle œil-de-chat, à la torsade rouge, que je garde depuis dans ma poche. Le signe que semblait m'adresser l'univers était on ne peut plus clair : mon passé ne reviendrait jamais mais, enfoui au plus profond de moi, il ne disparaîtrait jamais non plus.

Vaincu et heureux à la fois, presque insouciant, je continuai de marcher dans l'allée.

J'écrivais que les billes avaient une valeur différente lorsque j'étais enfant. C'est vrai – et faux à la fois. C'est vrai qu'une bille à l'époque était un vrai cadeau – alors qu'aujourd'hui, lorsqu'on veut faire plaisir à un enfant, on lui en achète des dizaines pour le prix d'une tablette de chocolat. Mais c'est faux également, puisqu'il suffit de contempler le regard d'un enfant lorsqu'on lui offre une bille pour constater qu'il lui accorde une valeur immense que nous, adultes, nous ne savons plus apprécier. L'économie ne nous rend pas seulement bêtes, elle nous rend aussi aveugles. Nous sommes devenus si pauvres que nous ne cessons de nous exploiter nous-mêmes. Chaque fois que nous regardons le scooter que nous avions acheté en espérant qu'il nous permettrait de promener notre copine (ou d'en trouver une), nous calculons combien d'argent nous pourrions gagner en l'utilisant plutôt pour Deliveroo. La voiture qui devait nous permettre de partir souvent en week-end avec les enfants, nous l'utilisons finalement pour faire le Uber et arrondir les fins de mois. *Avant Airbnb, une chambre inoccupée était une chambre d'amis, c'est désormais un manque à gagner.* Tout s'achète et plus rien ne nous est précieux – même pas nous-mêmes.

Le monde ne nous environne pas, il nous traverse. Ce que nous habitons nous habite. Ce qui nous entoure nous constitue.

Percevoir un monde peuplé non de choses, mais de forces, non de sujets, mais de puissances, non de corps, mais de liens.

En cette deuxième année montévidéenne, un autre drame occupait également notre quotidien : Sebastián, mon frère, mon seul frère, mon frère *ainé*, mon frère *aîmé*, mon frère *aînmé*, aimé et ami, ami et ennemi, était terrifié par un garçon de sa classe qui menaçait sans cesse de lui casser la gueule. Il y avait quelque chose de tragique dans cette peur qui chaque jour faisait pour lui du départ à l'école un supplice – et quelque chose de drôle aussi : le garçon en question était le plus petit élève de leur classe, alors que Sebastián en était le plus grand.

Mon frère souffrait terriblement d'être ainsi terrifié et je souffrais terriblement de sa souffrance. Cette peur immense, pourtant, comme tant d'autres peurs, était éphémère : elle occupait un tout petit espace de nos longues journées insoucieuses. Dès que nous rentrions de l'école (ou de chez le psychanalyste, où il allait, comme moi, trois fois par semaine), mon frère et moi escaladions les branches de notre gomero pour trouver une ramification bien noueuse afin de nous reposer, un livre à la main.

Les week-ends, de plus en plus souvent, malgré les araignées et les serpents, nous partions en voiture vers l'est. Nos amis uruguayens, ainsi que doña Petrona, notre cuisinière, trouvaient que c'était pure folie d'aller jusqu'à Piriápolis, voire Punta del Este, c'est-à-dire à cent ou cent trente kilomètres de Montevideo, juste pour deux jours. Mais mon père, mon père qui était si absent de nos vies du lundi au vendredi, avait un amour téméraire pour les vieux hôtels de ces villes balnéaires. De cette deuxième année, je garde surtout le souvenir des interminables trajets en voiture vers ces lieux qui allaient devenir pour moi, comme tout l'est de l'Uruguay, familiers et mythiques à la fois – puisque je n'ai jamais cessé de les écrire et de m'y rendre adulte sans jamais réussir à assouvir mon désir de les posséder. Les voyages en voiture commençaient d'être fragmentés par des checkpoints où les militaires demandaient à mes parents de baisser les vitres et de montrer leurs passeports, et avant lesquels nos parents nous demandaient, à mon frère et à moi, de cesser de chanter ces chansons de la guerre civile espagnole et des premiers disques des Quilapayún ou de Viglietti que nous connaissions déjà par cœur.

Pour faire cette muraille
Apportez-moi toutes vos mains
Les Noirs, vos mains noires
Les Blancs, vos blanches mains.

*

Cuando querrá el Dios del cielo,
Que la tortilla se vuelva
Que la tortilla se vuelva :
Que los pobres coman pan
Y los ricos mierda, mierda.

*

Contre les balles un papier
N'est pas utile
Une chanson désarmée
N'affronte pas un fusil.

Je ne sais pas exactement à quel moment j'ai vraiment pris conscience de l'existence de la politique, ou plutôt de la conjoncture politique singulière dans laquelle nous nous trouvions (car s'il est vrai que la politique n'existe pas, *que « politique » est un adjectif et non un nom,* il est aussi vrai, justement, qu'il y a des lieux et des époques, des *séquences,* plus politiques que d'autres). Pas au moment du premier exil en tout cas. Lorsque nous sommes partis de Buenos Aires, je savais que nous étions obligés de quitter l'Argentine, que nous n'avions pas le choix, mais je n'avais pas vraiment réussi à croire aux explications que mes parents et Estrella, ma filante thérapeute portègne, m'avaient offertes. *Si tu ne t'occupes pas de politique, la politique s'occupera de toi.* En cette deuxième année en Uruguay, cette vielle maxime syndicale commençait, comme disent les Yankees, « de faire sens » à mes yeux enfantins. Outre les manifestations et les check-points, une petite mésaventure familiale devait me faire comprendre la gravité de la situation. Profitant d'un peu de fièvre pour rater l'école, un matin, j'avais réussi, entre deux patients, à me faufiler dans le cabinet de mon père et à me cacher sous son divan. Mû par le désir de comprendre pour quelle mystérieuse raison mes parents m'abandonnaient dix heures par jour pour s'enfermer dans ces petites pièces du rez-de-chaussée où je n'avais pas le droit d'aller, j'avais regardé les pieds d'une patiente s'approcher, puis disparaître comme elle s'étendait au-dessus de moi. J'allais chez le psychanalyste, tout comme mon frère, et je savais que si moi je passais, avec Mme Garbarino, trois fois trois quarts d'heure par semaine à me taire et à jouer avec de la pâte à modeler, Sebastián, quant à lui, faisait d'interminables parties d'échecs avec Monsieur. Mais que pouvaient bien faire ces adultes innombrables qui défilaient à la maison du matin au soir et s'enfermaient dans les cabinets de mes parents où il n'y avait ni échiquiers ni pâte à modeler ? Ils se couchaient – et ils parlaient. Et s'ils étaient tous semblables à celle qui se trouvait étendue au-dessus de moi, ils parlaient, essentiellement, de politique. Je ne me souviens pas des mots exacts que j'ai entendus terré sous le divan, je ne sais pas si j'avais trouvé la confession effrayante ou ennuyeuse, mais je me souviens qu'au milieu de la séance j'étais sorti de ma cachette sous les regards ahuris de mon père et de sa patiente comme je me souviens du sérieux avec lequel mon père m'a fait promettre le soir même de ne jamais parler à personne des propos que j'avais surpris.

— Tu comprends, hijo ? Tu n'as rien entendu. C'est comme si tu n'avais rien entendu. Il ne faut jamais que tu parles de ça. À personne. Jamais.

Quelques années plus tard, je devais comprendre les raisons de ce sérieux : déchiré en mille morceaux par la fin de mon premier amour, j'avais décidé de partir de Paris et d'aller chercher en Argentine et en Uruguay, dix ans après le second exil, celui que j'avais pu être avant que d'aimer pour la première fois. Nous étions au début des années 80 du siècle dernier et ni ma mère, ni mon père, ni mon frère, n'étaient encore retournés en Amérique du Sud où les dictatures mouraient lentement les unes après les autres. J'avais vingt-deux ans et parmi les nombreuses personnes que mes parents m'avaient demandé d'aller saluer de leur part, il y avait cette patiente, Maria Esther, dont j'avais perturbé la séance. À vingt-deux ans, bien sûr, je savais déjà que la plupart des patients de mon père, comme presque tous les intellectuels en

Amérique latine à cette époque, avaient des opinions ou des activités politiques qu'ils devaient dissimuler et que certains participaient à la lutte armée. Mais j'ignorais que mon père avait aussi eu pour patiente la fille d'un ministre uruguayen de droite. Maria Esther m'a raconté simplement comment le fait que cette fille eût prévenu mon père qu'elle était en danger lui avait sauvé la vie.

— J'étais au travail lorsque ton père m'a appelée. Il m'a juste dit que cette fille lui avait confié que mon nom était apparu une troisième fois dans des interrogatoires et qu'il fallait que je quitte le pays sans repasser par chez moi. Je suis sortie du bureau et je suis partie en Argentine.

La décision de partir, de tout quitter, d'abandonner sa maison, sa famille, semblait si simple lorsqu'elle racontait ces années sombres. Sans doute en est-il toujours ainsi : les choix sont simples, évidents, lorsqu'on n'a pas le choix. Si elle était restée en Uruguay, Maria Esther aurait connu la prison et la torture, puis serait disparue, assassinée. Mais ce qui était surprenant dans la manière dont nous avions parlé de tout ça, c'est l'immense distance qui s'était déjà établie, quelques années seulement après ces événements, avec toute cette période. Le danger avait disparu, et avec lui tous les souvenirs physiques du danger. Aujourd'hui encore, aujourd'hui bien davantage que lors de ce premier retour en Uruguay, je me demande souvent comment nous vivions réellement au milieu de cette violence. Je ne devais pas vivre en Uruguay les années véritablement noires de la dictature : l'exil en France devait me préserver de cette douloureuse expérience. Pendant les six années que nous avons vécues à Montevideo, les dernières années des années 1960 et les premières années des années 1970, Allende allait arriver au pouvoir au Chili, Liber Seregni allait prendre la tête du Frente Amplio en Uruguay et Perôn allait rentrer de son exil espagnol pour mourir en Argentine. Les espoirs les plus purs – ou les plus absurdes – scintilleraient comme des étoiles devant nos yeux, masquant l'immensité du ciel qui peu à peu, partout en Amérique du Sud, de nuit comme de jour, se couvrait de gros nuages noirs. Jusqu'au mois de septembre 1973, c'est-à-dire jusqu'à l'assassinat de Salvador Allende, cette nuit totalitaire tomberait doucement – et ce long crépuscule, où rayonnaient les radieuses espérances nées de la révolution cubaine, de 1968 et de l'opposition à la guerre du Vietnam, nous laisserait vivre, nous, enfants, dans un mélange puissant d'attente et d'insouciance, d'impatience et d'insoumission.

À l'école, tandis que notre maîtresse, misis Sanguinetti, une femme excessivement ronde et excessivement souriante, nous offrait nos premières notions de mathématiques, d'histoire, de géographie et de grammaire, je contemplais encore le doux visage, gracieux et disgracieux à la fois, de Ruth Prins, me petite fiancée de premier degré. Mais nous n'étions plus en couple. Comme les saisons des toupies, des billes et des figuritas, qui alternaient chaque année, les années elles-mêmes, en primaire, étaient de longues saisons où l'intérêt pour les filles était ou n'était pas à la mode. Dans cette école, dans cette classe où j'avais aimé Ruth sans amour l'année précédente (si on peut « aimer d'amour », on doit bien pouvoir aimer sans amour, n'est-ce pas ?) et où j'allais aimer Sandra sans sexualité mais avec tous les tourments de la prépuberté trois ans plus tard, aucune fille n'existait – à mes yeux ni à ceux de mes amis.

— ¿Qué tal, bo?

— ¿Viste el partido?

— ¡Qué penal atajo Manga!

— ¿Vamo, bo?

— Ta.

— Pero el mejor sigue siendo Mazurkiewicz.

Je ne crois pas que j'étais timide (je crois ne l'avoir jamais vraiment été), mais mon silence me torturait. Arriver en cours le matin, entendre tout le monde se dire bonjour, ou parler des devoirs, ou du match de foot de Nacional ou Peñarol qui avait eu lieu la veille (et qu'à cette époque, lorsqu'on n'allait pas au stade, on suivait à la radio bien plus qu'à la télévision), était-il déjà un moment que je vivais de loin, en me sentant absolument exclu du monde ? Je ne sais pas. Oui et non, je dirais. Mon silence était déjà là, enfoui au fond de mon petit ventre, et en même temps il était incomparable au silence qui allait me submerger lorsque le second exil me priverait de ma langue maternelle.

En cette deuxième année en Uruguay, en cette deuxième année du premier exil, j'étais toujours cette carpe feutrée, ouatée, réservée, mais ma discrétion même, ma discrétion ténébreuse, créait peu à peu un halo de mystère qui me mettait en lumière. Profitant de l'éternelle double nature de la mélancolie – tournée en même temps vers l'aphasie morbide et impuissante de la nostalgie et vers la puissante vitalité créatrice de l'ambition –, je demeurais taciturne mais mon silence m'accordait un charme filandreux qui attirait tous les regards. Plus tard, au bout du premier exil, le fait d'avoir passé cinq ans à l'Instituto Crandon, le fait d'avoir partagé cinq fois durant une année entière mes journées avec les mêmes camarades de classe, le fait d'avoir pu persévérer avec eux dans une amitié ouverte sur le monde (fût-il celui, de plus en plus sombre, qu'on nous proposait de découvrir), n'allait pas faire taire tout à fait mon silence – mais cela allait me permettre de le supporter en créant des habitudes. En cette année de deuxième degré, le halo de mystère de mon silence commençait déjà de me mettre en lumière ; et tous mes camarades, comme ce serait de plus en plus le cas jusqu'à la dernière année rouge et noire du premier exil, commençaient, peu à peu, si ce n'est de m'adorer, de m'accorder une place singulière.

Le silence peut être monstrueux, il peut devenir une source intarissable de souffrance ; le silence peut provoquer de la méfiance, il peut être ressenti comme de la froideur, de l'indifférence, du mépris ; mais il peut aussi être interprété d'une tout autre manière. On fait dire au silence ce que l'on veut ; et lors de ces quelques années passées à l'Instituto Crandon, mes camarades de classe, indulgents, magnanimes, lui ont fait prononcer les mots les plus doux, les discours les plus souverains. Et c'est ainsi qu'en deuxième degré, alors que Guille était mon meilleur meilleur ami, je devins également le meilleur ami non seulement de Gonzalo « Fon » Fonseca et Daniel Martínez mais aussi de Perrone, de Gustavo, de Rafael, du « Lézard » Sierra et de Walter « Rachitique » Stancov.

Rafael « Cane » Perrone était un garçon adorable, un peu rondelet, dont la douceur et les rondeurs avaient, comme son nom de famille, quelque chose de profondément canin. De tous les garçons de la classe, c'était, après moi, l'un des plus silencieux. Mais cette tare, qui tel un miroir aurait pu, me renvoyant mon reflet hideux de handicapé de la langue, me repousser, tendrement m'attirait ; et j'ai le souvenir, dans la cour de l'Instituto Crandon, de muettes parties de billes et de mutiques promenades en sa compagnie.

« Le Lézard » Sierra, un garçon rieur, au visage effilé, était tout le contraire de Perrone : c'était un joyeux drille, un peu moqueur, un peu rêveur, toujours ailleurs que là où on l'attendait, et dont je garde, en cette année de deuxième degré, un souvenir aussi précis que douteux : la première fois qu'il m'invita chez lui, il me montra, dans une petite piscine située sur le toit de l'immeuble où il habitait, un jeune loup de mer. Les côtes d'Uruguay, à partir de Punta del Este, sont infestées par ces bêtes lourdes et graves, aussi maladroites et pataudes sur terre qu'habiles et gracieuses lorsqu'elles jouent dans les vagues, mais en trouver une sur le toit d'un immeuble à Montevideo était, même à l'époque, comment dire ? pour le moins improbable.

De Gustavo « Le Gnocchi » Arigón et Rafael « Le Microbe » Milans, en cette deuxième année, je ne garde aucun souvenir particulier – sauf celui, diffus, d'avoir eu un attachement spécial pour leur personne en raison de leur taille : Rafael et Gustavo étaient les plus petits de la classe, et leur petitesse me rappelait celle de Gon, mon cousin aux deux kilos trois précoces.

Et puis il y avait Walter. Dans cette école anglaise, privée et méthodiste, quelques rares élèves, comme Walter « Rachitique » Stancov, venaient d'un milieu très modeste et bénéficiaient d'une bourse. Je n'ai pas la moindre idée de quelle autorité attribuait ces bourses ni selon quels critères, mais je me souviens clairement de la petite baraque en tôle perdue dans une banlieue lointaine où vivait Walter. Comme j'ai écrit, comme j'écrivais, comme j'écrirai dans un futur lointain qui est aussi un lointain passé, il s'agissait d'un quartier qu'on n'appelait pas encore bidonville *mais dont les habitants avaient déjà cet étrange caprice de vouloir manger tous les jours.* Je me souviens clairement de ce lieu, de cette humble baraque où, quelques années plus tard, peu avant le second exil, j'allais voler à mon ami Walter, à mon ami le plus pauvre, une pièce de mille pesos qui était à mes yeux un trésor sublime et abstrait, et à ceux de ses parents le moyen de subsister pendant une ou deux semaines.

En cette deuxième année à l'Instituto Crandon, il n'y avait aucune différence à mes yeux entre Walter et mes autres camarades ou entre Walter et moi. Pourquoi ? Pour deux raisons très simples : d'une part, parce que je n'étais jamais allé chez lui ; d'autre part, parce que nous portions tous l'uniforme. Comme dans la plupart des écoles d'Uruguay et d'Argentine aujourd'hui encore, l'uniforme permettait de nous inculquer une certaine idée de la discipline – et de l'égalité. Nous portions tous l'uniforme et nous avions tous les cheveux courts, et le souvenir de cette uniformité est profondément heureux. Je ne vais pas entrer dans ce qui est devenu en France, depuis 1968, comme on dit, « un vieux débat » ; mais j'aime la joie de ce souvenir-là, comme j'aime la joie que j'éprouve à chaque fois que je vois une sortie de classes dans un pays où l'uniforme est obligatoire. Ce n'est pas tant de sentir ces enfants *obligatoirement* égaux, ce n'est pas tant de sentir mes yeux épargnés des panneaux publicitaires que sont devenus de nos jours les moindres tee-shirts, les moindres baskets, ni, bien sûr, de sentir si fort cette absence de signes distinctifs, *ethniques ou religieux*, dont se gorgent les dindons qui confondent le capitalisme et la liberté : c'est, tout simplement, de sentir qu'on permet à ces enfants de demeurer enfants, qu'on leur alloue le droit de finir cet âge sans se soucier du monde adulte, et inhospitalier, qui les attend.

Avec Guille mon ami mon ami
Trois billes bleues à deux
Dans le quartier des Petits Puits
On joue au Petit Trou
Trois billes bleues à deux
Avec Guille mon ami mon ami

Guille pourtant, de tous mes meilleurs amis, était le seul en deuxième degré que je nommais mon « meilleur meilleur » ami. Avant de tenir le célèbre *Journal de Santiago et la classe* de 1972, vaste chronique rédigée à quatre mains avec Daniel qui détaille les moindres méandres où s'égarèrent nos pimpants desseins destinés à constituer quelques couples parmi nos camarades et à guider leurs premiers pas – et les nôtres ! – dans l'intarissable quête de la découverte de l'Autre (journal que vous pouvez lire in extenso dans le second chapitre *d'Une jeunesse aphone*, intitulé *Les Premiers Arrangements* et publié il y a un peu plus de vingt ans), les rares traces manuscrites qui demeurent des six années que j'ai passées en Uruguay se trouvent éparpillées sur mes cahiers d'écolier et au verso des rares dessins que je faisais à la maison. Ces quelques vers que vous venez de lire, par exemple, ont été couchés derrière un dessin hideux d'un super-héros dont le père pourrait être Batman et la mère un tyrannosaure. Peut-être est-ce après avoir joué aux billes à l'ombre des grands arbres de la petite place de Parra del Riego, comme nous revenions à la maison pour le goûter et que ma mère ou l'une de nos jeunes nounous nous proposa de prendre des crayons de couleur et du papier, que j'ai écrit ces mots. J'aimais Guille du plus amical des amours. Pendant quatre longues années, il fut, comme j'écrivais, mon meilleur meilleur ami.

La vie que nous tenons pour vraie pas comme vous le croyez mes amis
Mes amis tient drôlement pendue par les pieds

Mon ami mon ami, *mes amis mes amis.* L'insouciance la plus joyeuse et la gravité la plus ténébreuse partagent parfois un même vocabulaire ; et comme disent Borges et Maître Eckhart, peu importent les circonstances, inévitablement fortuites, qui poussent l'un de nous deux – ô ami lecteur, ô ami éditeur, ô lecteur ennemi – à tenir la plume et l'autre à tourner les pages.

Oh mes amis mes amis quelle divine comédie prendra soin de nous les
Mangeurs de boue ?

Guille, je l'avoue, me fascinait. Il me fascinait parce que je ne le comprenais pas. S'il acceptait mon amitié avec la plus grande simplicité, avec la plus profonde bienveillance, si j'étais *également* son meilleur meilleur ami, une distance que j'ignorais, une distance d'avec toute chose qui n'appartenait qu'à lui, le faisait flotter au-dessus du monde et le rendait, à mes yeux, bien supérieur à moi-même. Oui, devenant peu à peu le leader incontesté de ma classe, je plaçais mon meilleur meilleur ami, telle une divinité protectrice, tels des mânes miséricordieux, au-dessus de mes épaules. Aussi singulier que cela puisse vous sembler, à cet âge supersonique où tout se précipite et se confond, à cet âge où tout est découverte et bonheur et malheur indistincts, à cet âge où le corps et l'âme ne cessent de cavaler vers des destinées qu'adultes nous trouverons insensées et qui alors regorgent de sens, à cet âge où la fin justifie tous les moyens et où on a la force physique et mentale de courir des heures pour un bonbon ou de lutter une nuit entière contre le sommeil pour le simple plaisir fier de contempler l'aube, – aussi singulier que cela puisse vous sembler, à cet âge rapide et confus, espiègle et infidèle, je me rappelle parfaitement comment, au milieu de l'agitation la plus extrême, celle de la cour de récréation de l'Instituto Crandon, je m'arrêtais parfois longuement et demeurais interdit, contemplant la douceur miellée et distante de Guillermo Ache. Ses longs cils sombres cachaient-ils d'autres douleurs que celle de sa mère solitaire et son appartement si gris ? La douceur infinie de son commerce dissimulait-elle d'anciennes plaies dues à un père cruel et à une enfance amère ? Comme l'arc et la lyre – je me répète, je sais, je me répète –, douceur et douleur ne sont séparées que par une seule lettre.

Mis ojos. Tus ojos. Sus ojos.
Los ojos de Guille son de Guille.
Los ojos de Celeste son de Celeste.
La mirada de Guille es de Celeste.

J'ai toujours été fasciné par les regards. Sans doute parce qu'il n'est pas de regard qui ait *totalement liquidé son appartenance à l'éternelle enfance du temps*, rien ne m'attire davantage chez un être humain que ses yeux. Rien, jamais, ne m'a semblé promettre davantage de bonheur – ou de malheur. *Mes yeux. Tes yeux. Ses yeux. Les yeux de Guille sont à Guille. Les yeux de Celeste sont à Celeste. Le regard de Guille est à Celeste.* À Montevideo, apprenant les pronoms possessifs, j'ai couché sur le cahier cet *illogisme* enfantin.

Les yeux pour lesquels tu soupires
Crois-moi
Les yeux dans lesquels tu te mires
Sont des yeux parce qu'ils te voient.

Profonde confusion de l'être. Toute ma vie, j'allais, dans l'amour comme dans l'écriture, soupirer pour des yeux en oubliant qu'ils étaient des yeux non parce que je m'y voyais, mais parce qu'ils me regardaient. Et toute ma vie, ce seraient les yeux de Guille que j'allais chercher dans les yeux de tous mes amis, de toutes mes amours. Pourtant, j'ignore tout de sa vie – et j'hésite à l'inventer. Trahit-on davantage un être aimé en parlant de lui pour ne parler que de soi ou en disant de lui des choses qu'on ne sait pas, des choses que, pour qu'elles soient vraies ou belles – ce qui ici, où tout est *seulement* plausible, revient au même –, lui seul pourrait écrire ? Vaut-il mieux être en guerre avec le monde, comme saint Paul, ou en paix avec le monde et en guerre avec soi-même, comme saint Augustin ? Si vous le permettez, chers crapauds ailés, nous en débattrons un autre jour.

Bizarrement, en cette même deuxième année du premier exil, mon frère se fit un ami en tout point semblable à Guille, un petit blondinet nord-américain qui répondait au doux prénom de Blakey. Je ne me souviens ni où ni comment mon frère et Blakey sont devenus amis : Blakey n'allait ni à la première école où nous avions été à notre arrivée en Uruguay (el colegio Hispano-Americano) ni à l'Instituto Crandon (où nous allions rester jusqu'à notre départ en France), et il ne faisait pas partie non plus de la bande de Parra del Riego, puisqu'il habitait une maison située sur l'avenida Julio Maria Sosa, juste en face du golf de Montevideo. Le plus souvent, lorsque mon frère était invité à y passer l'après-midi, je l'accompagnais dans notre petite Fiat

125 et repartais aussitôt avec mes parents. Mais parfois je restais chez Blakey avec lui. Je me souviens de ces deux « expériences » aussi clairement que différemment. Le souvenir, lorsque je restais chez Blakey – c'est-à-dire le souvenir de chaque fois où je suis resté chez lui pendant les deux ans qu'a duré son amitié avec Sebastián –, se résume aujourd'hui à un objet : un toasteur qui faisait sauter automatiquement les tranches de pain dès qu'elles étaient grillées ; les souvenirs de chaque fois où je repartais avec mes parents se concentrent aussi en un seul souvenir : celui de la jalousie que j'éprouvais de savoir mon frère heureux avec quelqu'un d'autre que moi.

Parmi les nombreuses voix qu'utilise la mémoire pour se rappeler à notre bon présent – voix douces, enjoliveuses, mielleuses, ou bien éraillées, enrouées, rauques, cassées, criardes, stridentes, tonitruantes, ou encore suaves, fluettes, grêles, chevrotantes, ou enfin harmonieuses, rieuses, caressantes, vibrantes, *argentines* comme *les voix chères qui se sont tues* –, les deux souvenirs que je garde de ces visites chez Blakey (rester avec mon frère, repartir avec mes parents) ont les timbres si opposés de la voix du matérialisme historique, chère à Marx et Engels, et de celle, évanescente, de l'émotion diffuse, de la sensation fugace, révérée par Freud – et par Proust. « La mémoire est ainsi faite », me direz-vous, ô chérubins lettrés avec qui je partage mes manies, « une simple odeur croisée par le plus pur des hasards ouvre parfois les vannes d'un univers disparu aussi bien que la plus longue étude des plus ardues annales ». Oui. Oui, oui, oui. Mais. Mais, mais, mais. Mais mon passé, puis-je le juger à l'aune du passé du monde ? L'histoire d'une vie est-elle si semblable à celle de l'humanité ? (J'ouvre, sous vos yeux alertes, une nouvelle parenthèse inerte. Je me répète. Je remplis le dernier trou des quatre premiers volets de mon Grand Tout – puisque vous avez entre vos mains ce premier chapitre d'*Une jeunesse aphone,* dont le second chapitre, comme je disais, a été publié il y a plus de vingt ans – et je pense : je n'ai plus rien à dire. J'ai déjà écrit sur les nœuds, sur les énigmes, sur les trous noirs qui fendent les vagues de ma mémoire et sillonnent également la vague mémoire du monde. J'ai déjà comparé mes oublis à ceux de l'humanité. J'ai déjà noté la similitude entre une dispute pour une balançoire au jardin botanique de Buenos Aires ou quelques mots perdus près du Forum des Halles à Paris et la sagesse des êtres hybrides ou la funeste concomitance de l'apparition de la littérature et de la démocratie dans la Grèce antique. Sommes-nous plus heureux pour autant ? Sommes-nous plus forts, plus fidèles, plus fiers, plus féroces ? Avons-nous franchi quelque pas décisif vers une incertaine sagesse indue – forcément hindoue – en posant ces questions fondamentales ? Découvrir que les réponses sont aux questions ce qui leur est le plus superflu nous a-t-il menés quelque part ?

l'existentiel de l'écriture, les mots carotide, aorte
à la base du ventricule gauche du cœur
cherchent une rime dans l'après-midi
trouvée morte

Paul, Hugo. Les morts de deux de mes meilleurs amis de l'âge adulte en cet hiver 2018, reflet attirant et terrifiant de l'approche de ma propre mort, ont rendu la pensée frivole en ce début de printemps. Lire et penser sont devenues des activités bien vaines. Et lorsque j'écris, lorsqu'à l'aube je fais *le tri de l'arrivage de la nuit*, une seule certitude demeure : la page de plus en plus se noircit – et cela seul me console.)

Il y a l'air, l'eau, le ciel et la terre sur laquelle
on marche, et l'amour.

Si le regard de mon meilleur meilleur ami a façonné à tout jamais mon commerce avec les autres, c'est pourtant l'amour pour mon frère aîné – compagnon irréductible de toute mon existence – qui a orienté, depuis l'Uruguay, ma relation au monde en me permettant, aussi, d'aimer la solitude. Guille flottait au-dessus de mes épaules ; mon frère, mon véritable ange gardien, au-dessus de mon âme. Et la force, ou la patience, la résignation, que certains se plaisent à voir aujourd'hui encore dans ma conduite, vient de cette faiblesse : celle d'avoir été ainsi protégé depuis ma plus tendre enfance. Cette protection pourtant, surtout en Uruguay, provoquait parfois les plus sanglantes disputes. Lorsqu'il m'abandonnait, ma jalousie envers Blakey ne se limitait pas à la rancœur et aux larmes : dès qu'il rentrait à la maison, je me battais avec lui à coups de poing et, étant bien plus petit, bien moins fort, je trouvais dans la défaite autant de souffrance que de réconfort, car mes blessures elles-mêmes prouvaient à quel point, lorsqu'il nous faudrait affronter ensemble un ennemi commun, il saurait me défendre. Parfois, je pouvais mentir à mes parents pour que mon frère se fît gronder – et qu'ensuite je pusse souffrir autant que je jouissais de la punition qu'ils lui infligeaient. Parfois aussi, je le titillais, le cherchais, le narguais, l'agaçais, l'irritais et attendais qu'il me cogne – seulement pour courir le dire en larmes à ma mère. Ma méchanceté était si perfide ! Mais elle était si perfide, aussi, parce qu'elle n'était pas réellement séparée de sa bonté – de même que ma douleur n'était pas distincte de sa joie. Nous étions encore comme ces chatons d'une même portée qui se réveillent et s'endorment exactement à la même seconde. À l'âge de six et sept ans, le premier exil nous avait montré qu'il fallait se méfier des adultes et de leur monde – et sans rien décider consciemment, par pur instinct animal, nous nous étions rapprochés pour subir les assauts futurs collés l'un à l'autre.

Je pense qu'à cette époque j'aurais pu dire de mon frère aîné ce que devait dire du sien, bien des années plus tard, mon fils cadet. Un jour où une dame au parc Monceau me demandait si mes deux enfants étaient jumeaux, et que je lui répondais que non, qu'ils étaient nés à quatorze mois d'intervalle, le regard fier, plus sûr de lui-même que jamais il ne l'avait été, Ézéchiel me corrigea : « Si, on est jumeaux, parce qu'on va mourir le même jour. »

De même que l'abuelo Horacio dans son imposante luciole métallique, Gon, mon cousin aux deux kilos trois précoces, venait régulièrement nous rendre visite depuis Buenos Aires accompagné par sa mère, ma tante Martha. Si j'étais alors jaloux de Blakey, c'est Gon qui m'avait, avant le premier exil, fait découvrir la jalousie. Né quinze jours avant moi, seul interprète de mon silence pendant les six premières années de mon existence, il est le responsable de cet oubli majeur sur lequel j'ai déjà tant écrit : les troubles circonstances d'une dispute avec mon frère au Jardín Botánico de Buenos Aires. Nos familles habitaient alors à quelques centaines de mètres l'une de l'autre et Gon et moi allions chaque matin ensemble à l'école maternelle avant de rejoindre mon frère, chaque après-midi, au jardin botanique – où un jour mon frère et Gon ont préféré, près des balançoires, jouer entre eux au lieu de jouer avec moi.

À l'école, nous avions trouvé un magnifique équilibre : bavard invétéré depuis sa naissance, Gon parlait toujours à ma place ; muet de naissance et plus, je cognais allégrement à la sienne. La séparation forcée par l'exil à Montevideo avait bien sûr atteint notre magnifique complémentarité : j'avais remplacé ses mots vifs, agiles, pétillants, piquants, déliés, turbulents, printaniers, par la meurtrissure automnale de l'écriture ; il avait appris à se défendre et ne parlait plus qu'en son nom. Mais pourtant, à chacune de ses visites, ravis de nous retrouver, nous jouions à un jeu qui, d'une incertaine façon, nous permettait de retrouver notre entente passée, et nous faisait revivre une épreuve que nous avions toujours songé surmonter ensemble, une épreuve que l'éloignement nous avait contraints à affronter seuls : la découverte du monde.

Dès que la nuit tombait, nous quittions la maison et, au lieu de retrouver avec mon frère les autres garçons de la bande de Parra del Riego, nous nous perdions dans les jardins des maisons voisines. Nous appelions ces promenades nocturnes nos « expéditions », et dans le corps qu'alors nous formions, dans ce corps expéditionnaire qui nous permettait de retrouver l'unité du temps où le verbe était uni à la chair, nos rôles étaient clairement établis : j'étais le guide et décidais quels étaient les jardins que nous pouvions inspecter, et il était le géographe, l'ethnologue qui, en commentant les péripéties de notre progression, les accidents du terrain parcouru et les mœurs singulières des autochtones de ces contrées vierges que nous observions à travers les fenêtres illuminées, dressait la carte de nos aventures, carte scientifique, qui nous permettait de nous repérer dans l'univers alors pour nous illimité que formaient les quelques pâtés de maisons situés autour de notre demeure, et carte du Tendre, qui nous faisait revenir, nuit après nuit, dans un jardin indécis où, à une heure précise et tardive, une paroi de briques de verre nous laissait deviner la silhouette trouble d'une femme nue.

Que n'avons-nous pas grandi ensemble ! Notre séparation était sans doute inévitable ; un jour ou l'autre, nous aurions nous-mêmes préféré nous éloigner ; mais je ne peux aujourd'hui m'empêcher, en me remémorant ce jeu d'enfants, de regretter qu'il ne me soit même pas possible d'imaginer ce que je serais devenu, muet véritable, si sa compagnie m'avait pour toujours délesté du poids de ne pas parler. Aurait-il continué, comme il le faisait à Buenos Aires avant le premier exil, de dire *exactement* ce que je pensais ? Aurais-je tout de même choisi l'écriture pour escorter, et soulager et irriter, mon silence ? Que serait devenue adulte ma manière de cogner ? Et lui, langue une et parole une, quelle aurait été sa vie à lui ? Que serions-nous devenus, cousins unis, sans exil, sans douleurs aiguës autres que dentaires, lui, en qui mon verbe se faisait chair, moi, qui étais la chair de son verbe à lui ?

L'amitié et l'amour avec Gon, comme avec Guille, alternaient, ou plutôt coexistaient d'une façon qui est devenue avec le temps, à mes propres yeux, obscure, indéchiffrable. Nous étions unis par un mélange de ces deux sentiments plus puissant qu'aucune glu. Souvent, rien, ni la famille, ni la vie, ni la mort, ne nous semblait plus important que d'être ensemble.

L'école, avant la puberté, n'allait pas tarder à m'enseigner à aimer et *amier* séparément ; et toute ma vie, toute ma vie sociale, toute ma vie amicale et amoureuse (toute ma vie à part ces heures esseulées qui à l'aube me poussent à me tenir, dans la solitude la plus funeste, *à vos côtés*), allait être brisée, aussi, par cette fracture que je n'ai jamais réellement comprise mais que, tendre citoyen du monde, j'ai acceptée. Pourquoi ? pour qui l'ai-je acceptée ? pour qui l'accepte-t-on tous cette déchirure qui nous contraint à séparer l'ami et l'aimé ? pour quel vous ? pour quel tu ? – pour quel moi ? Je ne sais pas. Mais je sais qu'avant la dernière année du premier exil, avant cette année rouge et noire où je devais découvrir la politique, l'ami et l'aimé n'étaient point séparés.

L'amitié des enfants, c'est la cité, dépassant déjà la famille – c'est la *polis* qui frappe à la porte de l'*oikos*, c'est la politique qui prend la place de l'économie. Mais qu'est au juste, non l'amitié, mais l'amour des enfants ? ou plutôt : de quoi est fait ce sentiment où l'on aime sans oublier le monde ? où l'exclusivité, n'exclut pas un horizon commun ? où l'on s'allie à un autre être non pour le posséder, non pour se protéger, mais pour s'ouvrir à l'univers entier ? L'amitié, chacun le sait, est un besoin plus qu'un choix – *ce qui prouve à quel point elle est naturelle.* Et nous nous souvenons tous d'avoir eu des amis avant que d'avoir eu des amours. Mais ces amis extrêmes, ces meilleurs meilleurs amis dans lesquels nous déposions notre désir de nous confondre avec un autre être humain – fût-ce en dehors de la sexualité –, n'étaient-ils pas autre chose que nos amitiés et nos amours adultes ? Ces amis aimés, ces amours amis, ne portaient-ils pas d'autres promesses sur ce que pourrait devenir tout notre rapport aux autres ?

Nous sommes toujours les enfants que nous avons été, *tristes et heureux* à la fois. Mais qu'avons-nous perdu, inévitablement perdu, de notre enfance ? Comme les êtres hybrides de la mythologie, comme Chiron, comme Cécrops, comme Miss Douce et Miss Kennedy, comme le Minotaure et le Sphinx, comme Dionysos lui-même, l'*animal-dieu*, ce sentiment hybride de l'enfance, sage et sauvage à la fois, tout en demeurant obscur, me semble plus beau et plus fort que tant d'amitiés et d'amours qui l'ont suivi. À l'enfance, la politique frappe à la porte de l'économie, mais la porte du foyer qu'on ouvre laisse aux enfants entrevoir un monde qu'un adulte aujourd'hui peut à peine concevoir, un monde où l'économie reste enfermée dans le foyer, au lieu de le quitter pour se confondre – dans une confusion pour une fois plus hideuse que joyeuse – avec l'univers entier.

L'économie – ce que nous appelons aujourd'hui économie – *n'a jamais été ni une réalité ni une science, elle est née d'emblée, au XVII*[e] *siècle, comme art de gouverner.*

Aujourd'hui, tout le monde s'accorde pour protéger les enfants – mais personne ne s'inquiète qu'on détruise l'enfance. L'enfance n'est pas ce que l'on croyait qu'elle était au XIXe siècle, avant la psychanalyse, avant la libération sexuelle, avant mai 1968. Elle n'est pas ce royaume d'une immense innocence qui ne serait le résultat que d'une immense ignorance. Ce n'est pas nous, adultes, qui pouvons apprendre aux enfants ce que sont l'amour, l'amitié – ou la sexualité. Ce sont eux, avec leur savoir oublié, avec leur savoir contradictoire, irrésolu, irrésoluble, qui ont tant de choses à nous enseigner. Et s'il est louable de protéger les enfants, combien plus louable il serait de les protéger surtout en protégeant – c'est-à-dire *en écoutant* – cet enfant qui nous est le plus proche et le plus lointain, le plus connu et le plus étranger : l'enfant que nous-mêmes nous avons été.

Mais revenons dans le passé, qu'enfants éternels, éternellement éblouis par les lueurs mirobolantes de l'avenir, nous n'aurions jamais dû quitter. En Uruguay, l'année 1970 fut marquée par l'appel à former une coalition allant du centre à l'extrême gauche (le Frente Amplio) et par l'enlèvement du conseiller nord-américain Dan Mitrione. La crainte de voir la gauche arriver au pouvoir à travers des élections, comme ç'avait été le cas l'année précédente au Chili, avait poussé Nixon et son sombre conseiller à la sécurité nationale, Henry Kissinger, futur prix Nobel de la paix, à « renforcer la collaboration » avec les militaires uruguayens – en d'autres termes, à envoyer des conseillers comme Dan Mitrione dont la mission consistait, entre autres, à enseigner l'utilisation de la gégène sur les parties génitales des détenus. Dans les cours qu'il prodiguait dans le sous-sol de sa maison, ce charmant fonctionnaire nord-américain se servait comme cobayes de clochards cueillis dans les quartiers pauvres ; des cobayes qui, après utilisation, étaient assassinés.

Je rappelle ces faits historiques, étrangers à l'enfant que j'étais, pour mieux retourner vers celui que je fus, et qui, si tout ce qui l'entourait restait à jamais dans la pénombre, cesserait lui-même, à vos yeux comme aux miens, d'émettre la moindre lumière. Pour faire revivre un être, souvent, il faut ressusciter un monde – un monde qui dira à quel point cet être était unique, exceptionnel, et, en même temps, semblable à chaque être qui vivait en ces contrées lointaines ou en cet âge évanoui.

Depuis quelques mois, nous évitions, tous les gamins de Parra del Riego, de nous approcher de cette grande demeure entourée de fils de fer barbelés où le frère trisomique de Juancho m'avait fait une nuit découvrir un anaconda rôdant dans le jardin en liberté. Comme tout ce qui nous entourait – nos parents, les autres adultes qu'on croisait dans le quartier, les étudiants de la Faculté d'Architecture qui se regroupaient de plus en plus souvent à la sortie des cours, et les policiers et les militaires qui rôdaient partout, comme si la ville leur appartenait – s'irritait, s'exacerbait, s'intensifiait, nous commencions à parler de politique ; mais à part ça, je n'avais encore nulle conscience de ce que pouvaient être vraiment la politique ni cette forme d'amitié – qui en est sa plus belle possibilité – que j'allais découvrir lors de la dernière année du premier exil avec Daniel. J'avais déjà le sentiment diffus qu'autour de moi grandissaient des espoirs et des inquiétudes énormes, fondamentales, mais je ne savais pas au juste à quoi étaient dues ces inquiétudes, à quoi se rattachaient ces espoirs. Mon quotidien, dans ce pays éternellement anachronique, si l'on peut dire, qu'était l'Uruguay, semblait encore immuable : même si une incertaine violence devenait partout palpable, j'allais toujours à l'école, j'allais toujours chez le psychanalyste, j'allais toujours chez le dentiste ; et tout mon temps libre, je le passais avec les garçons de la rue ou sur mon arbre, tendant mon oreille vers le clapotis désormais harmonieux – puisque je n'en ignorais plus l'origine – qui s'échappait de la fenêtre haute du bureau de Tommy.

Les Jours de Cours
I n t e r m i n a b l e s
Ne savent que jouer
Que jouer aux Billes

Parfois, Tommy m'invitait chez lui, et nous allions dans son cabinet de travail et j'écrivais sur sa machine.

Je suis un Mot
Et je me tais et je me tais
Comme un mot Muet

Imitant la disposition des lignes en vers et la passion pour les majuscules de mon arrière-grand-père paternel, j'étendais sur des feuilles blanches mes blanches divagations enfantines. Je me souviens des lettres irrégulières de cette vieille machine, et de ces feuilles d'un papier très fin, et un peu sale, et plus carrées aussi que celles que j'emploie depuis quelques décennies, chaque matin, pour m'inventer un passé.

enfin une mqchine sqns point d'exclqmqtion et qvec le m 0 lq plqce du n : enfin une mqchine qvec le plqisir de toutes ses erreurs : le point est 10 (o ; est lq mqjuscule¿ qh, lq voil0). Il fqit doux comme une betise. On est vendredi mqtin, tr7s tot mon fr7re est pqrti. Montevideo est rest2e seule. Hier, qpr7s vingt qns, on est retourn2s 0 l'2cole ensemble. Je ne sqis pqs pourquoi 0 ses cot2s je me suis surtout rqppel2 des premiers instqnts qñoureux (q, o ; est le a, enfin) – une main prise pour la premi7re fois sur un petit mur, assis tr7s pr7s, et puis un pull pos2 sur les mains entrelac2es pour 2viter, et provoquer aussi peut = etre, le regard des passamts. La premi7re rupture, claire comme la lune. De regard en regard, de pas en pas, comme si om s'approchait du temps.

Comme si om s'approchait du temps, le temps de mentir qu'on a exist2…

Je me souviens de ces feuilles presque carrées et de la vieille machine de Tommy si limpidement parce que longtemps après le second exil je devais retourner à Montevideo avec mon frère et taper le petit texte que vous venez de lire sur une machine et une feuille identiques. Sentez-vous, en lisant ces quelques lignes, à quel point le temps ne passe pas en Uruguay ? Dans la matérielle machine sur laquelle il a été tapé et le matériel papier sur lequel il est couché, dans ce matériel papier pour vous si immatériel que je tiens sous mes yeux en ce moment, sentez-vous comme moi que le temps existe *et n'existe pas* ?

L'ont su les ardus élèves de Pythagore :
Les astres et les hommes reviennent cycliquement ;
Les atomes répéteront les Thébains, fatalement,
Les agoras et l'urgente Aphrodite d'or.

Heureusement. Oui, heureusement. Je dis heureusement que le temps existe et n'existe pas car c'est cela qui me permet de porter un regard lointain sur le monde et moi-même, c'est-à-dire de percevoir le monde disparu du Montevideo de la fin des années 60 et du tout début des années 70 du XXe siècle, et ce moi disparu de six, sept, huit ou neuf ans, en m'accordant de me souvenir – et d'oublier. En m'accordant de me souvenir des joies et des peines pour être encore moi-même – et m'en accordant d'oublier pour essayer, sur le papier, d'inventer un temps nouveau, un temps confus, un temps désespéré et plein d'espoirs comme celui de cette époque lointaine, un temps remuant, frétillant, tressautant comme celui de cet âge perdu ; un temps qui me consent, aussi, en me débarrassant de mon passé auprès de vous, de n'être plus personne, mais d'être encore un peu en vie.

Je ne sais si nous reviendrons dans une boucle seconde
Comme reviennent les chiffres d'une fraction périodique ;
Mais je sais qu'une obscure rotation pythagorique
Nuit après nuit m'abandonne en un certain endroit du monde.

Wilde disait que les souvenirs étaient toujours douloureux – les souvenirs des moments heureux puisqu'ils nous rappellent un bonheur fini, les souvenirs de nos malheurs puisqu'ils nous font revivre les instants sombres de notre passé – et ils doivent bien l'être, puisque c'est la douleur de la mémoire qui nous force à écrire. Mais il y a pourtant, parfois, des souvenirs qui, rendant bonheur et malheur presque indistincts, ouvrent les vannes d'une mémoire où l'oubli est si présent qu'il est presque inutile de les écrire. Ces souvenirs, ou ces oublis, ces instants furtifs de notre vie qui oscillent entre les deux, ressemblent à l'instant d'avant le poème dont parle Lord Chandos : tout est là, limpide – et inutile ; tout-puissant – et tout évanescent ; éternel – et plus fragile que le plus fragile des instants.

C'est à cette espèce rare d'épanchement du passé qu'appartiennent nombre de souvenirs de cet âge que j'appelle jeunesse et qui est encore l'enfance et qui ne l'est déjà plus – puisque l'*infans* fabule déjà. Ce sont des souvenirs assez précis pour être écrits, et assez diffus pour être tus ; des souvenirs assez lointains pour demeurer lointains et assez proches pour rimer comme riment toujours les reproches. Ils ont une nature profonde et poilue – touffue. On y pénètre comme dans une jungle obscure et, touchant aux souvenirs communs de la mémoire du monde, ils nous offrent des paradis, et des enfers. Ils sont aussi complexes que les plus terrifiants cauchemars et aussi anodins que les rêves les plus doux. Parfois ils provoquent des sourires, parfois des larmes. Et je ne sais jamais si le collier que je forme ici en les enfilant comme des perles ornera ma poitrine pour dissimuler la laideur de mon cœur ou s'il m'étranglera, comme ce collier précieux qui étranglait toutes les femmes qui le portaient.

Que revienne la nuit concave qu'a déchiffrée
Anaxagore ;
Que revienne à ma chair humaine l'éternité
constante
Et le souvenir, le projet ? d'une poésie incessante :
« L'ont su les ardus élèves de Pythagore… »

De même que celui de l'accompagner ou de ne pas l'accompagner chez Blakey, le souvenir du goûter que je prenais avec mon frère dans la pièce quotidienne de notre maison appartient à cette mémoire-là. Je ne garde pas de trace précise d'un goûter en particulier, et ce n'est pas non plus simplement une sensation diffuse comme la peur de l'obscurité qui me fait dire ceci, mais il y avait dans ces goûters, dans le désir purement physique d'assouvir la faim qui précédait cet instant, dans la satisfaction de ce désir lorsque doña Petrona nous apportait un bol de chocolat, chaud ou froid selon les saisons, et ces *buñuelitos*, ces petits beignets à la pomme ou à la banane dont la recette lui avait été confiée par l'abuela Rosita, et dans l'excitation qui suivait cet instant qui, clôturant la première moitié, studieuse, de la journée, débutait celle, ludique, qui s'étendait jusqu'à la nuit et où il nous était permis de traîner dans la rue avec la bande de Parra del Riego ou de lire perchés sur notre gomero, – il y avait dans ces goûters, dans le droit au goûter, réservé aux enfants, aussi, un profond bonheur métaphysique, comme si ce privilège privatif prouvait que le monde nous appartenait et que bien que contrôlé par les adultes, nous en étions les vrais maîtres.

Adulte, je me suis moi-même, de nouveau, donné droit au goûter. Mon besoin monomaniaque d'écrire chaque jour à l'aube s'est très vite accompagné d'une envie tout aussi monomaniaque de faire chaque jour la sieste et, au réveil, de manger, chaque jour, un fruit et un peu de chocolat. Nous sommes tous des êtres monstrueux, *occupant dans le Temps une place autrement considérable* que celle si restreinte qui nous est réservée dans l'espace, touchant simultanément, *comme des géants,* des époques si distantes. Et depuis un siècle – depuis que Freud a inventé l'inconscient, depuis que Bachelard a conçu l'Instant Vertical, depuis, surtout, que Proust a écrit la dernière phrase de sa *Recherche* – nous pouvons, tous, de notre vivant, être éternels. Il suffit de tendre la main pour toucher un souvenir en nous souvenant de ce qu'ils nous ont appris et le Temps n'existe plus. Il suffit de se souvenir d'un goût, d'une odeur et de se laisser aller à le goûter de nouveau, à la sentir de nouveau, pour que tout soit suspendu. Il suffit, à ceux qui parlent, d'apprendre à se taire et à écrire, à se retrouver ; et, à ceux qui se taisent, à parler et à ne plus écrire – à se perdre.

— Horus avait une tête de faucon. Et c'était en même temps un dieu et un roi… Comment s'appelaient les rois en Égypte ?

— Les pharons !

— C'est presque ça, Andrea… Les pha-*ra*-ons.

Pour une fois, Andrea « Main de Fer » Ottieri, la meilleure élève de la classe en deuxième degré, n'avait pas été parfaite.

— Lorsqu'il est devenu adulte, Horus est devenu très fort. Mais lorsqu'il était enfant, il était faible et il avait toujours le doigt devant la bouche, comme ça :

Misis Sanguinetti avait porté son index devant sa bouche, pour imiter ce geste qu'on voit dans la plupart des représentations de *l'enfant bien-aimé* d'Isis et d'Osiris.

— Parce qu'en plus d'être le dieu guérisseur, c'était aussi le dieu du silence… Un peu comme Santiago.

La plupart des élèves avaient ri, comme si ces mots n'étaient qu'une méchante moquerie. Mais pourtant, avant de les prononcer, misis Sanguinetti avait posé sur moi un regard sans doute désolé, mais d'une telle douceur.

Les moqueries s'étaient poursuivies à la cantine, dans la cour à midi et pendant les quelques jours qui avaient suivi ce cours sur l'ancienne Égypte.

— Regardez qui voilà : le dieu du silence !

— C'est bizarre, vous avez vu ? Il mange comme nous le dieu du silence !

Seul Guille, toujours solidaire, et souvent aussi silencieux que je l'étais moi-même, restait impassible à mes côtés. Et puis un jour, en classe, alors qu'on attendait misis Sanguinetti qui avait du retard et que les moqueries fusaient de toutes parts, formant un dithyrambe drôle et méchant, Daniel, mon futur meilleur meilleur ami, le plus loquace et le plus éloquent de nous tous, prit ma défense en ces termes :

— Ça va ! Lâchez-le un peu. Moi, je sais pourquoi il ne parle pas. C'est parce que tout ce qu'il a à dire il le dit à sa façon : en écrivant.

Je regardai Daniel stupéfait. Jamais je ne m'étais formulé à moi-même aussi simplement ce qu'il venait de dire. Personne jamais ne m'avait montré que mon mutisme pouvait être perçu autrement que comme un handicap. Et si je ne crois pas que ce soient ces mots qui aient fait de moi le têtard graphophile que je fus ni l'auguste crapaud graphomane que je suis à présent, le regard que Daniel porta sur moi ce jour-là a sans doute renforcé mon choix d'accomplir mon destin.

Pourtant, paradoxalement, à Montevideo, pendant ces années sauvages de mon aphone jeunesse où l'écriture échafaudait progressivement une justification, une excuse, une raison sociale à mon silence – car le fait que j'écrivisse constamment attribuait à mon mutisme ses lettres de noblesse, faisant, non seulement aux yeux de Daniel mais peu à peu à ceux de tous, de cette tare un attribut divin –, j'ai le souvenir d'avoir aussi appris à parler. La terre d'Uruguay (ou son sable plutôt, et le dialogue furibond qu'il entretient avec les vagues de l'océan), les habitudes de la calle Parra del Riego (les jeux avec la bande de *guachos*, de *gurises*, et les heures passées sur le gomero, et le crépitement de la machine à écrire de Tommy) ainsi que mes amis à l'école (moqueurs ou solidaires) adoucissaient mon commerce avec les mots dits.

Je taisais, et j'écrivais – et parfois aussi je parlais. Et ce flux et reflux, lent et monotone, de maudits mots tus et de maudits maux dits, d'aphones et solitaires retraits sur le gomero ou dans le bureau de Tommy et de volubiles et urbaines parties de billes, de toupies ou de figuritas dans la cour de l'Instituto Crandon, ou de football et de *Dos se esconden* calle Parra del Riego, cette vie du premier exil, cette vie de mon aphone jeunesse, non plus argentine mais toujours enfantine, cette vie où le foyer s'ouvrait grand sur l'extérieur, cette vie où l'aspect rassurant, et triste et morbide aussi, de l'*oikonomia* entrebâillait ses portes au souffle puissant, et euphorisant et effrayant aussi, de la politique, – cette vie qui devenait *ma* vie m'offrait l'illusion que je pourrais peut-être, un jour, écrire *et parler.*

Mais l'illusion de ce bonheur possible, le mirage de cette vie paisible où le silence ni l'écriture ne seraient douloureux, n'allaient pas durer : avant d'être à jamais anéantis par le second exil – par le départ d'Uruguay et l'arrachement à ma langue maternelle –, ils allaient être mortellement blessés par la brutalité absurde du monde.

¡El pueblo, unido, jamás será vencido!
¡El pueblo, unido, jamás será vencido!
¡El pueblo, unido, jamás será vencido!

Durant toute cette année, mon frère et moi accompagnions souvent mes parents à des manifestations, surtout à ces rassemblements qui avaient lieu le soir sous les fenêtres de la maison de Liber Seregni, le futur leader du Frente Amplio. Nous étions de plus en plus nombreux à rêver d'un candidat qui rassemblerait toute la gauche et viendrait briser l'alternance immémoriale des deux grands partis politiques traditionnels uruguayens : les Colorados et les Blancs. Il y avait quelque chose de très joyeux (et de très simple aussi) à sortir de chez nous et à parcourir la dizaine de mètres qui séparait l'entrée de notre maison côté bulevar Artigas de celle du général Liber Seregni devant laquelle, sages comme des images, nous attendions, à dix, cinquante ou cent, qu'il apparût au balcon pour nous saluer.

¡El pueblo, unido, jamás será vencido!
¡El pueblo, unido, jamás será vencido!
¡El pueblo, unido, jamás será vencido!

Parfois, je criais et chantais en chœur avec la petite foule rassemblée ; parfois, je jouais avec mon frère sur le trottoir alors que la nuit tombait, comme devaient tomber, humiliés, nos espoirs ; parfois, lorsque l'attente se prolongeait, je m'endormais doucement dans les bras de mon père.

Le soleil du progrès se couche à l'horizon

Permettez-moi, afin de brosser un portrait plus complet de cette facette politique de l'époque, de revenir sur cet événement dont j'écrivais qu'il avait marqué l'année 1970 en Uruguay : l'enlèvement du conseiller nord-américain Daniel Anthony Mitrione.

Mitrione avait été appelé par la CIA à Montevideo pour entraîner des membres des forces armées autochtones aux techniques d'interrogatoire des prisonniers politiques. Ayant trouvé une maison dans le quartier de Malvin dont la cave pouvait être insonorisée et aménagée en petit amphithéâtre, il professait régulièrement devant une douzaine d'élèves. Mitrione était un perfectionniste, aussi maniaque avec sa femme et ses enfants, qu'il aimait, qu'avec les cobayes qu'il utilisait pour ses cours, qui lui étaient indifférents, ou avec les « communistes », les « terroristes », qu'il détestait. Il possédait, *en quantité incalculable et en qualité inégalable,* cette faculté d'être inhumain qui est, finalement, la seule vraie méchanceté dont les hommes sont capables.

Voici en quoi consistaient ses cours : il y avait une première partie théorique où Mitrione donnait quelques notions d'anatomie, du fonctionnement du système nerveux, de « psychologie du fugitif et psychologie du détenu » et des notions plus troubles, telles que la « prophylaxie sociale » ; et une partie pratique pour laquelle il utilisait des cobayes, le plus souvent des clochards, des va-nu-pieds qu'il faisait ramasser de nuit dans les rues des quartiers les plus démunis de Montevideo. Après avoir pratiqué un examen médical pour s'assurer de l'état général et de la résistance physique du cobaye, après l'avoir amolli en l'humiliant par des coups, c'est-à-dire après l'avoir roué de coups sans lui poser la moindre question, seulement pour lui faire sentir son impuissance, Dan Mitrione montrait les effets produits par la gégène sur les différentes parties du corps en fonction du voltage. À partir de ce moment-là, il fallait que la douleur soit précise, que le cobaye ne sente plus que le mal qu'on voulait lui infliger avec l'instrument souhaité, dans la partie du corps choisie, avec l'intensité voulue. Il fallait toujours, professait-il, maîtriser le mal qu'on leur faisait car la « rationalité de la torture » leur laissait une lueur d'espoir. Cette partie pratique du cours, livrée avec « la plus froide et patiente efficacité », menait inévitablement à la mort de ces hommes et ces femmes qui n'avaient aucune idée de ce qu'ils faisaient là, qui n'avaient nulle réponse à apporter aux questions que, pour la forme, on leur posait.

D'après le témoignage d'un élève qui assista à ces cours de torture, Mitrione portait une attention particulière aux détails et exigeait de tous ses auditeurs « une hygiène chirurgicale, digne d'une salle d'opération ». Il insistait particulièrement sur ce qu'il appelait « l'économie des efforts », ne tolérant aucune dépense fortuite ni aucun geste superflu. Tout mouvement devait avoir un sens dans le but final – celui d'obtenir les informations souhaitées. Pendant qu'il enseignait comment torturer un homme ou une femme, il pouvait être dérangé, agacé, par la façon dont tel officier de l'armée manipulait les parties génitales du cobaye ou par le langage impropre employé par tel agent de la police de Paysandú. Se considérant un artiste dans le domaine de la torture, il cherchait à sa façon – sinistre, criminelle – une forme de perfection.

Fair is foul, and foui is fair :
Hover through the fog and filthy air.

Voilà brièvement qui était cet homme dont le nom est toujours gravé sur le *Wall of Honor* du FBI et que le gouvernement américain a salué, après sa mort, comme un héros national. À son enterrement, le 15 août 1970, le président de l'Uruguay ainsi que celui des États-Unis, l'ONU comme le Vatican, la presse américaine comme la presse européenne, lui ont rendu hommage en disant qu'il avait sacrifié sa vie « au développement pacifique de l'Occident », et Frank Sinatra et Jerry Lewis ont fait un concert pour aider sa famille et lui ont dédié des chansons où il est décrit comme « un grand humaniste ».

Blanqui, Barbès, Raspail. La lutte armée est-elle parfois nécessaire ? L'utilisation de la violence se justifie-t-elle dans certaines circonstances ? Des hommes comme Dan Mitrione méritent-ils d'être enlevés, jugés et exécutés ? Je laisse ce débat ouvert. L'enfance et la jeunesse, qui seules m'importent à présent, n'ont que faire de l'ardue séparation du bien et du mal : elles *aiment* et savent ce que sont l'un et l'autre et la place qu'on peut leur accorder, à tous deux, en même temps, dans notre cœur.

Pardonner est nécessaire. Aux communautés, comme aux individus. Mais les individus n'ont pas toujours, en toute occasion, en toutes circonstances, besoin d'absoudre, d'acquitter, d'éprouver de la compassion, de la miséricorde, de faire preuve de charité ou de verser l'aumône – pour survivre au passé, les individus ont besoin de pardonner seulement pour oublier. Et même si oublier, comme disait Borges, est le seul pardon *et la seule vengeance*, pour y arriver, parfois, il faut aussi se battre.

> *Un* je *qui sonne juste*
> *peut être un* nous *d'une rare puissance*

Au beau milieu d'une nuit très douce de l'été 1970, je me réveillai et trouvai la porte de ma chambre grand ouverte. Le silence qui parvenait du couloir était si fort, si profond, si *sonore*, qu'il me fit quitter mon lit sur la pointe des pieds.

Effrayé, je tâtonnai dans l'obscurité pour aller dans la chambre de mon frère : elle était vide. De plus en plus angoissé, je courus au bout du couloir vers la chambre de mes parents : elle était vide aussi. Je descendis l'escalier, traversai le salon, la salle à manger, la pièce quotidienne : la maison tout entière était déserte, figée, vide et silencieuse comme si non seulement tout le monde l'avait quittée mais comme si le temps avait cessé d'exister. Attiré par une lueur qui vacillait à l'extérieur, j'ouvris la porte et sortis de la maison. La lourde nuit sans lune qui recouvrait Montevideo aussi était déserte et silencieuse. Les phares d'une voiture au bout de la rue produisaient un faisceau lumineux qui, tremblotant, éclairait seul le monde. Je m'approchai du véhicule : il n'y avait personne à l'intérieur. Terrifié, et mû par je ne sais quel instinct, je m'éloignai de la calle Parra del Riego, dépassai Obligado, et arrivai face à la grande demeure entourée de fil de fer barbelé de la CIA. De très puissants projecteurs, semblables à ceux des plateaux de cinéma ou des colonies pénitentiaires, illuminaient le jardin. Toujours angoissé, j'abordai un soldat qui se tenait debout devant l'entrée.

— Mi mamá… No sé adonde está mi mamá…

— Not here. Go.

Comme je ne bougeais pas, sans méchanceté particulière, avec même une incertaine pitié pour cet enfant terrorisé, abandonné au beau milieu de la nuit, qui se plaignait d'avoir perdu sa mère, il me conseilla, en accompagnant ses mots d'un geste en direction d'une autre rue, d'aller au commissariat.

— Go to the police.

À peine rassuré, je repartis, toujours seul dans la nuit noire. Parfois, au loin, j'entendais des rafales de mitraillette. Je marchais vite, me cachant derrière les voitures garées, et arrivai au commissariat. Comme aucun policier ne se trouvait devant la porte, je pénétrai dans le bâtiment. Il n'y avait personne non plus derrière le petit comptoir qui faisait office de réception. Entendant des pleurs dans un couloir, et désespéré de trouver ma mère ou le moindre être vivant, j'avançai jusqu'aux grilles d'une geôle. Il n'y avait pas de lumière, mais je distinguais, regroupées au fond, aussi anxieuses que moi, une dizaine de femmes prisonnières. Très maigres, comme affamées, elles portaient toutes de longues tuniques en toile de jute. Elles étaient terribles, terrifiantes, mais elles ne me terrifiaient pas. Je les détaillais du regard. Ma mère n'était pas parmi elles. Et ce n'étaient pas elles qui pleuraient.

Je poursuivis mon chemin. Le couloir était sombre, interminable. Seuls des traits limpides, d'une précision chirurgicale, se dessinaient au sol, sous chaque porte. J'aurais pu songer à les ouvrir, ne serait-ce que pour faire un peu plus de lumière, mais les pleurs seuls, et les gémissements qui les accompagnaient, guidaient mes pas ; et ils venaient d'un lieu incertain situé tout au bout du couloir obscur. J'avançais, j'avançais. L'air était lourd, moite. Tout devenait de plus en plus pénible et collant, mais une lueur nouvelle, provenant d'une dernière porte entrouverte sur laquelle s'achevait le couloir, m'interdisait d'abandonner ma quête.

— ¿Mamá?

J'avançais, j'avançais. Cette porte était loin, mais elle m'était nécessaire. J'avançais, j'avançais et des larmes commençaient de couler sur mes joues et de la morve commençait de couler de mon nez sur mes lèvres et j'étouffais des sanglots parce que j'avais peur de faire du bruit et qu'on remarquât ma présence. Épuisé, j'arrivai enfin au bout du couloir. Alors que je faisais les derniers pas pour atteindre le seuil de la porte, les pleurs et les gémissements s'arrêtèrent. J'hésitai une dernière fois, puis poussai la porte entrouverte et pénétrai dans la petite chambre. Une femme assise, menottée sur une chaise, me tournait le dos. Et trois hommes vêtus de gris, trois de ces hommes que j'avais aperçus dans les manifestations donnant des ordres aux policiers et aux militaires, debout autour d'elle, me faisaient face et me regardaient fixement.

— ¿Mamá?

Je savais que ces hommes faisaient partie de ces groupes paramilitaires que tout le monde en Uruguay craignait tant – comme je savais que cette femme menottée qui me tournait le dos était ma mère.

— ¿Mamá?

C'était ma mère, mais elle ne semblait ni m'entendre ni vouloir tourner sa tête vers moi.

— ¿Ma?

À petits pas, effrayé par la présence de ces tortionnaires qui me regardaient fixement sans dire un mot, je fis le tour de la chaise. La tête baissée, le visage caché par ses cheveux en bataille, la femme ne bougeait toujours pas. Je criai plus fort :

— ¡Ma!

Ce n'est que lorsque je touchai son épaule avec ma main qu'elle releva la tête pour poser son regard sur moi : c'était ma mère – mais elle ne me reconnaissait pas.

Je me suis réveillé brusquement. J'étais dans mon lit, hors d'haleine et trempé de sueur. Mon cœur battait à toute vitesse. Encore effrayé par mon cauchemar, je regardais les murs en crépi où mon regard avait créé tant de monstres, puis l'ombre du gomero qui bougeait comme une chevelure démente au gré du vent.

De tous les cauchemars de l'enfance aucun n'a laissé une image aussi claire dans ma mémoire que celui-ci, qui devait revenir souvent hanter mes nuits. Parfois, dans ce même rêve rêvé mille fois, des fantômes gluants me poursuivaient comme je marchais dans les rues désertes de Montevideo. Parfois, les hommes en costume gris, ces paramilitaires qui apparaissaient de plus en plus souvent au grand jour, se mêlaient aux fantômes et essayaient de m'attraper pour me torturer. Parfois, comme je l'ai écrit dans *Une enfance laconique*, la folie de ma mère était plus effrayante que les paramilitaires. Parfois, ma mère n'était pas seulement attachée, mais je voyais aussi, sur son corps, les cicatrices des blessures que lui avaient infligées ses tortionnaires.

Ce cauchemar devait me terrifier mille nuits pendant les six années passées en Uruguay. Il devait me terrifier mille fois mille nuits, c'est-à-dire mille fois mille, ou mille fois dix mille, cent mille, puisque les nuits sont toujours innombrables, puisque chaque nuit, lorsqu'on rêve, est mille nuits. Mais pourtant, au réveil, la réalité – la réalité indécise, confuse, timorée – reprenait à chaque fois le dessus. Dès que j'ouvrais les yeux, le cauchemar s'éloignait et laissait la place à ce monde que j'apprenais à connaître, à ce monde que je commençais de comprendre. Ce monde – ma chambre, mon arbre, ma rue – redevenait réel, et je n'avais plus peur.

Je n'avais plus peur de l'obscurité, je n'avais plus peur de la venue de la nuit. Je n'avais plus peur parce que je grandissais, mais aussi parce que tout au long de ces années, qui ont été *aussi* les années paisibles de mon enfance, je devais voir de plus en plus, de jour, l'abîme effrayant dans lequel s'engouffrait le pays. Peu à peu, cela deviendrait normal de voir des amis de mes parents se faire arrêter ou leurs enfants adolescents quitter leur foyer pour entrer dans la clandestinité. Comme cela deviendrait normal, peu après, de continuer de vivre aux côtés d'amis dont le père, la mère, le frère ou la sœur étaient torturés ou avaient disparu. Oui, peu à peu, comme l'obscurité, mes rêves allaient cesser de me terrifier. Ils allaient cesser de me terrifier parce que la réalité, on l'oublie souvent, peut être plus terrifiante que les pires cauchemars.

III

Avant les années 1960, en Argentine comme en Uruguay, au Brésil comme au Chili, la torture des prisonniers politiques existait déjà. Mais ce n'est qu'à partir de la fin des années 1960 qu'elle est devenue une pratique si courante qu'on pourrait presque dire qu'elle était routinière et qu'elle a pris, partout en Amérique latine, ce tournant technique, méthodique, scientifique, et terrifique aussi, dont Dan Mitrione était un adepte et un promoteur. La doctrine nord-américaine de « sécurité nationale », qui stipulait que n'importe quelle agression, n'importe où dans le monde, envers un gouvernement favorable à la politique des États-Unis – fût-il des plus sanguinaires – constituait une action en faveur de l'URSS et donc une menace directe pour leur sécurité intérieure, avait conduit les USA à revoir leurs relations internationales et à faire de l'une de leurs institutions, l'École des Amériques, un lieu de propagande anticommuniste où allaient se former plusieurs dizaines de milliers de militaires et policiers latino-américains dont certains sont restés de sombres tortionnaires de l'ombre et d'autres (les généraux Banzer, Galtieri, Massera, Noriega ou Contreras, par exemple) ont exercé les plus hautes fonctions dans leur pays respectif. Principalement à partir de 1962, c'est-à-dire sous la présidence de John Fitzgerald Kennedy (qui, comme tant de présidents démocrates, eut une politique extérieure tout aussi assassine que celle exercée sous les présidences républicaines), les USA commencèrent de considérer que l'aspiration, non pas à la démocratie mais à toutes ces choses tellement plus importantes auxquelles aspiraient certains peuples latino-américains – manger à sa faim, être en bonne santé, avoir un peu d'éducation –, devait être combattue par des hommes éduqués dans les rangs de sa propre armée, ce qui garantirait, pensaient-ils, non seulement leur efficacité, mais également leur future allégeance à une idéologie et un mode de vie nord-américains. Les peuples devenant les ennemis du pouvoir, il fallait, selon cette idéologie, les combattre par la « contre-insurrection » et grâce au « terrorisme d'État ». La mainmise de cette institution sur l'éducation des tortionnaires était telle qu'un éditorial d'un des plus grands journaux des USA devait conclure, dans les années 1990, qu'il était, je cite, « difficile de trouver un coup d'État ayant eu lieu au cours des dernières années dans lequel des anciens élèves de l'École des Amériques n'aient pas été impliqués ».

L'autre grande démocratie occidentale qui devait jouer un rôle fondamental dans l'élaboration, le perfectionnement et l'enseignement de cette politique fondée sur la torture, n'était autre que notre cher berceau des droits de l'homme : la France. D'une part, l'enseignement prodigué à l'École des Amériques s'inspirait directement des théories militaires élaborées par les officiers de l'armée française en Indochine et en Algérie. D'autre part, d'abord officieusement à Paris, à l'École supérieure de guerre des Invalides, sous les règnes du général de Gaulle puis de ce gros nounours de Georges Pompidou, ensuite officiellement, sur place, grâce à ce doux amateur d'accordéon qu'était Valéry Giscard d'Estaing, par des officiers détachés à la Mission militaire permanente à Buenos Aires, les généraux latino-américains qui allaient écrire les heures les plus sanglantes de la sanglante histoire de ce lointain continent furent éduqués, si l'on peut dire, à combattre leurs concitoyens par les enlèvements et la torture le plus explicitement du monde par un pays qui, en même temps, pouvait s'offusquer de l'assassinat de Salvador Allende.

L'idée des États-Unis et de la France était simple : exercer leur influence sans envoyer des soldats se battre sur place, poursuivre les vieux desseins impérialistes qui ont toujours nourri la folie des grandeurs des démocraties sans plus risquer les vies, si précieuses, de leurs propres combattants.

On gagne en puissance en combattant un ennemi, non en l'abaissant.

Enfant, l'une des premières fois où je devais être le témoin de ce tournant politique fut lorsqu'on se réunit dans la maison d'une famille d'amis de mes parents pour attendre la libération de leur fils âgé d'une vingtaine d'années. Le père était allé le chercher à la sortie de la prison et, dès qu'il était arrivé, amaigri, le regard terni par une ombre qui me fit peur et que je devais revoir tant de fois dans les yeux fanés d'autres amis qui ont connu la torture, il se jeta dans les bras de sa mère et de sa femme et serra contre son cœur son fils âgé d'à peine quelques mois.

— ¿No querés comer?

Tu ne veux pas manger ? À table, alors que nous commencions de dîner et qu'il regardait la nourriture posée devant lui sans pouvoir la toucher, comme sa mère lui posa timidement cette question, il raconta soudain d'une voix blanche comment, après avoir supporté la torture pendant deux jours, il avait fini par parler. On lui avait fait écouter dans la pièce d'à côté des pleurs et des hurlements en lui disant que c'étaient ceux de sa femme et son fils. Deux hommes lui avaient tourné autour en lui répétant que « eux, ils n'avaient rien fait, qu'ils étaient innocents, surtout le bébé, que pour le moment ils les avaient juste frappés, mais qu'ils allaient commencer à leur faire goûter à la gégène, que là ils allaient vraiment hurler ». Pendant des heures, ils lui avaient fait croire que sa femme et leur bébé étaient torturés dans la pièce d'à côté et que lui seul pouvait arrêter ça, que lui seul pouvait les sauver.

— ¿No querés comer?

— ¿Como querés que coma?

Comment veux-tu que je mange ? Sa mère lui avait posé la question d'une voix douce ; il avait répondu d'une voix désespérée. Tandis qu'on dînait, des camarades, des amis, des frères dont il avait donné les noms étaient en train de se faire arrêter.

Quelques jours plus tard, il quittait l'Uruguay avec sa femme et son fils ; et ses parents, qui avaient tant milité, qui s'étaient tant battus pour leurs idées, restés à Montevideo allaient cesser de s'occuper de politique.

Car je me sens tout seul à pleurer et souffrir,
Hélas ! et, si je meurs, c'est que tout va mourir !

La torture peut être terriblement efficace : non seulement elle sert à obtenir des renseignements, mais tout autour elle répand une douleur glacée qui avilit les hommes, qui, en brisant leurs rêves, les diminue, les dégrade.

Après ce dîner amer, nous sommes rentrés à la maison. Il était tard et j'acceptai sans une plainte, comme mon frère, d'aller au lit et d'éteindre la lumière bien qu'aucun livre ne m'eût permis, auparavant, de faire peser sur mes paupières la tendre pesanteur de ses pages. La lumière éteinte, je me tournai vers le mur en crépi : les invités de mes nuits – les vampires et les loups-garous, les ogres et les sorcières, et les goules et les croque-mitaines –, je le savais, n'allaient plus se réveiller et quitter le mur lorsque je dormirais. Ils allaient garder désormais, de jour comme de nuit, leur minuscule taille de monstres soumis.

La vie suivait son cours. J'étais passé en troisième degré (c'est-à-dire en neuvième, c'est-à-dire en CE2) et je continuais d'aller chaque jour, après l'école, chez le psychanalyste ou chez le dentiste avant de rejoindre la bande de Parra del Riego pour jouer au football sur la chaussée de la rue ou voler des fruits dans quelque jardin perdu ou simplement traîner, en attendant que la nuit tombe. Mais de plus en plus souvent, après le goûter, je m'isolais pour lire sur les branches de notre gomero. Alors que l'année précédente je ne lisais encore que des bandes dessinées – *Tintin, Astérix, Mafalda* et surtout les aventures de Patoruzú, le géant cacique tehuelche, et de son parrain, Isidoro Cañones, que j'admirais éperdument –, en cette troisième année d'école je découvris, comme plusieurs dizaines de millions d'enfants de par le monde, l'œuvre inoffensive d'Enid Blyton. Comme plusieurs dizaines de millions d'enfants de par le monde, je lisais les aventures du *Club des Cinq* ou du *Clan des Sept* au phare des Tempêtes, au Bois-Bourru ou à la Grange-aux-Loups et je les vivais en même temps dans ma rue de Montevideo.

J'ai toujours eu un certain mépris… non, le mot est trop fort, un certain dédain, une déconsidération plus proche de l'indifférence que du dégoût, pour la littérature populaire. L'époque ne se charge-t-elle pas assez de confondre littérature et journalisme ? Faut-il vraiment que les écrivains y mettent aussi du leur ? Préservé si longtemps de la « honte du succès », comme disait mon ami Hugo, j'ai toujours vu d'un œil un peu réprobateur les efforts des écrivains en vogue pour s'éloigner des grandes œuvres du passé et s'approcher de leurs lecteurs contemporains. Michel Houellebecq, Emmanuel Carrère, comme Céline ou Zola, m'ont toujours intrigué dans leur désir de désacraliser la littérature. De même que m'intrigue toujours la place qu'ont prise dans l'histoire de la littérature française des écrivains comme Romain Gary ou Françoise Sagan. Mais voilà pourtant : avant que de lire Hermann Hesse, Thomas Mann et Dostoïevski, que l'on pourrait dire tout aussi populaires que Céline et Zola, avant Proust, Joyce, Kafka, Leopardi, Musil et Cao Xueqin, j'ai commencé ma vie de têtard bibliophage par l'œuvre volumineuse d'Enid Blyton.

Y a-t-il de bonnes et de mauvaises lectures lorsqu'on est enfant ? Sincèrement, je n'en sais rien. Et mon père, que je tiens pour responsable de cette inconfortable place d'érudit prétentieux, arrogant, fat, pédant, mégalomane, et m'as-tu-vu et me-regarde-pas à la fois, qu'avec l'âge je me suis octroyée, était alors trop inquiet que mon frère et moi devinssions des joueurs de football pour s'inquiéter, aussi, de ce que nous lussions Enid Blyton au lieu de lire Borges ou Valéry.

Je lèverai la dalle d'une tombe ;
et, y pénétrant,
allumerai tout au fond la pensée
qui illuminera la solitude immense.

Donnez-moi la lyre, et allons-y : celle de fer,
la plus lourde, la plus noire…

À l'école, les seules lectures obligatoires étaient celles de la Bible et de *Tabaré*, cette autre bible qui ne s'adresse qu'aux fidèles uruguayens, qu'aux croyants orientaux qui ont la foi dans la grandeur de leur patrie étriquée et dans l'éternité de leur jeune histoire nationale. Les quatre mille sept cent trente-six vers de cette *Éneide* sud-américaine forgent, à travers les amours d'un jeune métis et de sa Blanche fiancée espagnole, le mythe d'un Uruguay où les Indiens, « braves », « courageux », « féroces », étaient une race à la fois admirable – et un rien animale. Tabaré – le Charrúa par excellence, eût-il les yeux bleus – est en fait le fils d'un cacique et d'une femme captive tout aussi espagnole que sa future fiancée. À la fin du XVIe siècle, au nord-est du Río de la Plata, c'est-à-dire dans ces collines douces protégées par une large bande de sable qui entretenait déjà depuis des millénaires son rugueux dialogue avec le vieil Océan, alors que les Conquistadors fougueux et sanguinaires débarquaient pour tuer et mourir face aux fougueux et sanguinaires Charrúas, dans un style lyrico-épico-dramatico-grandiloquent inspiré aussi bien de Virgile que de Shakespeare, Cervantès, Goethe et Schiller, *Tabaré* nous fait revivre les dernières heures, non d'un homme, mais d'une race – une race dont la vraie fin devait avoir lieu trois siècles plus tard, à Paris, où furent exhibés, dans un petit « zoo humain » situé près des Champs-Élysées, ses quatre derniers représentants.

Fort donc, si je puis dire, de ces lectures variées (Enid Blyton sur mon arbre, Juan Zorrilla de San Martin et Dieu à l'école), je commençais aussi à bâtir, sur la machine à écrire de Tommy, ma future grande œuvre littéraire. En cet âge lointain, en cette ère d'avant la surcirculation polluante d'information, en ce temps où non seulement internet n'existait pas mais dans lequel mon regard n'avait jamais croisé un véritable dictionnaire, une encyclopédie digne de ce nom, mes premiers projets littéraires furent d'établir des catalogues. Comme celui des femmes de Don Juan, ou comme la liste admirable et chinoise de Borges qui permit à Foucault de penser les épistémès des époques et de comprendre le rapport des mots et des choses, j'établis des répertoires dont trois sont encore entre mes mains. Le premier est un catalogue de ce qui alors me fascinait le plus : les poissons.

Le Maigre
Le Congre
Le Requin
La Baleine
L'Orque
Les petits poissons rouges
La Sole
Les poissons volants
La Truite et le Saumon
Les Raies qui piquent avec la queue
Et les Mojarritas qui servent d'appât
pour attraper des poissons plus gros

Il y avait sans doute, dans le silence de ces bêtes, dans leur lourde torpeur muette, quelque chose dont l'aphone têtard que j'étais ne pouvait être que férocement féru. Et bien que je continuasse de bavarder chaque jour avec ma noire Celeste, comme j'apprenais à écrire, le profond mutisme des poissons m'attirait de plus en plus et je couchais inlassablement leurs noms sur ces feuilles un peu carrées, un brin translucides, que Tommy m'offrait dans son cabinet de travail.

Outre cette liste poissonneuse, je conserve, couchée sur une autre feuille tout aussi carrée et tout aussi translucide, un catalogue d'insectes qui se résume à ces quelques noms :

Moscas
Mosquitos
Abejas
Avispas

Abejorros
Cucarachas
Mariposas

Mouches, moustiques, abeilles, guêpes, bourdons, cafards, papillons. Les listes n'ont-elles pas leur beauté propre et mystérieuse, abstraite comme la musique ?

Enfin, le dernier catalogue que je conserve, écrit cette fois-ci à la main sur une page arrachée à mon cahier d'écolier, est celui des innombrables billes, *lumineuses et captives*, que je possédais :

15 ojos de gato
8 ágatas
12 espageti
6 porcelanas
Una luna
19 claritas
3 petroleras
5 bochones
UN MASTODONTE

Si au lieu d'ourdir quelques vers sur le mal des pommes de terre, comme le conseille Rimbaud, je vous donne à lire ces listes, ce n'est pas seulement pour leur indiscutable qualité littéraire, c'est aussi – je n'ose dire surtout – parce que ce besoin d'établir des catalogues est sans doute le signe de l'une de mes principales perversions : j'ai toujours été un collectionneur. Après mes rognures d'ongles en Argentine, après les billes en Uruguay, j'allais, adolescent, en France, égaré parmi ces nouveaux compatriotes *de race inférieure, à la cervelle étroite et maladroits dans la lutte*, collectionner les choses les plus farfelues : les coquillages, les porte-clés, les boîtes d'allumettes, les gommes, les savonnettes, les capsules de bouteille, les sachets de sucre, les sables, les plumes et les plumes, les tickets de métro, les petites étiquettes des fruits et aussi, à cause d'une escale qui nous fit nous poser à Dakar lors du long périple qui nous mena de Montevideo à Paris, les timbres du Sénégal. Bref, presque rien de ce qui se peut collectionner n'échappait à mon avidité de tout posséder – même si, comme le fétichiste, ce qui m'intéressait était toujours l'âme évanescente que je percevais dans ces objets, cet *absolument impalpable que le non-collectionneur ne perçoit jamais*.

Les objets ont-ils une âme ? Je laisse la question en suspens. À chacun de deviser. À chaque être – ou à chaque objet. On ne peut nier que le fétichisme est religieux, ni qu'il est une perversion, mais il est aussi un reliquat de la relation que nous entretenions avec le monde lorsque nous étions enfants. Et de même que le fétichisme, le *cataloguisme* aussi revient toujours au passé : il retrouve inévitablement quelque chose de l'origine de l'écriture, de cette fonction qu'elle avait à sa naissance, avant l'invention de la littérature, lorsqu'elle ne servait qu'à établir des listes – lorsque, bien avant d'être utilisée pour conter, elle n'était, entre le Tigre et l'Euphrate, utilisée que pour compter. (La chair est triste et l'étymologie est cruelle, pourrait-on dire : ce n'est pas « compter » qui vient de « conter » mais vice versa. La comptabilité, en écriture, est un art plus ancien que la littérature. Mais cela, rassurez-vous, ô Gaulois à l'œil torve, n'est pas une raison pour arrêter nos divagations : ce serait une raison, plutôt, pour revenir à leur oralité.)

Pènéléôs et Lèitos, et Arkesilaos, et Prothoènôr, et Kionios commandaient aux Boiôtiens. Et c'étaient ceux qui habitaient Hyriè et la pierreuse Aulis, et Skhoinos, et Skôlos, et les nombreuses collines d'Etéôn, et Thespéia, et Graia, et la grande Mykalèsos ; et ceux qui habitaient autour de Harma et d'Eilésion et d'Erythra ; et ceux qui habitaient Eléôn et Hylè, et Pétéôn, Okaléè et Médéôn bien bâtie, Kôpa et Eutrèsis et Thisbè abondante en colombes…

L'écriture a toujours été liée à l'économie. Et si ce n'est guère étonnant qu'on n'ait songé qu'un poème ou une pensée pouvaient se coucher sur une tablette en bois, un papyrus ou un parchemin qu'à cet instant fatidique de notre histoire où Platon a fait de la raison un monothéisme, l'écriture est née bien avant, en même temps que la monnaie, *parce que là où il y a de l'argent la parole ne vaut plus.* La littérature – toute littérature – garde la trace de ce péché originel de l'écriture. Sauf l'*Iliade* peut-être, toute la littérature s'est tant éloignée de la parole qu'il apparaît toujours, entre l'écrivain et le lecteur, si ce n'est ce rapport commercial explicite de la littérature populaire, une relation de méfiance réciproque. Comme le cours de l'expérience quelques millénaires plus tard, en Grèce au ve siècle avant J.-C. la parole s'est dévaluée, et il a fallu écrire pour être cru. Mais jamais aucune écriture, littéraire ou légale, ne pourra remplacer le pacte qui a lieu entre deux êtres grâce à une parole ou un regard échangés.

Les seuls fétichismes dont je souffre encore aujourd'hui sont la bibliophilie (et plus précisément l'autographophilie) et ce fétichisme sans nom qui me fait écrire chaque jour à l'aube, à la main, d'une écriture qui peu à peu devient à mes propres yeux fatigués illisible, des pages de plus en plus sombres. Ce dernier fétichisme – fervent, passionné, enflammé, religieux, coupable, douloureux et joyeux à la fois – est aussi sans doute une perversion. Mais n'est-il pas aussi, comme tous les fétichismes, un murmure que l'enfant que j'étais, cet enfant pieux qui savait ce qu'était réellement un jouet, cet enfant aphone qui savait ce que valait réellement une parole, ne cesse d'adresser à l'adulte que je suis devenu ?

J'écris pour ne plus écrire. Aujourd'hui où le cours des mots écrits s'est aussi effondré, où *nul ne leur fait plus crédit* tant *la réclame, les gouvernements et les journaux les ont fait mentir*, j'écris pour ne plus écrire. Ne pouvant écrire une nouvelle *Iliade* – puisqu'il me faudrait seulement la conter, l'inventer et la dire, la dire toujours, éternellement, *sans l'écrire* –, je pastiche l'odyssée d'une autre *Odyssée*, je pose mes pieds, pas à pas, dans un sentier éculé à la recherche d'une autre *Recherche.*

De la musique avant toute chose
De la musique encore et toujours !

Que ton vers soit la bonne aventure
Éparse au vent crispé du matin
Qui va fleurant la menthe et le thym…
Et tout le reste est littérature.

Trois siècles après que le reste fut silence, le reste est devenu littérature. Non pas le reste d'après la mort, non pas ce reste de *Hamlet* qui pour la première fois, bien avant Nietzsche et Jean Paul, criait haut et fort « Dieu est mort ! », mais le reste qui n'était pas le tout simple et éphémère de la vie (l'amour, l'ivresse, la danse, l'insouciance) – le tout qui se dit plus qu'il ne s'écrit.

Shakespeare se désespérait que Dieu eût abandonné l'homme d'un tel abandon que toute la métaphysique agonisât ; Verlaine, de son côté, utilisait, pour la première fois, le mot littérature dans ce sens péjoratif qu'il a – aussi, encore – de nos jours. L'immense chemin entrepris par la poésie et la philosophie il y a deux mille cinq cents ans (ou même avant, puisque Platon « parlait » déjà de leur vieille « inimitié »), ce sentier tortueux qu'elle ont emprunté depuis que l'écriture et le monothéisme les ont séparées, depuis que le logos a été *falsifié* radicalement par *l'interpénétration des sphères rhétoriques et dialectiques,* ce magnifique détour surpeuplé de grosses et petites tortues, de chéloniens terrestres et aquatiques qui ont pour nom Shakespeare, Cervantès, Dante, Spinoza, Swedenborg et Kant, Blake et Byron, et Baudelaire et Leopardi et Mallarmé, et Dostoïevski et Valéry, et Proust et Joyce et Musil, et aussi Borges et Heidegger, et Deleuze et Foucault, et Beckett et Ghérasim Luca et Louis-René des Forêts ; cet immense et magnifique détour qui – ô folie, folie, folie ! – aboutit à ce *Dernier Livre* que vous tenez entre vos mains ; cet immense et magnifique détour qui doit leur permettre de se retrouver, réconciliées, est aussi un retour vers la parole. Et c'est ainsi que mes mots, que mes pages de plus en plus noires, mes pages que je déchiffre à peine, comme Opalka lorsqu'il peignait blanc sur blanc, je les apprends par cœur : je les récite, plus que je ne les écris.

— Voici, ô roi, le savoir qui fournira aux Égyptiens plus de savoir, plus de science et plus de mémoire.

Lorsque Theuth, l'inventeur de l'écriture, *le dieu-oiseau à la couronne lunaire,* se rendit à Thèbes pour vanter son invention, le roi lui répondit : « Toi, qui es le père de l'écriture, tu lui attribues, par complaisance, un pouvoir qui est le contraire de celui qu'elle possède. Cet art produira l'oubli dans l'âme de ceux qui l'auront appris parce qu'ils cesseront d'exercer leur mémoire ; plaçant leur confiance dans l'écrit, c'est de dehors, grâce à des empreintes étrangères, et non du dedans, grâce à eux-mêmes, qu'ils feront acte de remémoration. » Ce qu'il y a de terrible, c'est la ressemblance qu'entretient l'écriture avec la peinture : comme les êtres qu'engendre la peinture, les mots écrits se tiennent debout comme s'ils étaient vivants, mais ils restent figés et gardent le silence. On pourrait croire que les mots écrits parlent pour exprimer quelque réflexion, mais, si on les interroge parce qu'on souhaite comprendre ce qu'ils disent, c'est une seule chose, toujours la même, qu'ils se contentent de répéter.

Nous avons été prévenus. Socrate, le plus sage des hommes, l'a dit lui-même – et Platon, son infidèle disciple, l'a écrit. La philosophie et la poésie sont devenues des genres littéraires et nous ne pouvons plus écrire – nous tous, scribouillards des vingt-cinq derniers siècles – que dans la nostalgie de cette sagesse d'avant l'amour de la sagesse.

Maintenant je veux écrire ce que tout veut taire.
Je veux tarir le tas et parler doux tout ça.

J'écris pour ne plus écrire. Je trace à l'aube des lettres de plus en plus infimes, noircissant des pages de plus en plus sombres en espérant d'un espoir désespéré que j'attirerai la nuit entière dans mon encre pour que ma fille lorsqu'elle se réveille découvre la lumière du jour. Parfois le mot « nuit » suffit. Il suffit de l'écrire si petit qu'il ne fait presque plus peur, qu'il ne fait presque plus de bruit – qu'il ne nuit presque plus.

Il y a au moins une chose que je peux affirmer avec force, concernant tous ceux qui ont écrit ou qui écriront : ces gens ne peuvent rien comprendre. Tout notre savoir, et toute notre ignorance, se sert de cet *instrument déficient qu'est le langage.* Et sans doute, comme disait Platon (comme l'a dit Platon dans une lettre, en dehors de la transcription des mots de Socrate), aucun homme sensé n'aurait jamais dû oser affliger de cette déficience supplémentaire qu'est l'écriture cette déficience première dont il a affligé les choses qu'a contemplées son intellect.

Enfant pourtant, établissant mes catalogues, nouant sans cesse les mots et les lettres comme les fils d'une intrigue dont je ne comprenais pas encore le sens, j'appris à frapper de paralysie tout ce que je connaissais. Et si j'éprouvais toujours des choses en dehors de cette connaissance figée, paraplégique, je ne devais pas tarder à muer de têtard graphophile en crapaud graphomane – et à tout écrire. À tout écrire – moi et le monde, le présent et le passé, mes mots et ceux des autres – pour tout oublier. Pour tout oublier et tenter ainsi de retrouver l'enfant que j'ai été avant que d'apprendre à écrire.

In-fans. Comme dit le Bavard : « Je suis le silence même. » *In-fans.* Ou : j'étais le silence même. Rien ni personne n'est plus proche du monde, de son bruissement, de son incessant murmure de vie, que celui qui ne sait pas parler. Enfant, avant que *les dieux* – et les hommes – *nous aient ravi nos sens,* lorsque insensés nous savons tout, indistinctement, lorsque nulle distance, nul écart, ne nous éloigne de l'univers – qu'écoutons-nous ? qu'entendons-nous du monde, comme notre corps n'est pas encore séparé de notre âme ? comme notre bouche est encore une oreille et notre oreille déjà une langue ?

Celui qui n'a pas prêté enfant, un jour, le serment de se taire, du moins qui ne l'a pas tenu ne fût-ce que quelques mois, ou que quelques années, s'enfermant de la sorte dans un mutisme farouche qu'il aurait opposé sans céder un instant aux remarques compatissantes de l'entourage, aux menaces cafardes et patelines, ou soudain devenues agressives, aux ruses déployées par les proches, aux pièges tendus sans relâche par « l'ennemi », aux sanctions, aux représailles, aux chantages sans nombre, ne saura pas l'exaltation où une telle décision peut plonger, la fièvre qui en résulte. Il ne mesurera pas l'intensité que cette passion peut atteindre, la terreur qui l'accompagne. Il n'aura pas idée du malheur où elle conduit.

Je ne sais, quant à moi, si j'ai fait vœu de silence. Je ne me souviens guère enfant de m'être promis de me taire. Peut-être renouvelais-je ce serment, ce vœu, chaque jour, chaque nuit. Mais j'ai bien plus le sentiment d'avoir, pour tout potage, perpétué un état qui me semblait naturel, confortable : l'état de ne savoir pas parler. Lorsqu'on fait ce vœu, on vit dans *une double contradiction : qui se tait est « mort » et qui parle « parjure ». Est-il possible d'imaginer, située entre ces deux impossibilités et cette double angoisse, une troisième voie qui détourne des conséquences extrêmes auxquelles soumettent celui que le serment engage ? Peut-on se taire en parlant ? Peut-on parler en se taisant ? Taire en parlant, cela est impossible. Parler en se taisant, parler en silence, s'enfoncer dans le silence tout en demeurant dans le langage – tout cela c'est « écrire ». Les contradictions deviennent d'impitoyables ambiguïtés, et la peur n'est que multipliée.* Qui écrit intégralement se retranche.

Pascal Quignard, Louis-René des Forêts, Stéphane Mallarmé : mon autobiographie, heureusement, a déjà été écrite par d'autres que moi. Ce qui, peut-être, un jour, me permettra d'être moi-même un autre.

Mais en attendant, pour ton malheur, ô innocent lecteur ! je dois poursuivre notre commun et digressif supplice.

La bande de Parra del Riego rassemblait, les rares jours où nous tous répondions à l'appel, une dizaine d'enfants ; la bande d'Araúcho, la rue d'à côté, une quinzaine. Cette infériorité numérique faisait que nous ne nous risquions pas au-delà de l'épicerie de la Vieille Autruche où nous risquions de les rencontrer. Mais cela ne suffisait pas à éviter toute escarmouche : parfois, profitant de l'anorexie de nous troupes, la bande d'Araúcho se risquait (sans prendre trop de risques) sur nos terres, prenant possession de notre petite rue serpentine. Le plus souvent, il nous suffisait d'à peine les affronter puis de courir nous cacher dans nos maisons respectives pour ne perdre, dans la bataille, rien d'autre qu'un peu d'amour-propre. Mais parfois, lorsqu'ils surgissaient trop vite et s'emparaient de notre ballon de football par exemple, bien que nous sussions que nous serions défaits, nous n'avions d'autre choix que de les affronter. Les batailles entre nos deux bandes (la nôtre, celle d'un poète futuriste et oublié ; la leur, celle de Francisco Araúcho, un poète officiel dont les œuvres demeurent à jamais dans le *Parnasse oriental*, cette guirlande de poèmes qui encensent la République d'Uruguay) prenaient des airs épiques, lyriques – et tragiques aussi.

Un jour indécis de l'hiver de l'an de glaces 1970, comme nous n'étions que quatre ou cinq de notre bande et que pour une raison que j'ignore nous leur avions fait face, un garçon très mince, très sec et très brun, dans la mêlée confuse, ou bien un peu à l'écart de la mêlée, puisque je me souviens encore si clairement de ses yeux d'encre, me donna un coup de poing sur le visage – un coup de poing aussi bref et aussi tranchant que le passé simple.

Je tombai sur le sol et la bataille s'arrêta

aussitôt. Nous ne connaissions guère alors cette barbarie, héritée de l'Empire romain et entretenue par tous les empires suivants, qui fait que lorsqu'un ennemi a un genou à terre on lui coupe l'autre jambe ou on lui tire une balle dans la tête. À l'époque, notre sauvagerie était pleine de cette magnanimité qui faisait qu'inévitablement un cessez-le-feu intervenait à la plus légère blessure.

La barbarie et la sauvagerie ne sont pas des synonymes : rien n'est plus opposé. *La plus grande ennemie de la barbarie n'est pas la raison mais la nature. La raison est souvent source de barbarie et l'excès de raison l'est toujours ; la nature ne l'est jamais.* Comme le soupçonnait Clarisse d'Ulrich, l'intelligence et la logique sont des qualités de barbare. La sauvagerie, en revanche, peut être magnanime parce qu'elle peut être enfantine : elle est à l'origine de notre vie et de notre humanité. La barbarie est la négation de ce que nous pouvons être ; la sauvagerie, sa puissance. L'enfant est toujours sauvage ; l'adulte peut être barbare ; terriblement barbare, s'il a oublié l'enfance. Et les enfants aussi peuvent être barbares, ils peuvent être barbares lorsqu'on leur interdit l'enfance, lorsqu'on les convainc, comme ça arrive de plus en plus souvent de nos jours, qu'ils sont des adultes incultes.

À Montevideo en 1970, les enfants, tous les enfants – blonds, bruns, pauvres, riches, gros, minces, bons ou mauvais élèves, fils de *bichicomes* ou de psychanalystes, futurs malandrins ou futurs lettrés –, étaient encore des enfants. Tous nous avions droit à l'enfance. Et ceux qui y avaient moins droit partageaient celle de ceux que la naissance avait favorisés.

De cette bataille particulière, je garde mémoire, parce qu'en ces jours lointains, elle me laissa une marque nouvelle, une marque que jusqu'alors j'ignorais, qui me signala à tous pendant plusieurs jours telle la tache sombre des pirates de Stevenson : un bel œil au beurre noir. Après cette blessure, aimé davantage par mes amis et mes ennemis, je compris vraiment ce que voulait dire faire partie d'une bande – qu'il existe d'autres bandes et que toutes les bandes se valent, pour le bien et pour le mal.

Ce qui est vraiment beau ressemble à de l'or,
Auquel les coups donnent un plus grand éclat,
Une plus vive splendeur.

Ma vie suivait toujours sa lente et lancinante mélodie : école-dentiste, école-psychanalyste, école-dentiste, école-psychanalyste. Mots dits maudits, maudits maux dits, comme on dit, et comme songeaient sans doute en songeant à moi Mme Garbarino, mon analyste, et M. Piñeiro, mon arracheur de dents de Punta Gorda. Ma vie suivait toujours sa lente et lancinante mélodie, mais ma rue et mon arbre m'invitaient à explorer des contrées vierges, des forêts épaisses, obscures et splendides qui se situaient aussi bien à l'extérieur qu'à l'intérieur de moi-même. Car l'amitié et la contemplation du monde qui m'entourait, cette rue où passaient des hommes pauvres derrière des charrettes tirées par des chevaux turinois, comme la lecture, m'obligeaient, les unes et l'autre, autant les unes que l'autre, à une confrontation avec des choses très dures, très solides, mais m'incitaient aussi, surtout, à la rêverie.

Une charrette pleine de sacs-poubelles poussée par un homme en haillons me montrait une différence terrible entre ma vie et une autre vie que la mienne, mais le fait que les enfants qui suivaient cet homme – ses fils, pleins de poux et de morve – n'hésitassent pas plus que moi à venir me parler ou à accepter une invitation à jouer au football avec nous, me semble aujourd'hui, aujourd'hui où tout ça a disparu, montrer aussi, si simplement, à quel point j'étais encore proche de la rue, à quel point j'étais encore vivant et indistinct de tout ce qui se trouvait autour de moi.

La pauvreté n'a pas changé, ou plutôt : elle n'a pas disparu. Aujourd'hui à Paris, comme à Montevideo en ces jours lointains, je croise ce même homme en haillons et ses pitoyables enfants. Mais quelque chose de plus fondamental s'est effacé, quelque chose de bien plus profond s'en est allé, et je ne parviens plus qu'à m'émouvoir devant cette pauvreté, à être touché par elle – alors qu'enfant, en Uruguay, je parvenais à la toucher.

Never leave till tomorrow that which you can do today. Never leave till tomorrow that

Je ne sais pour quelle raison Mlle Monsieur, la surveillante générale de l'Instituto Crandon, me donna à recopier cette phrase cent fois. Je devenais peu à peu un élève aussi dissolu qu'indiscipliné, et rares étaient les jours où je n'accomplissais pas une indélicatesse qui méritât une punition. Je ne sais pas pour quelle impertinence particulière j'écopai de cette pénitence, mais je sais que c'est en recopiant cette phrase, bien plus qu'en écrivant l'année précédente mon premier poème ou en rédigeant une année plus tôt cette première lettre adressée à ma jeune tante Victoire partie vivre à Londres, ou même en créant mes nombreux catalogues, que l'idée, ou la fantaisie plutôt, de devenir écrivain – je savais à peine ce que ce mot voulait dire – affleura à mon esprit. Trébuchant sur mon silence, comme Scipion à Carthage, j'inventai l'interprétation qui excuserait mon erreur et ferait de ma tare un don.

Comme l'arc et la lyre, comme la douceur et la douleur, dire et taire sont à peine séparés : le ta de taire, comme une tare, remplace le d du dire comme un dû.

En fin d'après-midi, assis à la grande table de la salle quotidienne, sous l'œil de Consuelo, la jeune fille qui cette année-là s'occupait de nous, je pris mon cahier et me mis au travail. *Never leave till tomorrow that which you can do today*. Mlle Monsieur avait eu soin de coucher cette maxime tout en haut d'une page de mon cahier d'une écriture trop appliquée, potelée, bouffie, grassouillette. Cette maxime (l'une de ses favorites avec « Même une horloge cassée donne l'heure exacte deux fois par jour »), elle l'aimait dans la version que l'on doit à Benjamin Franklin. Elle ignorait sans doute, comme je l'ignorais moi-même – et bien que je l'eusse eu supposée, ou que je l'aurais eu supposée, ou que je vais l'avoir eu supposée, ou, encore mieux, que je l'auraisse eu eusse supposée, puisque je l'ai écrit il y a vingt ans dans la suite immédiate des pages que vous tenez entre vos mains, fieffée lectrice de Perse, qui en a donné une bien plus belle formulation que Franklin –, qu'avant de devenir la promesse de corbeau d'Augustin (cette *sponsio corvina* due au cras-cras de leur croassement), avant d'être le proverbe préféré d'Alexandre, elle avait été prononcée par Archias à Thèbes (erreur fatale qui lui coûta le trône).

Quoi qu'il en fût, sagement, ou au contraire pris de la mania la plus folle qui se puisse imaginer, je me mis à ma tâche et, fasciné, absolument épris de quelque chose qui absolument m'échappait, cette phrase que ma pénitence m'ordonnait de copier cent fois, sans m'en rendre compte, ne connaissant pas encore *la satisfaction du devoir inaccompli*, je la recopiai trois cent soixante-dix-neuf fois.

Lorsque Consuelo s'en aperçut, elle me fit lâcher ma plume, prit ma main pour contempler mes doigts où s'étaient formées trois grosses ampoules – et éclata en sanglots.

Comme j'apprenais à me taire aussi en anglais (plus tard j'apprendrais à le faire en français et dans trois ou quatre autres langues, devenant un véritable *polyaphone*), j'avais confusément senti, en épuisant cette phrase, que j'épuisais le langage tout entier : rien ne subsistait à la répétition incessante.

L'éternel retour est la copie projetée dans la caverne. L'humanité doit recopier son texte en une interminable répétition.

L'infinie répétition de ce qui a été abandonne complètement la puissance de ne pas être. Permettez-moi de ne point nous plonger dans Nietzsche et Melville pour le moment. Restons enfantins, et souvenons-nous des dernières et joyeuses formulations de notre maxime par Allais et Bierce, Mark Twain ou Jacques Roubaud, que j'applique, comme toi j'espère, ô infatigable lecteur fatigué, jour après jour à tant de tâches de ma vie d'adulte : *Ne remets pas à demain ce que tu peux faire après-demain* ; ou alors : *Il faut toujours remettre au surlendemain ce qu'on aurait dû faire l'avant-veille* ; ou encore celle, peut-être plus fine : *Ne remets jamais au lendemain ce que tu peux ne pas faire du tout.*

Comme tant de choses insensées, en ces jours d'avant-veille, pour l'enfant que j'étais, cette maxime avait un sens. Elle voulait dire quelque chose, et elle ne voulait rien dire : elle trahissait, comme je la recopiais, la vraie utilité, et la vraie absurdité, des règles – de toutes les règles : sociales, politiques, et grammaticales.

Mes années uruguayennes, ces années prépubères où, tel un Athénien du ve siècle, je découvris l'écriture, l'amitié et la politique, n'ont de sens aujourd'hui (aujourd'hui comme j'écris) que si ces trois sphères s'interpénètrent constamment jusqu'à devenir définitivement claires ou définitivement confuses – jusqu'à en devenir une seule. Pour une fois, c'est à la musique que je pense, ou plutôt à l'écriture musicale : je dois écrire, simultanément, sur ces trois lignes comme si elles formaient une portée qu'un regard averti pourrait déchiffrer d'un seul coup d'œil – fût-il un coup d'œil au beurre noir.

Je dois écrire simultanément sur ces trois lignes – et afin que ma portée soit complète et me permette d'y coucher mon plain-chant je dois en rajouter une quatrième : la ligne la plus trouble et la plus courbe, la plus zigzagante et la plus fourbe, la plus coûteuse et la plus douloureuse, la plus fine et la plus dangereuse, et la plus tendre et la plus exquise aussi ; en un mot, la plus *plus* tout simplement : celle de la sexualité et de cette idée grandiose et grotesque à la fois, cette intelligence d'où toute logique est exclue, cette expérience unique qui dans nos vies se répète à l'extrême, cette culture agricole et microbienne, et physique et métaphysique évidemment, où la poésie et la philosophie nous ont offert ce qu'elles ont cultivé de plus doux et de plus vivant, de plus intrigant et de plus puissant : l'amour.

Cette ligne, qui commence à notre naissance et qui ne commence qu'à l'adolescence, n'a laissé que quelques notes éparses, cacophoniques, inharmonieuses, posées ici et là sur la portée prépubère des années d'Uruguay. Si deux ans plus tôt Ruth Prins m'avait permis de mimer ce qu'était un couple, si à la fin de l'année suivante j'en formerais un vrai avec Sandra « Gros Nez » Cladera, ce que je mimais avec Consuelo puis, surtout, avec Adriana, en cette troisième année à Montevideo, relevait autant du simulacre que de la plus pure réalité – celle du désir.

Consuelo devait avoir dix-huit ou dix-neuf ans. Elle était petite, un peu ronde, et ne faisait pas son âge : même à mes yeux de petit garçon de neuf ans, elle semblait plus proche de l'enfance que de l'âge adulte. Je ne me souviens pas combien de temps elle travailla à la maison ; deux ans, deux ans et demi tout au plus. Comme j'écrivais, alors que doña Petrona, le Michel-Ange de nos fourneaux, resta à notre service les six années que nous passâmes à Montevideo, les jeunes filles impatientes qui s'occupaient de mon frère et moi pendant que nos parents s'occupaient de leurs patients changeaient pratiquement chaque année. Sauf Consuelo, qui a dû nous supporter un peu plus longtemps puisque je me souviens mieux d'elle que de toutes les autres.

La seule raison que je trouve aujourd'hui à l'alternance saccadée dont étaient victimes nos nounous est la jalousie de ma mère, provoquée, ou justifiée plutôt, par le donjuanisme chronique dont souffrait – ou dont jouissait – mon père. (J'ouvre une minuscule parenthèse : le donjuanisme est un élan vital aussi fort que l'écriture est un élan morbide ; et très rares sont les hommes qui ont pu vivre ces deux élans tout au long de leur vie. Le plus souvent, soit l'écriture a raison de la puissance de vie du donjuanisme, soit la puissance de vie du donjuanisme a raison de l'écriture. Mais parfois, je crois – je crois puisque je l'ignore, puisque j'en doute et l'espère à la fois –, parfois, peut-être, le donjuanisme, comme tous les cataloguismes, ouvre des voies plus mystérieuses, plus secrètes, réservées aux initiés, où la vie et l'écriture s'unissent et fleurissent comme les branches de deux chèvrefeuilles amoureusement entrelacées.) Consuelo, quoi qu'il en fût, fut la première fille avec qui le trouble flux du désir, ce courant qui ne devait plus jamais cesser de circuler entre certaines femmes, mon père et moi, établit sa première connexion. Malheureusement, je ne garde pas beaucoup de souvenirs d'elle. Oui, malheureusement. Pour une fois, et rares sont ces fois ! je regrette que ma mémoire ne soit plus féconde, plus foisonnante, plus florissante – plus luxuriante, plus poissonneuse. Je me souviens qu'alors qu'auparavant j'avais toujours souffert que ce ne fût pas ma mère qui m'attendît après l'école, je guettais maintenant la joie de retrouver Consuelo pour le goûter. Et je me souviens aussi, surtout, d'un oubli : celui d'un voyage vers l'est semblable à celui où j'avais, deux ans auparavant, découvert le serpent aux écailles de diamant. Pour des raisons à jamais injustifiées, j'étais parti avec elle et mon père, mais sans ma mère ni mon frère, restés à Montevideo. Les raisons sont injustifiées, et injustifiables, parce qu'il existe une raison très simple qui explique pourquoi, après le second exil, pendant toute mon adolescence, j'allais faire de nombreux voyages semblables avec mon père et ses diverses conquêtes (à Prague, à Budapest, à Fez, à Folegandros) : mon père et ma mère s'étaient séparés. Ce qui alors, en Uruguay, n'était pas encore le cas.

Aurais-je, adolescent, eu besoin de créer le souvenir de ce voyage inaugural ? Peut-être. Sans doute. Sans doute peut-être. Ou peut-être sans doute. A-cela la moindre importance ? la moindre importance-t-il ? Un souvenir inventé il y a des dizaines d'années, et donc vécu *en tant que souvenir* durant tout ce temps, diffère-t-il en quoi que ce soit d'un souvenir qu'on n'a pas inventé ? Qu'est-ce que la mémoire ? Qu'est-ce que l'oubli ? Et qu'est-ce que la littérature – toute littérature – si ce n'est un vaste dialogue, une interminable dispute entre mémoire et oubli ? Qu'est-ce que la littérature si ce n'est une manière d'oublier la mémoire ? de se battre contre ce qu'elle possède d'intrinsèquement morbide en espérant qu'un mot juste fasse d'un souvenir cette belle lueur, cette aurore limpide qu'il ne peut être que lorsqu'on se *confie à l'oubli ?*

Voilà pourquoi, aussi claire soit-elle, l'aurore est toujours indécise.

La mémoire n'est pas plus claire que les rêves, elle n'est pas plus limpide. Avec elle, on ne sait pas, on ne sait jamais. L'irrégulier battement de ses essuie-glaces ne balaie pas d'un coup définitif le pare-brise mousseux qui se trouve non pas derrière mais devant le petit rétroviseur qui nous permet de nous contempler nous-mêmes.

Comme les essuie-glaces lorsqu'ils sont un peu vieux, un peu défectueux, la mémoire couche et recouche des louches, des strates, de longues traînées savonneuses de plus en plus propres et de plus en plus sales qui éclairent et obstruent notre regard : qui tour à tour nettoient et salissent notre esprit.

Donc, comme je disais, ou comme je disais donc : en attendant, restons aux côtés de Consuelo – dont j'ai presque tout oublié.

À ce voyage vers l'est est lié un autre souvenir : celui d'une infinité d'insectes morts collés à la grille avant de la voiture de mon père. Bien sûr, pour sentir – ou ne serait-ce que pour imaginer – cet agglomérat d'insectes morts, il faut pouvoir songer que les voitures alors avaient des grilles à l'avant de leur moteur. Mais pour que vous sentiez cela, ô paresseux lecteurs, ô mollassons chéris, ô indolents flâneurs languissant, désœuvrés, devant les vitrines *motifères* de la littérature, il faudrait que je décrive l'aspect de cette voiture et que je parle de sa marque et du rôle de FIAT dans l'avènement du fascisme et de ce que signifiait socialement posséder une voiture et pourquoi pas de la pollution qu'elle engendrait et du changement climatique puisqu'on y est ! Bref ¿ pourquoi m'attarder sur cet *aggloméat d'insectes morts, desséchés, gris,* dont j'ai déjà écrit dans *Une enfance laconique,* première partie de mon traité de l'oubli, sous la forme – heureuse et légère – des M.I.E. (Multiples Images Éparpillées) ?

Peut-être, bêtement, parce qu'il y a toujours des mots plus justes. Peut-être parce que si j'étais un écrivain sérieux, ou ambitieux, je me serais contenté d'écrire un seul instant de mon passé, ou une seule phrase – et de la récrire mille, dix mille, cent mille fois, non pas toujours pareille, comme le demandait Mlle Monsieur, mais à chaque fois différente, jusqu'à ce qu'elle seule, au moins, veuille *dire* quelque chose.

Comme aux temps mythologiques, un bouc a assailli une bergère de Saint-Laurent, dans le lit du Var, où elle paissait ses bêtes.

Consuelo – ai-je écrit – m'a fait découvrir *la chienne Sensualité.* Mais c'est Adriana qui me permit de jouer avec elle, de caresser son pelage, de l'entendre aboyer, et de m'entendre glapir à ses côtés.

Adriana était la sœur aînée de Gonzalo « Fon » Fonseca, l'un de mes trois meilleurs amis. Elle devait avoir quatre ou cinq ans de plus que moi. Elle était très rousse, et elle avait les cheveux très longs et de très gros seins. Elle avait un corps. Elle avait un vrai corps, un corps où, en comparaison de mon petit corps où tout était si petit, si chétif, si malingre, mon petit corps qui manquait tant de tout, tout était très adolescent et très surabondant.

Je garde d'elle une mémoire diffuse et voluptueuse comme la lumière d'un crépuscule calme sur la mer Égée. Et dans ce ciel doux où le bleu le dispute toujours, non au rouge, non au sang des crépuscules venteux, mais à l'orange des tombées lentes du soir, un souvenir précis et polisson brille comme brille l'étoile du berger.

Une après-midi du mois d'octobre ou novembre 1970, une après-midi de printemps, comme Gonzalo m'avait invité chez lui, nous avions longuement cueilli et sucé les petites fleurs blanches de l'immense chèvrefeuille qui recouvrait un pan de mur entier de la cour de leur maison. Ou bien de celle de leurs cousins. Car je sais qu'Adriana et Gonzalo étaient, comme moi, argentins ou que leurs parents, ou l'un de leurs parents, étaient argentins, mais une partie de leur famille devait être uruguayenne, puisqu'ils avaient des cousins – semblables à mes cousins-meubles-en-bois de Buenos Aires – qui vivaient dans une maison proche de la leur et collée à une fonderie. Ou alors était-ce une seule maison familiale, si grande que mon regard d'enfant en voyait deux ? L'aléatoire alchimie de la mémoire opère encore une fois ; et dans cette après-midi chèvrefeuilleophage – à l'opposé des journées lotophages des compagnons d'Ulysse – la torride résurgence de ce qu'Adriana a gravé à jamais sur ma peau se colore, s'irradie de la chaleur non seulement du printemps de Montevideo, non seulement de son corps brûlant et de son regard épicé, mais de la proximité du hangar où ardaient les fours de la fonderie.

Le chèvrefeuille couvrait un mur très haut sur lequel Adriana m'avait aidé, je ne sais comment, à monter et m'y asseoir. Nous nous gavions de ce suc, de ce nectar, *aussi suave que le goût de ses baies est amer*, qu'on peut extraire, en l'aspirant, des fleurs du chèvrefeuille après avoir tranché avec les dents le fin pédicule qui relie le pédoncule aux pétales blancs. Je nous revois comme si c'était hier – et comme si hier ne finissait jamais. Tout en suçant des dizaines et des dizaines de fleurs, Adriana, à califourchon sur le mur, les jambes grand ouvertes, surprit soudain mon regard posé sur sa culotte.

J'avais neuf ans. Je ne sais si c'est le désir de la regarder, ou bien l'injonction machiste de saisir la moindre occasion de voir l'intimité d'une fille, ou bien alors le blanc éclatant de la petite culotte en coton, semblable au blanc des petites fleurs que convoitait ma bouche, qui forçait mon regard à revenir sans cesse à cette douceur immaculée. Mais je sais qu'à un incertain moment Adriana remarqua que mes yeux s'étaient enfouis entre ses jambes et que cela la fit rougir – autant que cela la fit sourire.

S'approchant de moi, toujours à califourchon sur le mur comme je l'étais moi-même, elle me mit entre ses jambes et nous continuâmes de sucer le miel des fleurs collés l'un à l'autre. Souvent, entre deux fleurs, elle me collait encore plus contre ses cuisses et ses seins, et elle me touchait, me tâtait, me tâtonnait, me palpait, me frictionnait, me pétrissait, me tripotait, me trifouillait, me triturait, me tripatouillait – non d'une manière explicitement sexuelle, mais comme si j'étais en peluche : comme si j'étais son doudou.

Que Muera la Muerte,
Y los Milicos también

Voici deux autres vers couchés d'une manière impromptue sur l'une des pages têtues de mon cahier de mathématiques de cette année de troisième degré. *Que Meure la Mort, et les Militaires aussi.*

Comme je disais, puisque parfois on ne fait que dire en écrivant, notre maison était située juste en face de la Faculté d'Architecture de Montevideo, et, bien que nous n'eussions pas le droit d'y participer, l'une des distractions auxquelles nous nous adonnions presque chaque jour était de contempler les rassemblements d'étudiants devant l'université. Un an et demi plus tard, je devais voir là, pour la première fois de ma vie, un homme se faire tuer. Une balle allait être tirée depuis l'une de ces voitures banalisées utilisées par les paramilitaires, et un étudiant tomberait mort sur la chaussée.

En ce printemps 1970, les manifestations, si l'on peut dire, n'étaient que « gentiment » réprimées. Des policiers arrivaient à cheval et écartaient les étudiants en distribuant des coups de bâton, ou bien alors on envoyait l'un des rares canons à eau que possédaient les forces de l'ordre uruguayennes, et la foule estudiantine était éparpillée, décomposée par le jet puissant.

L'Uruguay s'enfonçait dans la violence, dans la pire violence de son histoire – et dans l'une des plus terribles violences parmi les innombrables violences que connut le XXe siècle –, comme il faisait tout le reste : lentement. Les disparitions, la torture, tout ce travail des Dan Mitrione et de leurs acolytes était alors souterrain – souterrain aux yeux des adultes uruguayens qui n'y étaient pas directement confrontés, et plus souterrain encore à nos yeux enfantins. Mais les élections approchaient et les manifestations étaient de plus en plus fréquentes, et si nous n'avions pas le droit, mon frère et moi, d'aller seuls rejoindre les étudiants en face de la maison, nos parents nous emmenaient souvent aux grandes manifestations du Frente Amplio où ils se sentaient, comme nous je crois, profondément uruguayens.

Je n'ai pas de souvenir, dans ma vie, d'avoir éprouvé un plus beau sentiment patriotique (si tant est qu'aucun patriotisme puisse avoir une quelconque beauté). La foule, l'excitation créée par le fait qu'un nouveau parti politique pût concurrencer les deux grands partis traditionnels uruguayens, le charisme du nouveau leader, Liber Seregni, tout m'emportait, émerveillé, et j'étais certain, même dans ce minuscule pays qu'est l'Uruguay, et même si l'échec le plus cruel devait suivre l'espoir soulevé par le Frente Amplio, que j'étais – que nous étions, nous tous, manifestant – le centre du centre du monde. Le plaisir euphorisant de la foule, des chants, des cris, et l'espérance folle, insensée, que nous allions gagner, procuraient à l'enfant que j'étais une joie qui allait au-delà de l'excitation, une joie qui approchait l'extase.

Jamais je ne cesserais, adolescent et adulte, en me fondant dans la foule de toutes les manifestations où j'aurais la chance d'aller de par le monde, d'éprouver cette joie. D'éprouver cette joie et, pour être tout à fait honnête, de rechercher aussi autre chose, un plaisir un peu coupable, un peu solitaire : le plaisir personnel des foules perdues de mon passé. Bien sûr, cette joie, ce plaisir, ne pourraient jamais m'être procurés par une manifestation dont je ne partage pas les revendications. Et souvent en France, la dépolitisation des manifestations m'a ravi ce plaisir. Mais si je ferme les yeux et que je bouche mes oreilles, même un 1er Mai à Paris peut me replonger dans cette joie enfantine qui n'a jamais réellement quitté mon cœur.

Le second exil, qui allait marquer mon front de *cette ride supplémentaire qui n'est pas due au temps mais à la distance*, le second exil qui allait m'arracher comme une canine cariée à ma langue maternelle avec pour seule anesthésie le climat glacial de la France et l'accueil gelé des enfants français, allait exacerber, dans mon adolescence taciturne et ma maturité coite, un incertain et stupide chauvinisme argentin. Comme tant d'exilés, j'allais détester ma nouvelle terre et j'allais maudire ses habitants et sa culture – avant de découvrir, douloureusement, que cette culture était la mienne, que Proust aussi était français, ou que Proust était « aussi » français, et que c'était dans sa langue qu'il me faudrait chercher ma propre ou mon impropre *langue étrangère.* Mais pour argentin que je pusse me sentir dans ce futur qui est aussi mon passé, c'est d'avoir été uruguayen que je serais toujours le plus heureux et le plus fier.

Mais diable ! où en étais-je ? À Montevideo. Ouf. Ouf de chez ouf. Fou de ouf et ouf de fou. Soulagé à la folie. Le temps est beau, le ciel est bleu, et je me revois enfant, et l'enfance se dissout dans la langue.

Et la langue se dissout dans l'enfance.

Ses traits étaient délicats, presque aériens. Ses lèvres, ses sourcils, son petit nez, sa fine moustache semblaient avoir été dessinés par un calligraphe chinois avec un pinceau si subtil qu'ils étaient comme évanescents. Lorsqu'on se souvenait de son visage, d'ailleurs, ce n'était pas l'ampleur de son front ou la saillance de ses pommettes, pas plus que le vert de ses yeux ou la rousseur de ses cheveux qui revenaient en mémoire : c'était seulement une sensation diffuse, comme une brume légère où un humour piquant alternait avec une tendre mélancolie.

À un très incertain moment de ces lentes années uruguayennes, mon grand-père maternel, Vicente Rosenberg, est mort à Buenos Aires d'un arrêt cardiaque.

Se taire. Oui, se taire. Ne plus savoir ce que parler veut dire. Ce que dire veut dire. Ce qu'un mot désigne, ce qu'un nom nomme. Oublier que les mots, parfois, forment des phrases.

Le père de ma mère – mon grand-père maternel. Qu'il est étrange que le mot « maternel » puisse s'écrire au masculin. Comme il est bizarre que l'abuelo Vicente mourût d'un arrêt de *cette minuscule chambre molle,* de *cette petite chose sanglante et tambourinante,* de cette machine inlassablement latente qui régule nos vies comme un métronome étranger, autonome, et qui est aussi, paradoxalement, notre organe le plus intime. Son cœur, il est vrai, était épuisé. Il s'était énormément fatigué au cours de la Seconde Guerre mondiale, comme il attendait les lettres de sa mère, enfermée dans le ghetto de Varsovie, et continua de se fatiguer après la guerre, égaré dans un labyrinthe de silence, de jeux d'argent et d'affaires louches où il ne cessa de se perdre et de s'enfoncer pendant toute sa vie à la recherche de je ne sais quel minotaure.

Plus de mots. Plus de langues. Ni allemand, ni polonais, ni yiddish. Ni espagnol ni argentin. Plus de mots. Plus de noms. Plus de noms pour rien. Ni pour la musique, ni pour le piano, ni pour la chaise, ni pour la table. Ni vitrine, ni magasin, ni rue, ni voiture, ni cheval, ni ville, ni pays, ni océan. Ni massacre. Ni douleur. Plus. De. Mots.

Langue maternellllle – écriture paternel. Longtemps j'ai cru que ces deux silences dont j'ai hérité – le silence juif de mon athée de mère, le silence catholique de mon athée de père ; le silence spartiate des lettres de mon arrière-grand-mère maternelle, le silence bègue du poème unique et tauromachique de mon arrière-grand-père paternel ; le silence de n'avoir pas appris à parler, le silence d'avoir appris à écrire ; le silence de ma main crispée à ma plume par une crampe éternelle, le silence de ce muscle lourd et humide qui paresse inutile derrière l'enclos de mes dents ; le silence de mort des Pehuenches exterminés par José Francisco de Amigorena à la fin du XVIIIe siècle au sud de Bariloche et le silence de mort des camps de la mort à l'est de l'Est de la très-vieille Europe – et aussi les mille silences que j'ai créés, imaginés, sculptés, les tissant, moi aussi, comme les fils d'une tapisserie, silences nocturnes de l'enfance, silence limpide de ma chère et vieille aurore, silence que j'impose durement à ceux qui m'entourent, silence que je m'impose plus durement encore à moi-même, silences partagés, silences impartageables, silences sombres et compacts, silences translucides qui finissent toujours par s'effriter, effondrés, dans des vers qui se rongent eux-mêmes, se mordant la queue comme de mauvaises vies ; – longtemps j'ai cru que ces deux silences tutélaires étaient opposés, et que les mille silences auxiliaires que j'ai écrits devaient l'établir, le prouver.

Aujourd'hui, je n'en suis plus si sûr. Le silence et la parole se ressemblent de plus en plus comme je vieillis, et je ne sais si l'enfant que j'étais je dois l'interroger pour me souvenir que j'ai décidé de tout écrire pour ne plus écrire et apprendre enfin à parler, ou pour apprendre – de sa bouche – comment était ce temps d'avant que la parole elle-même ne vienne tout embrouiller.

Vicente avançait lentement sur le trottoir et l'avenue devenait interminable. Épuisé, vaincu, il avançait, et avançait encore, et autour de lui les immeubles s'effritaient et se dissolvaient sous la pluie comme des murailles de sable. « Il faut faire quelque chose contre le rien que je peux. Je peux rien. Je ne peux rien. Jamais su au juste la différence. » Semblables à des têtards, des mots sans queue s'agitaient de nouveau dans sa tête. Et il essayait de suivre leur fil qui fatalement lui échappait. « Ou alors revivre. Arrêter de perdre. Revivre, oui. Être de nouveau un homme. Un vrai. Un homme qui vit. Un homme qui dit. Un ami, un mari, un père. Un… un enfant. – Être. De nouveau. Un enfant. »

Ma mère partit seule à Buenos Aires. Elle partit brusquement, en silence, loin de nous. La douleur était trop grande pour être partagée – même avec mon frère et moi, ses enfants, chair, comme dit, de sa souffrante chair.

Lorsque ma mère, effondrée, revint à Montevideo, mon frère tenta de la consoler : « Rien que pour lui, je voudrais croire aux fantômes. » Mais sa douleur était inconsolable. Sa douleur était inconsolable – je devais le comprendre bien des années plus tard, découvrant à mon tour la douleur d'une mort inattendue – parce que le plus souvent on commence à faire le deuil de ceux qu'on va perdre, soit parce qu'ils sont vieux, soit parce qu'ils sont malades, bien avant leur mort. Lorsque la mort survient par surprise, par accident, de la route ou du cœur, aucun deuil n'ayant pu commencer, aucun adieu n'ayant pu être prononcé ni imaginé, puisque cette mort est aussi impensable que notre propre mort, le travail qu'il nous reste à faire, après le décès, est aussi illimité que l'est notre douleur. Lorsqu'on perd quelqu'un par surprise, la blessure qu'il laisse demeure irrémédiablement ouverte : aujourd'hui, cinquante après la mort de l'abuelo Vicente, ma mère en souffre encore comme elle en souffrait alors.

Les morts reviennent toujours en ribambelle, et je les énumère lentement comme une longue et lancinante litanie. Nous voyons tous défiler une kyrielle semblable – arrière-grands-parents, grands-parents, parents, frères et sœurs, amis – jusqu'à notre propre mort, jusqu'à cet acte ultime dont nous sommes l'acteur principal et auquel, puisque nous n'y sommes jamais vraiment invités, nous arrivons inévitablement en retard. Pourquoi ne voyons-nous pas venir ce que nous attendons le plus ? Comment se peut-il que nous vivions tant pour manquer ce pour quoi nous vivons ?

Après celle de l'abuela Lita, ma grand-mère-*paternel* (mais j'étais trop petit, j'avais à peine deux ans), après celle de l'abuelo Zeide, mon arrière-grand-père-*maternelle*, la mort de l'abuelo Vicente a fait de la mort, dans ma vie, *des* morts – une série. Mais sa mort aussi, comme chaque mort, était unique.

> *Lui qui le jour a perdu son visage et sa voix, revient la nuit, en tout point reconnaissable, agité, anxieux comme si, avant de prendre congé, il avait oublié la question essentielle que son statut lui interdisait de poser en une langue désapprise ou hors d'usage chez les morts.*

La mort n'a pas seulement nos yeux : elle est notre visage. Elle fait de nous ce que nous avons été. La question essentielle que l'abuelo Vicente m'a laissée en suspens, celle que son silence, en devenant mon silence, répète sans fin dans chacun des mots que je couche depuis presque trente ans sur le papier, n'a que des réponses qu'on ne saurait lui trouver : elle interroge quelque chose qui se trouve bien au-delà de l'apaisante frivolité de toutes les réponses.

J'aime me souvenir de son visage, de ses manières fines de dandy polonais. J'aime le revoir sur ces rares photos que je possède de lui où, jeune, avant la blessure lointaine de la Shoah, ses traits irradient une espérance de vie facile, légère – et bavarde. J'ai été ceux qu'il fut. J'en ai fait ici, sur le papier, dans un petit livre intitulé *Le Ghetto intérieur*, un autre père : mon deuxième père ; et je tente en vain de vivre sa vie à l'envers : du silence vers la parole, de la mélancolie vers l'insouciance – de la mort vers la vie.

Langue maternelle, écriture paternel. *La quiétude patriarcale du lien* ne varietur *où le temps passé se conjugue au présent.*

El abuelo Horacio, le père de mon père, était tout le contraire. Il venait nous voir souvent, arrivant le soir, à l'improviste, dans son immense et *furieuse* luciole de métal, et nous emmenait dîner dans le seul restaurant chic de Montevideo, El Aguila. Puis nous rentrions à la maison comme il partait au casino.

Il venait presque toujours accompagné de son petit frère, el tío Roberto, inventeur de martingales complexes et défectueuses qu'il nous expliquait longuement grâce à la petite roulette en plastique de notre salle de jeux. El tío Roberto, dont mon grand-père s'occupait comme si ce fût son fils, était le mouton noir de sa génération. Il n'avait pas de métier et vivait aux crochets de son grand frère, qui était (l'ai-je déjà précisé ?) notaire. Non pas un sombre copiste comme Bartleby, mais un notaire notable et bon vivant. (Je rouvre l'éternelle parenthèse de ma pensée : Melville aussi, comme Supervielle, Laforgue et Lautréamont, aurait dû choisir de naître à Montevideo. Nul doute qu'il eût adoré écrire sa nouvelle dans ma langue maternelle où écrivain se dit *écriteur* – et notaire *écrivain*.)

Un homme maigre et livide a prononcé la formule qui affole tout le monde.

El tío Roberto, à sa manière, était le Juif du côté catholique de ma famille. Il était fragile, torturé, et brillant aussi. Car c'était une époque où les méandres frivoles où s'égaraient les moutons noirs et les vilains petits canards des grandes familles décadentes étaient le jeu, les femmes et l'alcool, mais aussi la lecture, la peinture, la musique et la culture à l'excès. C'est ainsi que, rejeton raté de cette vieille famille presque noble qu'étaient les *de* Amigorena, el tío Roberto, par exemple, était passé maître au jeu d'échecs : il jouait, le dos tourné, contre plusieurs adversaires à la fois (fussent-ils, ces nombreux adversaires, ses petits-neveux, âgés de neuf et dix ans).

La seule passion populaire que partageaient avec le commun des mortels mon grand-oncle et mon grand-père était le football. Parfois, ils arrivaient à Montevideo et nous emmenaient au Centenario, mon frère et moi, voir quelque match exceptionnel, comme la finale de la Copa Libertadores entre l'Estudiantes de « La Bruja » Verón et le Nacional d'Espárrago et du « Criquet » Cubillas.

Je ne sais si je comprenais, ou si je soupçonnais du moins, quelque chose de la remarquable différence qui séparait la génération de mes grands-parents de celle de mes parents. Que ce fût la grande bourgeoisie catholique ou la petite bourgeoisie juive, la première avait accouché de la deuxième qui lui était fondamentalement opposée. Chaque génération se dresse contre la précédente ; mais chaque époque n'est pas chargée de la même fibre contestataire. Au XXe siècle, des hommes en costume-cravate et des femmes au foyer ont accouché, sur toute la surface de la terre, de Che Guevara et de Rosa Parks. Et si, à l'inverse de ceux nés dans les années 1910 ou 1920, qui avaient dû prendre les armes, légales ou militaires, ces nouveaux révolutionnaires, nés dans les années 1930 ou 1940, fumaient parfois des pétards et se vêtaient de pantalons patte d'eph et de chemises à fleurs ou bien se promenaient tout nus, ils ne rêvaient pas moins tous de changer le monde de la plus radicale des manières. Montevideo n'était sans doute pas l'endroit où cela était le plus flagrant, mais même là il était difficile de ne pas le remarquer ; même là, dans cette partie reculée de la planète, les années 1970 avaient furieusement commencé.

Come mothers and fathers
Throughout the land
And don't criticize
What you can't understand

Your sons and your daughters
Are beyond your command
Your old road is rapidly agin'…

Les années 1970 avaient commencé bien des années plus tôt, en 1963 peut-être, en 1968 sûrement ; par cet événement culturel que fut l'écriture de *The Times They Are A-Changin'* ou par cet événement mondain que fut l'assassinat de John Fitzgerald Kennedy par Lee Harvey Oswald (ou celui de Lee Harvey Oswald par Jack Ruby), ou bien cinq ans plus tard à Mexico, à Tokyo – au mois de mai à Paris.

Soyez réalistes :
Demandez l'impossible.

Ce que moi j'allais vivre de cette douceur printanière et révolutionnaire dans mon adolescence en Europe fut précédé par ce que je vécus de la furie sanguinaire des militaires en Amérique latine. Mais comme j'écrivais, comme je ne cesse de m'en souvenir, mon jeune âge alors me permettait, ou mes parents plutôt permettaient au jeune garçon que j'étais, de profiter encore en paix de l'éternelle grâce de l'enfance.

L'été 1971, comme chaque été du premier exil – comme presque chaque été d'avant le premier exil –, nous sommes partis en vacances dans l'est de la petite République orientale d'Uruguay. Accompagnés par les Viñar, nous sommes partis non seulement à l'est, mais à l'extrême est de l'Uruguay : à La Coronilla, tout à côté du Chuy, la frontière avec le Brésil. La situation étant devenue de plus en plus tendue, le moindre voyage en voiture, partout dans le pays, était fragmenté par les innombrables checkpoints dont les militaires avaient déparé les routes. Sur le long chemin vers l'est, nous nous étions arrêtés à Punta del Diablo, qui n'était alors qu'un minuscule village de pêcheurs. Je me souviens de cette infime escale parce qu'adulte je suis retourné dans ce lieu, et que derrière la destruction touristique, comme dans tant d'endroits de l'orient de la République orientale d'Uruguay, j'ai vu surgir, dans les brumes du présent, la silhouette précise du spectre du passé.

Les hommes pêchaient des requins ; les femmes fabriquaient des colliers avec leurs vertèbres. La pauvreté était grande, profonde, mais la misère lui était étrangère. La misère n'existait presque pas en Uruguay. Avant les années 1980, partout dans le monde, la misère n'existait que là où les machines avaient rendu les hommes des machines, là où la terre était elle-même misérable, et là où l'histoire coloniale avait réussi, et réussissait encore, à ruiner des peuples. Sauf dans quelques lieux très précis, la misère – partout – est le résultat d'un vol. Aucun homme ne naît misérable. (Que dis-je ? Diantre ! « Aucun homme ne naît misérable. » Comme disait Victor « J'en-suis-sûr » Hugo ? Oui, cher lecteur intransigeant, le danger de la péremption est grand lorsqu'on écrit. Aussi grand au moins que celui de ne rien dire. Comme est grand le danger de l'ironie – fût-elle entièrement autodérisive. *L'ironie d'un auteur a tendance à rendre le lecteur présomptueux, et c'est alors à peu près ainsi :* tous deux *disent qu'ils savent qu'ils ne savent rien mais ils tirent de cette connaissance une vanité sans bornes.* Dans les lettres aujourd'hui, j'en sais quelque chose, prime la sincérité. Mais peut-on n'être que sincère ? peut-on n'être qu'honnête, profond, juste – sans devenir modéré ? Doit-on, pour être lu, se garder de formuler la moindre idée et se tenir *poliment dans cet intervalle du discours où la neutralité le dispute au néant* ? La modération est l'une des grandes maladies de nos jours – comme de nos lettres. Mais de même qu'on ne peut reprocher à la poésie d'être obscure *puisque c'est la nuit même qu'elle explore,* on ne peut s'indigner que la contestation, littéraire ou politique, soit brutale ou drôle, puisque ce qu'on conteste est si sérieux – et si violent.)

dans cette vue bornée
où la constipation prime
nous échappe cette chose capitale :
que Proust est a-déontique

Les Viñar avaient planté leur tente dans la forêt qui se trouvait au pied de l'un des rares monuments historiques uruguayens : la forteresse de Santa Teresa, vaste construction militaire de la seconde moitié du XVIIIe siècle. Nous, nous logions dans un hôtel récent, planté dans les dunes et faisant face à l'océan. De cet hôtel, outre l'éternel souvenir de l'éternel combat des dunes et des vagues – souvenir qui m'habite tant qu'il ne fait plus partie de ma mémoire mais de quelque chose de bien plus profond, de quelque chose où mémoire et oubli sont indistincts puisque tout ce qui s'y agite appartient au passé mais les mots n'y jouent aucun rôle, de quelque chose où le langage, tout langage, abdique, tant son temps est plus complexe et plus puissant que celui d'un passé que notre présent pourrait mesurer *grâce au langage* – de cet hôtel, je garde deux souvenir dont je peux, ici, me souvenir.

L'un, culinaire, est d'avoir découvert, et dévoré avec ma maniaquerie habituelle de métronome tic-taquant absolument tous les jours, au déjeuner comme au dîner, une variété d'escalope milanaise qu'on nomme, en Argentine et en Uruguay, « rellena » (farcie, remplie, ou, plus à mon goût : *repleine*) et dans laquelle, sous la chapelure, on glisse une tranche de fromage et une tranche de jambon.

L'autre, plus trouble, est celui d'un garçon de mon âge avec qui nous jouions tous les jours à la plage et dont le torse était traversé d'une cicatrice longue d'une trentaine de centimètres. Il avait été, nous avait-on dit, « opéré du cœur ». Croyant que cela voulait inévitablement dire qu'on lui avait ouvert le torse pour lui retirer cet organe, craignant qu'il ne défaille après chaque baignade, après chaque course sur le sable mouillé ou vers les dunes, et certains aussi que ce défaut, que cette carence, cette déficience, pouvait également le rendre insensible ou féroce, mon frère et moi le traitions avec la plus grande pitié, et la plus profonde défiance.

Et je vis comme des cavales
Vertigineuses se défaire les dunes

D'autres souvenirs surgissent d'entre les vagues comme j'écris. D'entre les vagues et les vagues. D'entre les vagues immenses, diurnes et nocturnes, grasses, grosses, grandioses : prometteuses. D'entre les vagues mouvantes et incertaines, et profondes comme les plus profondes pensées, et profondes comme le plus profond effroi. D'entre les vagues et les vagues – et d'entre les dunes aussi. D'entre les dunes mouvantes et incertaines comme les vagues. D'entre les dunes et les dunes dévorant la route ou striées de traces d'oiseaux ou d'herbes fines, japonaises, et de cadavres de loups et de lions de mer jetés là par l'océan. D'entre les dunes et les dunes ponctuées de jeunes bébés ou de vieux monstres poilus, énormes, indifférents, le flanc déjà rogné par les mouettes et rongé par les vers mais exhibant encore leurs fières crinières rousses. D'entre les vagues et les vagues, et d'entre les dunes et les dunes, et d'entre les vagues et les dunes et d'entre les dunes et les vagues, mille souvenirs pointent le bout du bout de leur nez et dansent, indicibles, sur le bout du bout de ma langue.

Et parmi tous ces souvenirs bruissants, bourdonnants, confus et inextricables, un souvenir très simple, très parlant, qui s'inscrit tel un mot saugrenu, ou abracadabrant, dans la prose monotone de cet été 1971 : celui de l'émerveillement devant la brusque apparition d'un coquillage qui faisait la taille de ma cuisse et dont le corps vivant sortait, laiteux, de sa coquille et se tournait, se tordait, se tortillait, pour nous fuir et retourner dans l'Océan.

El río corre
El océano para
No se mueve nunca
No se mueve nada
Solo parece moverse
De noche

L'hôtel faisait face à l'océan et chaque nuit je contemplais les vagues lointaines et bruyantes se fracasser inlassablement sur le sable.

Le fleuve court
L'océan arrête
Il ne bouge jamais
Il ne bouge en rien
Il semble seulement bouger
La nuit

Je ne sais à quel instant précis j'ai couché ces vers sur une serviette en papier de cet hôtel de La Coronilla. Peut-être cet été où je fêtais mes neuf ans ; peut-être, ayant conservé cette serviette en papier entre les feuilles d'un livre, quelques années plus tard. Quelle importance ? Ces mots sont là, qui disent pour la première fois quelque chose qui allait me tourmenter pendant le reste de mon existence : quelle est au juste la différence entre le fleuve et l'océan ? Pourquoi le fleuve est en nous *et la mer tout autour* ? Ou, pour le dire plus simplement : quelle est la différence entre l'espace et le temps ?

Le sommeil a-t-il duré si longtemps ? Le Temps a-t-il donc coulé si longtemps en de stériles méandres, trouble et sans voix, comme le fleuve des Enfers ?

Empédocle en herbe, je commençai de compter les heures et quelque chose de plus vaste que le temps, de plus riche, contenait mon petit être.

Enfin, parmi tous les vestiges de cet été 1970, il y a aussi, là, dans l'extrême est de la République orientale d'Uruguay, un dernier souvenir que je ne saurais taire – puisqu'il s'agit d'un des souvenirs les plus joyeux et les plus sensuels de mon enfance : celui d'une pluie de pignons de pin dans la forêt qui entourait la forteresse de Santa Teresa.

Comme les nèfles à Montevideo ou les cerises en France après le second exil, il y avait un je-ne-sais-quoi de fascinant pour l'enfant que j'étais dans le fait que quelque chose que j'aimais tant pût bonnement tomber du ciel. Mais ce jour-là, il y eut également autre chose, quelque événement divin et impénétrable qui me fait aujourd'hui, comme j'écris, sentir ces milliers de gouttelettes sombres qui quittaient les pignes à dix, vingt, trente mètres du sol, et qui couvraient le ciel pour ruisseler sur ma peau et consteller mes cheveux, et qu'on ramassait ensuite par pleines poignées sur le sol. Je ferme les yeux et les pignons de pin ruissellent de nouveau sur moi et leur parfum et leur goût envahissent mon nez et ma bouche. Je ferme les yeux et je sens leurs caresses, et je sais que ce sentiment est si physique que je ne pourrais jamais le nommer – aucun mot ne saura traduire ce que ressentait ma peau, ce qu'elle ressent encore. Je ferme les yeux et j'écris – et je n'écris plus. Je ferme les yeux et je les rouvre – et ma peau elle-même, ma peau vieillie, fripée, fanée, flétrie, froissée, comme je contemple mes bras, redevient la peau lisse de celui que je ne suis plus.

Ô éternel mystère, cela que nous sommes,
Et que nous cherchons, nous ne pouvons le trouver ;
Ce que nous trouvons, nous ne le sommes pas

Le temps n'existe pas. Le temps, *parfois*, même lorsqu'on égrène des mots sur le papier, ou peut-être justement parce qu'on égrène des mots et que les mots nous manquent, et que les mots n'existent pas pour nommer ce qu'on ressent, ce qui existe tellement plus que tout ce qu'*on peut* nommer ; – *parfois*, le temps n'existe tout simplement plus.

IV

À l'école, en tout début d'année de quatrième degré, un événement saugrenu survint pendant la récréation. Alors que nous jouions au volley, les garçons contre les filles, sagement séparés par le filet, contemplant comment le ballon disparaissait dans le ciel à chaque service d'Andrea « Main de Fer » Ottieri, tout à coup, des cris attirèrent nos féminines et masculines attentions : Luis « Le Petit Monstre » Marsicano et Claudia « Raz de Marée » Olaso étaient en train de se battre à l'autre bout de la cour, près de l'entrée du tunnel qui, passant sous la calle Urquiza, reliait l'école au collège et au lycée. Mlle Monsieur, la surveillante générale, vint en personne les séparer et les réprimander. « Raz de Marée », en larmes, alla se faire consoler auprès des filles, tandis que nous, la plupart des garçons de la classe, nous approchâmes, curieux, du « Petit Monstre ».

— ¿Qué pasó?

— Nada. ¡No pasó nada!

Qu'est-ce qui s'est passé ? Rien. Il ne s'est rien passé ! La discussion s'arrêta de cette abrupte manière. Le « Petit Monstre » nous tourna le dos et s'éloigna vers la chapelle où nous avions cours de musique et d'éducation religieuse ; nous restâmes là, la langue et l'esprit pendants, à le contempler s'en aller.

Que s'était-il passé dans ce tunnel que nous empruntions deux fois par semaine, nous tous, élèves du primaire, pour nous rendre au gymnase situé dans le bâtiment, plus ancien, où se trouvaient le collège et le lycée ? Le « Petit Monstre » avait-il tenté d'y attirer « Raz de Marée » ? Ou y avaient-ils pénétré de concert pour ensuite se disputer en raison d'un désaccord sur le but de leur escapade ?

Jamais il ne fut plus question entre nous, garçons, de cette bagarre ; jamais nous ne sûmes exactement ce qu'il était advenu dans le tunnel entre Luis et Claudia. Mais pendant quelque temps, comme s'il fallût l'entourer d'un cordon sanitaire pour le tenir à distance, nous collâmes une sombre tache de honte sur le front du « Petit Monstre » Marsicano – de même que les filles, bien qu'elles l'eussent consolée, semblèrent, pendant quelque temps aussi, se tenir à une certaine distance de « Raz de Marée » Olaso, comme s'il eût fallu s'assurer qu'elle avait rechaussé, contrite, sa symbolique ceinture de chasteté.

Un autre événement, ou une série d'autres événements plutôt, pourraient éclairer ce qui se passait dans nos petites têtes pétillantes et dans nos petits cœurs pétulants en cette piquante quatrième année à l'Instituto Crandon. Dès la rentrée, je découvris, ébouriffé, que certaines filles, durant les cours, tandis que la maîtresse parlait et que les garçons somnolaient ou s'agitaient ou préparaient quelque méfait, communiquaient entre elles grâce à de petits mots qui passaient allègrement de main en main.

Je ne sais pas ce qu'est la curiosité. Vertu ? Péché ? « Ah ! qu'il est curieux ce petit génie ! », s'exclame-t-on aujourd'hui de la même façon qu'il y a quelques siècles on s'indignait : « Mais il est curieux, ce petit garnement ! » Je ne sais ce que c'est au juste qu'être curieux, mais je sais qu'à l'indifférence que j'éprouve pour toute une partie des produits de la culture qui m'est contemporaine et pour nombre d'êtres humains qui m'entourent – à quelques rares exceptions près, tous ceux qui me ressemblent – se mêle une curiosité extrême qui fait que je ne peux m'empêcher de fouiller du regard la moindre bibliothèque dès qu'on m'invite chez quelqu'un comme je ne peux éviter, lorsque je découvre une ville, d'arpenter ses rues à la recherche, vaine, inutile, inassouvissable, d'autres rues plus mystérieuses, d'autres rues plus glorieuses – d'autres rues plus lointaines.

De même, alors, à l'Instituto Crandon, je ne pouvais tolérer que ces petits mots courussent, filassent, galopassent, bondissassent, bondissussent, bondissussassent de main en main sans que je sachissasse ce qu'ils contenaient.

— Si, con la lengua.

Des mains agiles sous les tables en bois verni, une incertaine inclinaison du cou derrière des cheveux fins, le bord d'une jupe plissée bleu foncé se relevant sur un genou clair, une voix, sonore et lointaine, qui explique une division. Soudain, comme je me souviens, je revois tout cela si précisément qu'il me suffirait de tendre la main pour saisir le petit papier ou pour frôler le genou frêle.

— Si, con la lengua.

Dans l'un de ces petits mots que j'interceptai grâce à la complicité de Walter « Rachitique » Stancov (en ce début de huitième, ou de CM1, ou de quatrième degré, dieu du Silence, je n'avais pas tardé à rassembler de nombreux garçons de la classe en une légion (étrangère, forcément étrangère) destinée à une seule mission : assouvir la rage curieuse que j'éprouvais et se saisir de ces missives grâce auxquelles communiquait notre ennemi), – dans l'un de ces petits mots, écrit par Carol « Absente » Miles, une fille très douce et très pâle qui venait d'arriver dans notre école, il était fait mention d'une pratique dont j'avais eu vent mais que jamais je n'avais soupçonné l'une de mes camarades de classe d'avoir déjà mise à exécution.

— Si, con la lengua.

Oui, avec la langue. Je n'avais pas pu lire le petit mot précédent, mais je n'avais pas eu besoin de connaître la question pour comprendre le sens de la réponse : Carol « Absente » Miles, au cours de l'été, avait embrassé un garçon avec la langue.

Réunis au bout du couloir dès que le cours eut été fini, nous avions discouru longuement.

— Peut-être qu'elle ne parle pas d'elle…

— Shi. Shi che n'était pas chelle, elle ne cherait pas auchi chûre.

Tirant le cheveu qu'il avait sur la langue, Rafael « Le Microbe » Milans s'était empressé de répondre.

— Il faut qu'on mette la main sur le mot précédent, proposa Walter.

— Mais si on n'y arrive pas ?

— Vous croyez qu'elle l'a vraiment fait pour de vrai ? demanda, sincère et un rien dégoûté, « Le Lézard » Sierra.

Quelques minutes plus tard, dans la cour de récréation, près du muret en briques qui séparait la cour de l'Instituto Crandon du trottoir de l'avenue Garibaldi, encouragé par le soutien inquisiteur de mes amis ou contraint par cette place singulière de meneur qu'ils m'avaient accordée, timide et téméraire à la fois, je m'approchai de Carol « Absente » Miles pour tirer l'affaire au clair.

— ¿Qué hiciste con la lengua?

Tu as fait quoi avec la langue ? Carol me regarda avec une incertaine surprise et un très certain mépris. Péremptoire comme un vers d'Éluard, je lui tendis le petit mot écrit de sa main.

— Yo no hice nada, boludo.

Je n'ai rien fait, couillon. (Il serait plus juste,

ou plus simple, de traduire « boludo » par « connard », mais j'aime la fidèle infidélité de « couillon » qui, bien plus enfantin, dit exactement, et ne dit exactement pas, ce que dit en espagnol ce « boludo » si usuel et si, aussi, enfantin.)

— Es él que puso la lengua.

C'est lui qui a mis la langue. Dit-elle avant de me tourner le dos et de rejoindre Andrea « Main de Fer » Ottieri, Gabriela « Vieux Jours » Arnesto et d'autres copines qui l'attendaient près du terrain de volley. Défait, je retournai vers mes amis et leur fis part de notre échange.

— ¿Pero quien es ese pelotudo?

— ¿No te dijo cuantos años tenía?

— ¡Seguro que era más grande!

Mais c'est qui ce couillard ? Elle ne t'a pas dit son âge ? C'est sûr qu'il était plus âgé ! Nous débattions ainsi, encore curieux, ou encore écœurés – par notre ignorance ou par ce baiser –, lorsque Daniel nous fit taire en nous désignant les filles d'un geste ferme du menton. Elles se tenaient toujours près du terrain de volley et parlaient entre elles mais elles avaient – toutes – tourné leur regard vers nous.

Silence.

Comme elles se rendirent compte que nous aussi les regardions, d'un côté comme de l'autre il y eut un long instant suspendu. Un ange – ou était-ce un petit putto ? – glissa dans l'air alangui de la cour de récréation.

Silence. Silence. Silence.

Et puis, soudain, poussée par ses amies, « Main de Fer » confia le ballon de volley à « Vieux Jours » et vint vers nous d'un pas aussi ferme que l'était sa main lorsqu'elle servait.

— ¿Hacemos un poliladro? Nosotras contra ustedes.

On fait un gendarmes-et-voleurs ? Nous contre vous. Que la fête commence ! Hourra ! Youpi ! Alléluia ! L'année était lancée. Ce jeu, au cours duquel les filles et les garçons étions tour à tour les voleurs ou les policiers, formant des équipes qui se couraient après pour s'attraper, s'emprisonner, luttant, bataillant, montant les uns sur les autres, nous couvrant, nous emmitouflant, nous chevauchant, souillés, poisseux, adipeux, submergés de sueur et d'excitation, – ce jeu allait remplacer le football et le volley et les billes et les toupies et tous les autres sports et tous les autres jeux auxquels, jusque-là, nous avions pris tant de plaisir.

Nous étions tous, encore, prépubères ; mais, sans nous occuper aussi intensément qu'il le ferait l'année suivante, la dernière année, rouge et noire, du premier exil, plus rien ne nous intéressait déjà que l'autre sexe. Plus rien ne nous attirait que cette différence, que cette disparité, que ce clivage. Ce qui quelques jours plus tôt nous repoussait encore, nous unissait déjà ; ce qui nous unissait déjà, nous repoussait encore. Rien ne nous altérait plus que de nous coller, rien ne nous rapprochait davantage que de nous opposer. Comme la langue, qui parfois se noue, comme les langues, qui parfois se nouent, nœuds nous-mêmes, nous ne nous intéressions plus qu'à l'unisson de nos pôles contraires. Telles des branches, formant un fouillis touffu comme la frondaison du gomero, nos corps en jouant inventaient des mots doux et rugueux, des phrases alambiquées, des questions insolubles, des propositions douteuses et délicieuses, des vers sinueux qui disaient tout : tout ce que nous voulions, tout ce que nous craignions, tout ce que nous croyions, tout ce que nous ignorions. Regorgeant d'une sève incomprise et insoumise, nos bras et nos mains et nos pieds et nos jambes et nos cheveux et nos joues, en jouant, devenaient les innombrables feuilles bruissantes de cet arbre *peuplé d'oracles, de maximes et murmurant murmures d'aveugle-né dans les quinconces du savoir* : le très-grand arbre du langage.

La réunion de toute chose crée et détruit
Et par la séparation ce qui s'était formé
Se dissipe et s'envole.
Jamais les éléments ne cessent leur échange.
Tantôt grâce à l'Amour ils constituent une unique ordonnance ;
Tantôt chacun se trouve séparé par la Haine ennemie.

Je nous regarde courir dans la cour de récréation. Je contemple notre surexcitation. Je nous vois tous – « Le Soupe », « Le Microbe », « Le Gnocchi », « Le Lézard », « Main de Fer » et

« Petit Mec », « Chère Lapine » et « Vieux Jours », « Raz de Marée », « Le Cane » Perrone et Sandrita « Tête de Cul », et les deux frères Aguirre, « Coup de Poing » et « Coup de Boule », et « Le Petit Monstre » Marsicano, et Carol toujours « Absente » et Walter toujours si maigre, et Veronica « Chaises et » Mesa et ma future fiancée, Sandra « Gros Nez » Cladera, et « Fon » Fonseca et Daniel, qui devenait mon meilleur meilleur ami, et Guille, qui peu à peu cessait de l'être –, je nous revois tous, déchaînés et enchaînés, enflammés, incandescents, et sur-vivants, et surhumains : sur-désireux. Je nous revois tous, courant comme des souris inquiètes et *sifflantes*, et indécis comme des souvenirs périssables, et toute mon âme se perd dans une mélodie si douce, dans une harmonie si parfaite que toute ma peau me semble s'accorder avec le passé comme si je savais danser, comme si penser et ne pas penser n'avaient plus qu'un sens purement musical – comme l'être s'accordait avec le langage avant l'écriture.

Le temps est un enfant qui joue,
qui joue à déplacer les pions de son jeu.

Y a-t-il quelque chose de plus troublant qu'un jeu d'enfants ? Y a-t-il quelque chose de plus déconcertant que le corps d'un enfant qui joue ? Y a-t-il quelque chose de plus fugace et de plus solide à la fois qu'un enfant entièrement pris par cette furieuse excitation qui fatalement nous échappe lorsque nous vieillissons ? Il n'y a pas de mots pour cet acte sexuel prépubère, pour ce *rapport* – rapport purement animal, hors langage – non pas à un être mais à toute chose. *La légèreté des enfants est incompréhensible,* songeait Kafka en regardant un petit jardin de la fenêtre de sa chambre. Je peux, encore aujourd'hui, approchant comme lui de la fin de ma vie, regarder un enfant jouer et voir ses muscles et son habileté, et la joie et l'effroi sur son visage, et entendre ses cris et son rire – et comprendre que je ne comprends pas. *Je peux* ne pas comprendre, mais je ne peux cesser de le regarder. Qu'en est-il de sa réalité de chair ? de son poids indéterminable de nature et civilisation ? Qu'en est-il de son être, de son être Un, de son être entier, animal, sauvage, et plus humain que n'importe quel adulte ?

Nous n'étions pas encore des homme·ée·s mais nous étions déjà des filles et des garçons. Qu'est-ce que cela veut dire ? Je n'en sais foutre rien ! Sommes-nous déterminés par la société ? Y a-t-il des genres ou le genre n'est-il qu'une illusion imposée par l'histoire, qu'une fantaisie à laquelle nous jouons et qui se joue de nous depuis quelques millénaires ? Dans la cour de récréation, notre sexualité semblait pourtant nous sexuer d'une si simple, et si déterminée, et si flagrante manière !

J'aime l'idée que la grande révolution à venir (ou en cours) sera celle qui fera de nous – ou plutôt de nos enfants ou de nos petits-enfants, de nos petits enfants – des êtres très humains et très peu définis sexuellement. Mais, je l'avoue, que j'ai du mal en écoutant l'enfant que je fus et en contemplant le spectacle de cette bataille furieuse et sulfureuse où nos chairs s'entremêlaient pour ne plus former qu'un seul corps, qu'une seule bête à deux dos, à ne pas songer que nous étions – et que nous serons à jamais – des garçons et des filles, des filles et des garçons.

Car autrefois je fus garçon et fille, et arbre et oiseau – et poisson muet dans la mer.

Mais peut-être non. Peut-être je me trompe, peut-être j'ai tout faux. Je ne sais si notre état à tous a d'abord été androgyne, je ne sais si la Haine, comme l'a pensé Empédocle, a séparé les sexes et fait de nous ces êtres esseulés, errant depuis des millénaires en quête d'une unité perdue. Mais je sais qu'Éros lui-même, pendant des siècles, jusqu'au sombre moment où apparurent la démocratie et la littérature et où les hommes cessèrent d'être des dieux et les dieux cessèrent d'être des hommes, jusqu'à l'instant tragique où l'écriture devint soit de la poésie soit cette pensée pragmatique, programmatique, qui, ne pouvant plus être sage, ne pouvait que prétendre à être amie de la sagesse, – je sais qu'Éros lui-même, jusque-là, avait toujours été hermaphrodite. Alors que les hommes et les femmes existaient déjà, alors que Zeus était déjà un homme et Héra encore une femme, et même avant, lorsque Chronos et Rhéa, et Ouranos et Gaïa étaient sexués, *Éros était androgyne.*

Serions-nous sexués seulement lorsque nous n'aimons pas ? L'amour touche à cet âge oublié de l'humanité. Lorsque nous n'aimons pas, nous sommes soit des filles, soit des garçons ; lorsque nous aimons, nous sommes filles et garçons à la fois. Plus filles – et plus garçons – qui que nous soyons, qui que nous aimions.

Et c'est en cela que l'amour non seulement unit, mais qu'il est vrai ; c'est en cela qu'il n'est jamais une illusion. Dante aura toujours raison. Les pieds plantés dans l'obscurité présocratique du Moyen Âge, il saura toujours mieux que Stendhal ou Maupassant – ces fils de Descartes – pourquoi l'amour n'est jamais seulement une chimère ou un aveuglement. C'est le reste de notre vie qui se trompe ; c'est le reste de notre vie qui est un rêve, une ombre, une imposture – c'est le reste de notre vie qui est une erreur.

Si nos seules patries sont l'enfance et la langue, l'amour et l'amitié sont nos seules nations : ce sont les seules contrées où notre errance sur terre trouve un sol ferme où poser les pieds. Un sol ferme et mouvant : vivant – comme le sable, comme l'océan.

Je ne sais au juste ce qu'on recrée dans les récrés. Le mot « récréation », depuis la Renaissance, a pris ce sens séculaire pour désigner un temps qui permet – aux élèves, non aux professeurs ! – de retrouver leurs forces pour subir encore quelques heures de cours. N'importe quel être humain qui, en vieillissant, a eu le bonheur de demeurer plus élève que professeur se souvient pourtant à quel point c'est seulement pendant les récréations qu'il apprenait ce qui était essentiel ; comme il se souvient du réconfort de pouvoir somnoler ensuite assis tranquillement en cours. En Uruguay, comme partout ailleurs, les cours, comme le cours des fleuves, coulaient toujours dans un seul sens : celui qui devait nous mener à de tristes vies d'adultes, puis de vieillards, puis du lit vivant du fleuve à notre lit de fleurs – à notre lit de mort. Les récrés, océaniques, toujours océaniques, purs instants suspendus, verticaux, proprement intemporels, à l'envers, nous permettaient de flotter, de faire du surplace sans couler : de demeurer enfants tout en apprenant. Les cours – tous les cours – séparaient comme ils séparent toujours : chiffres et lettres, faits et méfaits, fiction et non-fiction, histoires et Histoire, fruits et légumes, bonbons et chocolat, rêves et réalité. Ils séparaient sans cette qualité paradoxale qu'a l'amour : celle de séparer deux êtres, du même sexe ou de sexes différents, tout en unissant ce qui chez chacun d'eux, sans amour, est distinct – la parole et le silence, la souffrance et la jouissance, la mort et la vie, le corps et l'âme.

Le malheur a deux effets : souvent il éteint toute affection envers les malheureux, et non moins souvent il éteint chez les malheureux toute affection envers tous les autres.

Politiquement (si « politique » ne devrait jamais être un nom mais toujours un adjectif, qu'il est seyant que ce puisse aussi se tourner en adverbe !), l'an de phrases 1971 allait avoir une particularité : tout en aboutissant, le 28 novembre, à des élections absurdes, gagnées par un candidat qui non seulement appartenait au parti qui les avait truquées mais qui parvint à obtenir *officiellement* moins de voix que l'un de ses adversaires, ce fut une longue année joyeuse – la dernière où, en Uruguay, on crut qu'on pourrait changer les choses.

Permettez-moi de me tourner vers le passé, rapidement et brièvement, avec un regard – politiquement – pessimiste.

Depuis bien avant cette dernière forme si barbare de capitalisme qu'on appelle « néolibéralisme », depuis encore plus avant, depuis avant avant (si, permissifs comme vous l'êtes, vous me permettez également cette tournure enfantine), l'homme a toujours exploité l'homme. Il y a longtemps, en Grèce par exemple, le premier de ces deux hommes était les hommes et le deuxième homme était les esclaves et les femmes. Mais justement : *politiquement*, l'homme a fait tant d'autres choses que ce qu'il faisait « politiquement ». Là est le nœud. Là est le hic. Là le risque, là le péril – là, peut-être, le salut. Pessimisme de la raison, optimisme de la volonté. Comme nul ne l'ignore, de même que le mot travail vient de *tripalium*, un instrument de torture, capitalisme vient de *capitalis*, *caput*, tête (qu'on coupe) ; et si, en tant que système, qu'« isme », il se base sur deux principes simples (la propriété privée et l'accumulation de capital), concevant les hommes comme un cheptel, il fait de l'Homme – homme, femme, enfant, ouvrier, patron, *bichicome*, oligarque – une bête dans le pire sens du mot (celui qui l'a fait dériver vers le mot « bêtise »). La tête, *caput*, est, dans presque toutes les langues, une boîte, un bocal, un pot – dont le propre est qu'il peut, aussi, être vide. *Capita*, qui peut désigner le commencement, la source, ainsi que l'esprit et la vie, désigne aussi la possibilité de réduire des êtres – vivants et sensibles – à ces données abstraites si prisées par les sociologues et les mauvais bergers (ceux qui sont incapables de donner un nom à chacune de leurs bêtes, comme les cow-boys).

La langue est-elle capitaliste ? Toute langue écrite, comme je disais, est redevable de ce pour quoi a été inventée l'écriture : compter, chiffrer, inventorier, dénombrer, escompter, décompter, précompter – posséder. Mais la langue elle-même, la langue qu'on parle, avec toute sa vigueur, avec tout son éclat, avec sa musique, sa corporalité, son inévitable sensualité, sa constitutive ambiguïté, son inextricable incertitude, sa brume magique et magnifique où poussent des mots d'une beauté proprement indicible (je, tu, ce, le), la langue qui remplace ou accompagne parfois un regard amoureux ou une main amicale, la langue qui me permet de te nommer, – cette langue-là, est-elle aussi coupable, est-elle aussi indigne ?

Je dirais que oui, mais je dirais que non ; je dirais qu'ici, en tête-à-tête avec toi, jouant avec toi à être dieu, cherchant dans ta langue, ô lecteur indolent ! une langue qui ne soit qu'à moi, mais qui soit à moi *en dehors* de la possibilité de la propriété – puisque à moi aussi cette langue sera étrangère –, je dirais qu'ici ce qu'est la langue, ce que sont les langues, ce qu'est le langage, est une question si importante qu'il est offensant de lui chercher une réponse.

La politique, la politique qui se nomme elle-même politique, la politique professionnelle, la politique politicienne, celle qui se résume à des élections et des gouvernements (des gouvernements qui, dans les démocraties représentatives, comme nous le prouvent nos amis belges année après année, ne servent absolument à rien), la politique qui fait d'un cirque électoral un événement historique plus important qu'une guerre où des êtres humains meurent par dizaines ou centaines de milliers – cette politique ne m'a jamais vraiment intéressé. Mais, enfant, en Uruguay, les élections de 1971 provoquaient une foule de faits qui, eux, avaient une portée véritablement politique, et tout ce qui m'entourait – ma rue, ma ville, mes camarades de classe, mes voisins, mes amis – se politisait.

Adultes, le monde se réduit à peu de chose :

à ce que nous voyons (des images et des mots lus) et à quelques rares sons (des bruits qui nous alertent, des musiques que nous n'entendons presque plus, les voix de ceux qui nous sont proches, ou bien très éloignés). Enfants, à l'opposé, la vue n'ayant pas encore anéanti les autres sens, le moindre objet, la moindre découverte, mobilise aussi le toucher, l'odorat et le goût. Il suffit de contempler un bébé : tout peut se sentir, se goûter, se palper – même une idée.

Âgé de six, sept, huit, neuf, dix ans, en Uruguay, je touchais et sentais et goûtais encore tout ce qui passait à portée de mes mains – même la politique. Et si les souvenirs sont parfois confus, comme ceux des manifestations, et des militaires et des policiers, et de ces hommes en costume gris qui rôdaient autour et que plus tard seulement on appellerait « paramilitaires », et qui plus tard seulement formeraient les escadrons de la mort ; si les souvenirs sont parfois évanescents et il me faut les éclairer de côté, grâce aux projecteurs violents de l'Histoire, le souvenir de ce qu'était la politique dans nos vies, de comment elle nous enrobait, se répandant dans tous les interstices de notre quotidien tel un lézard dans une lézarde – ce souvenir-là est limpide et précis, intime comme un souvenir amical ou amoureux.

En 1971, la situation politique était compliquée, grave, dangereuse – elle n'était pas encore désespérée. 1971 fut la dernière année où, en Uruguay, on put espérer. Et toute notre vie était illuminée par cet espoir, fût-il, on peut le dire aujourd'hui, le plus absurde et présomptueux des espoirs. Le plus absurde et présomptueux des espoirs : c'est-à-dire le plus fort, le plus coriace des espoirs, puisque le propre de l'espoir – pour revenir à Gramsci – est de puiser sa force dans la désespérance.

> *L'espérance survient toujours, dans l'histoire, à ce point initial de fissure où s'annonce pour chacun la chute d'un monde connu, redoutables empires ou mondes perdus. Sa tâche est de déclore le temps dans lequel nous nous étions enfermés. De rendre au temps sa chair indécise, réversible, sa chair déchirante et plastique dans laquelle se préparent des révolutions, des formes inédites, tout un accomplissement du temps. Une fin* enfin *possible.*

On aurait dû savoir que les États-Unis ne permettraient jamais une deuxième Cuba ou un deuxième Chili, on aurait dû savoir que, même en Uruguay, même dans ce minuscule pays éternellement endormi, le Frente Amplio serait interdit, la guérilla massacrée, Liber Seregni, comme tant de nos amis, emprisonné et torturé. Mais justement, comme j'écrivais, la politique existait encore. Ou plutôt : quelque chose de politique existait encore au-delà des élections, des partis, des médias. La situation était désespérée – et pleine d'espoir. Elle était politique parce que l'utopie en faisait partie. Une époque, un lieu, un événement, n'est politique que lorsqu'il porte aussi, ou lorsqu'il est aussi porté, par des espoirs irrationnels. Et c'est cela que l'enfant que j'étais percevait déjà. C'est cela que je savais déjà en tant qu'enfant car tous les enfants le savent déjà depuis toujours – alors que tant d'adultes, malgré Gramsci, l'ont déjà, depuis toujours, oublié.

(Je n'écris pas ces mots comme aurait pu le faire un vieux combattant. Pour être un vieux combattant, la moindre des choses est d'avoir été un jeune combattant auparavant, et je ne l'ai jamais été. Et loin de moi l'idée que le « bon vieux temps » soit le seul bon temps. Loin de moi l'idée qu'il ne puisse y avoir d'instants politiques dans la surabondance économique et démocratique du premier monde. Seulement – seulement – pour politiser la situation dans laquelle on vit, il faut d'abord un regard très aigu, un regard qui voit, aujourd'hui en France par exemple, ce qui est proprement désespéré dans le confort de nos vies assoupies. Mais coupons court à ce débat ! Fût-ce à l'intérieur d'une parenthèse, je m'éloigne trop de Montevideo.)

Il paraît que le silence demande un visage *grave, régulier, mystérieux*. Je ne sais si c'est mon apparence qui a édifié mon silence ou mon silence qui a sculpté mes traits. Mais le résultat était là : à Montevideo, j'étais devenu aussi joli que laconique. Mon côté meneur, à l'école, était le fruit de ces deux motifs : mon mutisme et ma beauté. Je dis cela sans modestie aucune : ni vraie ni fausse, ni dubitative ni indubitable. Entre six et douze ans, je suis devenu de plus en plus beau ; de même qu'entre vingt ans et aujourd'hui, je suis devenu de plus en plus laid.

Et je n'écris pas non plus ces mots pour tirer des conclusions hâtives sur les avantages ou les désavantages de la beauté physique. Je ne sais si l'apparence, comme on nous l'a tant répété, est moins noble que la substance. Du bouddhisme au christianisme, tous les monothéismes, voir tous les théismes, voir tous les ismes, trouvent leur intérêt dans une exaltation de l'intériorité qui rachèterait les inégalités extérieures. Même le capitalisme, malgré sa vocation à couper des têtes et à vendre comme essentiel tout ce qui est superflu, ne craint pas d'affirmer – pour peu qu'il soit capable d'affirmer quoi que ce soit – que ce qui lui est le plus important, ce qui est capital (le capital), est moins important que ce qui nous est intérieur (le bonheur ou la santé). – *Qu'on lui tranche la tête !... pourvu qu'elle soit maquillée.* C'est ainsi qu'il fait commerce aussi bien de produits cosmétiques que de cours de méditation.

Dans le commerce avec la plume, c'est-à-dire dans le seul commerce qui depuis des décennies a un sens dans ma vie, l'existence et l'essence, l'écorce et la sève, la feuille et le fruit, comme le bon grain et l'ivraie, sont si intimement liés qu'il devient illusoire de les séparer. Dans le commerce avec la plume, même lorsque la main souffre, l'âme se réjouit. Même lorsque les doigts sont pris de crampes, ou même lorsqu'on contemple ses pattes de mouche avec la satisfaction abstraite avec laquelle je les contemple jour après jour, y décelant une beauté picturale, presque matérielle, la métaphysique le disputant continuellement au physique, il est nécessaire non seulement de jouir et souffrir à la fois, mais également d'un peu s'oublier : d'oublier ses traits comme les traits que le Temps ou l'Amour tirent sur nos jours.

Qualités du corps, qualité de l'âme ; beauté physique, beauté métaphysique. Ou, comme disait mon ami Hervé : « Un esprit sain dans un porcin. » Qu'importe ! Lorsqu'on tourne son regard vers les maîtres anciens, n'est-il pas difficile de dire si le placide hippopotame que fut Wilde, le torve crapaud que fut Sartre, l'inusable tortue de Borges ont une beauté moindre ou supérieure à celle de Byron, de Shelley, de Rimbaud ou de Beckett ? N'est-elle pas, cette beauté, tout aussi indéniable – et non seulement aux yeux d'une mère, d'une Simone, d'une Maria ?

Allons un peu plus loin : la beauté morale, en littérature, est à peu près aussi fondamentale, aussi essentielle que la beauté physique – à savoir, nulle et non avenue. Que Sénèque ait servi Néron, que Cervantès ait prostitué ses sœurs, que Shakespeare ait été un collecteur d'impôt sans pitié, que Rimbaud ait touché au commerce d'esclaves, que Nietzsche ait écrit les merveilleuses horreurs qu'il a écrites sur les femmes, que Proust ait pris du plaisir à torturer des rats, qu'Ezra Pound, Chesterton, T.S. Eliot et Virginia Woolf aient été antisémites et que Borges ait serré la main de Videla et de Pinochet ne fait d'aucun d'entre eux un mauvais écrivain. Comme dirait Sade : « Au contraire. »

Plus tard, ou plus tôt, dans le désordre chronologique de mes circonvolutions autobio-encyclopédiques, j'écrirevis, ou j'écrivirai, ou j'aurais eu écrireraviris, sur comment cette beauté, peu avant de décroître, devint, par ses bienfaits et ses méfaits, pour mon bonheur et mon malheur, la proie de toute une classe de terminale dans un lycée de filles à Paris. Pour le moment, en Uruguay, bambin aux cheveux dorés, idole aux pieds légers, alpha et oméga muet du quatrième degré de l'Instituto Crandon, j'usais de ma beauté seulement pour ériger mon silence en sceptre de commandement. Régnant sur ma légion dans la cour de récréation, d'un geste de la main ou d'un haussement des sourcils j'envoyais « Le Microbe » Milans ou « Le Gnocchi » Arigón distraire les troupes ennemies pour que mes fidèles lieutenants – Daniel, Guille, Gonzalo « Fon » Fonseca – pussent aller courir et conquérir des espaces interdits ; ou alors, lorsque nous étions les gendarmes, je plaçais « Le Lézard » Sierra ou « Le Cane » Perrone ou « Le Rachitique » Stancov en embuscade pour forcer « Vieux Jours » Arnesto, « Raz de Marée » Olaso ou « Main de Fer » Ottieri à tomber dans nos filets. Ou Sandra à tomber dans mes bras.

— ¿No vas a hacer nada más?

Un jour, comme je m'étais débrouillé pour attraper Sandra pour la énième fois et que je la traînais, serrée contre moi, vers notre « prison », le souffle court, ses pommettes rouges *comme des cerises*, elle me posa cette question de la plus directe, et effrontée, et aguichante des manières. *Tu ne vas rien faire de plus ?* Incapable de répandre mon plaisir comme des gouttes de sueur, je ne compris pas tout de suite ce qu'elle me demandait. Pour toute réponse, j'ouvris les bras et la laissai s'en aller.

Bien que nous eussions le même âge, Sandra, comme la plupart des filles de la classe, avait deux ou trois ans de plus que moi. Et si l'année, pour nous tous, s'était colorée de désir, la langue de nos sentiments, dont finalement tant de filles de la classe semblaient avoir appris la lecture pendant l'été, était encore, pour moi comme pour tous les garçons, un charabia incompréhensible. Syllabes claires et labiales à leurs yeux, le langage de l'amour était aux nôtres composé des plus indéchiffrables hiéroglyphes.

Comment se fait-il qu'après ce simulacre de couple auquel nous jouons enfants, et après cette minuscule rébellion d'une ou deux années qui nous fait dire : « Ah non ! les filles (ou les garçons) sont toutes (ou tous) stupides (ou stupides) et illes ne nous intéressent pas, et illes ne nous intéresseront jamais ! », il y ait ce temps où l'autre sexe nous attire comme si nous pouvions le désirer et comme s'il pouvait assouvir notre désir alors que notre corps ne désire pas encore ? Voilà un nouveau signe de l'enfance qu'il nous est si difficile de décrypter lorsque nous tournons vers notre passé notre regard adulte.

En premier degré, deux ans plus tôt, j'avais joué à aimer Ruth Prins et nous avions formé un petit couple innocent et sympathique ; en deuxième et troisième degrés, malgré Consuelo, malgré Adriana, comme tous mes amis, j'avais fermé mes yeux de toutes mes forces et j'avais été aveugle à l'intérêt que commençaient à nous porter les filles de notre classe ; en cinquième degré, rien ne m'importerait davantage ; mais à présent, au quatrième degré de cette singulière échelle, j'ignorais autant ce que Sandra voulait de moi que ce que moi-même je voulais d'elle.

— ¿No vas a hacer nada más?

Tu ne vas rien faire de plus ? Après sa question, comme je l'avais libérée – comme je l'avais libérée de la prison de mes bras qu'elle désirait peut-être si fort qu'elle était sa vraie liberté, sa seule liberté –, elle partit vers le quartier général des filles, une petite enclave près du muret en briques que délimitaient deux grands arbres. Mais avant de s'y mettre à l'abri, elle se tourna une dernière fois vers moi avec un regard si éblouissant, un regard qui voulait dire tant de choses !

C'est ce regard que je devais garder d'elle les nuits qui ont suivi ce jour comme, la fenêtre ouverte, je tardais à trouver le sommeil et contemplais le gomero s'agiter timidement dans la pénombre ; et c'est ce regard que je revois aussi aujourd'hui, cinquante ans plus tard, lorsque je repense à Sandra. Incapable soudain de la voir sourire, ou de revoir ses mains, ou sa nuque, ou d'entendre le son de sa voix, ou de me souvenir de son parfum ou du grain de sa peau, c'est seulement dans ce regard qu'elle se dévoile à moi à présent.

C'était un regard lourd. Un regard lourd de reproches et de regrets, et de mots tus, et d'espoirs déçus. C'était un regard lourd et sombre. Plus sombre qu'elle, si l'on peut dire. Sombre comme une forêt nocturne ou l'océan lorsque la lune commence à peine de se renouveler. C'était un regard lourd et sombre, et grave aussi. Mais c'était un regard où, derrière cette lourdeur et cette sombreur et cette gravité, il y avait une pépite de lumière, une étincelle qui ne cessait jamais d'étinceler. Une étincelle de vie et de légèreté. Une étincelle qui promettait un futur étincelant de joies possibles. Une étincelle qui, comme toutes les étincelles, semblait prête à s'éteindre, semblait n'avoir été créée que pour durer un instant – et qui pourtant ne s'éteignait jamais, et qui pourtant promettait l'éternité.

J'ai commencé ma vie comme je la finirai sans doute : au milieu des livres.

Si la langue de l'amour m'était alors indéchiffrable, une autre langue, paradoxalement, me devenait de plus en plus familière : celle de la littérature. Je ne sais pas si c'est parce qu'à un incertain moment de nos vies nous découvrons des choses autour de nous pour lesquelles nous ne trouvons pas de mots dans la langue que nous avons apprise en parlant et en écoutant que nous éprouvons soudain le besoin d'aller chercher des mots nouveaux dans les livres. Je ne sais pas si avant, jusqu'à il y a quelques décennies, tous les enfants cherchaient à comprendre le monde dans les livres comme ils cherchent aujourd'hui à le comprendre en plongeant leurs regards sur les écrans incultes de leurs téléphones portables. Mais je sais qu'alors quelque chose dans le regard de Sandra, quelque chose dans ce regard qui disait mille choses ineffables, m'a contraint à me plonger dans la lecture d'une nouvelle manière. Ce n'étaient pas encore les romans qui devaient ravir mon adolescence – *Le Vieil Homme et la Mer, Narcisse et Goldmund, Les Têtes interverties, Le Maître et Marguerite, Cent ans de solitude, L'Idiot* – mais ce n'étaient déjà plus *Le Club des Cinq* et *Le Clan des Sept* ; c'étaient des fragments épars que je picorais dans des volumes pris au hasard dans la bibliothèque de mes parents, des vers de Miguel Hernández ou de Garcia Lorca surpris dans les livres de chevet de ma mère que j'emportais dans ma chambre, de courtes nouvelles de Kafka que je découvrais sur le gomero après avoir volé des recueils sur le bureau de mon père.

C'est vrai, je lisais pour imiter mes parents,

et sans doute aussi pour me donner un genre ; mais n'était-il pas heureux, ce genre qu'on se donnait alors, comme on se donne aujourd'hui un genre en s'achetant de nouvelles baskets ou en se perçant le nombril ou en se teignant les cheveux en bleu, *en lisant* ? (Ah ! le bon vieux temps ! – j'y reviens toujours. Et je sais pourtant que vous savez aussi bien que moi ce que ces mots dissimulent d'aigre et d'acrimonieux. Comme si quelque chose pouvait être vieux et bon en même temps ! Pourquoi détourner des dits aussi indus ? *Ah ! le bon vieux temps !* Vieux, on se rassure comme on peut. Et, si vous me le permettez, je vais cesser un peu de lire et d'écrire pour aller me percer le nombril et me teindre les cheveux en bleu.)

> *Les mots, ce sont* toutes les choses dont vous avez demandé le nom jadis *quand rien ne les désignait à votre regard si rien ne venait les nommer. Du temps où vous étiez vous-même alors sans prénom et sans nom. C'est-à-dire quand vous n'étiez même pas le fantôme que votre désespoir vous fait croire que vous êtes devenu.*

Si la langue est maternelle et l'écriture paternelle, dans la langue elle-même, pour chacun d'entre nous – toujours, toujours – la prose est paternelle et la poésie maternelle. Les histoires, les récits, et la pensée, nous sont donnés par nos pères ; l'instant vertical, métaphysique, *instanctif*, de la poésie, par nos mères. Ce qui, bien sûr, ne veut pas dire qu'il n'y ait pas de femmes philosophes – comme Empédocle, Spinoza, Kierkegaard ou Deleuze – et des hommes poètes – comme Alfonsina Storni, Emily Dickinson, Wislawa Szymborska, Catherine Pozzi, Li Qingzhao, Marceline Desbordes-Valmore, Marina Tsvetaïeva, ou Sappho.

Dans ma vie, les histoires, qui avaient commencé à Buenos Aires par les aventures de corsaires que mon père improvisait le soir pour que je trouvasse le sommeil, se sont poursuivies, en Uruguay, par *l'éternel retour des noms et des événements* des livres que je volais dans *le banal cimetière* de la bibliothèque familiale et que j'emportais parfois dans ma chambre – et très souvent sur mon arbre. Perdu au milieu de feuilles, je me perdais davantage encore dans ces phrases qui, *grouillantes de syllabes et de lettres, étirant leurs diphtongues, faisant vibrer* (vibrer ?) *les doubles consonnes, et riches en mots inconnus*, s'enchaînaient autour de moi et du monde.

Je ne peux pourtant pas dire que je fus, comme ce crapaud baveux et *vibrant* de Sartre, fou de joie à l'idée que toutes ces *voix séchées*, enfermées dans leurs petits herbiers rangés selon un ordre qui m'échappait sur des étagères sans fin, étaient désormais à moi. La vie m'appelait encore – et je préférais souvent le football à la découverte solitaire, sur mon arbre, de la *sagesse humaine* enclose dans les livres. Peut-être parce que les rues de Montevideo, à l'inverse de celles où vécut Jean-Paul dans le XVIe arrondissement de Paris, étaient encore réelles, rarement je trouvais *plus de réalité à l'idée qu'à la chose* ; et si je guettais moi aussi, dans la lecture, *l'ambiguë volupté de comprendre sans comprendre,* si j'aimais tout simplement lire, je m'évadais constamment des livres pour retourner à la rue où comprendre ou ne pas comprendre perdait son sens dans la beauté ludique ou violente du monde.

Lire peut être un plaisir ; mais ce n'est jamais une banale évasion. Le langage et le temps sont nos seules vraies prisons – et la littérature, comme les bras de quelqu'un qu'on aime, a cette double nature : elle nous libère et nous emprisonne à la fois. Que ce soit la poésie, en créant cette métaphysique instantanée dont parle Bachelard, ces instants verticaux qui, par le langage, aspirent à détruire le temps, ou bien la prose, celle qui nous permet, en lisant ou en écrivant, de revivre notre vie, de nous l'approprier, comme l'ont fait Joyce ou Proust, en la comprenant, en la développant comme une photographie grâce à l'acide de l'intelligence, – que ce soit la poésie ou la prose (même la prose philosophique), la littérature, n'en déplaise à Nietzsche, le Zorro de la pensée, ou à Georges Sadoul, le Sancho Panza de l'histoire du cinématographe, est, pour le meilleur et pour le pire, l'art par excellence. *Mais ce n'est qu'un art.* Seulement un art. Noble comme la boxe, libéral comme la rhétorique ou l'arithmétique, fondamental et inutile comme les arts appliqués ou les arts ménagers, triste et médiocre comme l'art de plaire ou de négocier. Car même si rien ne nous permet de sortir de nous-mêmes et d'être autant nous-mêmes que cette singulière pratique qui, par l'écriture ou la lecture, remet en question ces deux terribles gardiens de notre être – de notre je et de notre nous –, même si nous sommes faits de langage et de temps, et que tenter de surmonter le langage et le temps est la tâche culturelle la plus ardue à laquelle on peut s'atteler, la seule vraie liberté est celle que nous accorde l'espace, l'espace illimité que nous découvrons dans un regard, dans le contact d'un autre corps, dans le partage d'une cause commune, ou dans la contemplation sans fin de l'océan – l'espace où le Temps existe et n'existe pas à la fois.

L'appréhension de l'obscurité que j'éprouvais encore parfois à la tombée du jour, lorsque le moment fatal du coucher venait conclure mes longues journées silencieuses, lorsque le corps retrouvait la solitude qui inlassablement répétait la distance qui pendant le jour le séparait du monde, lorsque le jour mourait et que je me cramponnais à sa lumière *pour l'empêcher de mourir et de m'entraîner avec lui dans la mort*, cet effroi qui s'amenuisait d'année en année et qui était dû à ce que l'univers au crépuscule me semblait s'absenter comme s'absentent toujours les êtres aimés, était encore assez fort en cette quatrième année du premier exil puisque l'un des moments de bonheur les plus intenses de ma vie prit justement place alors, dans ce microscopique pays où je faillis naître et où finalement je vécus six ans. La mairie de Montevideo – avait-elle été avertie de mon appréhension ? – fit venir dans la petite rue tortueuse du quartier des Petits Puits où nous habitions un groupe d'employés qui l'envahit durant plusieurs semaines. Lorsque les travaux furent finis, tous les membres de la bien peu téméraire bande de Parra del Riego sommes sortis lentement des maisons et nous sommes lentement rassemblés sur la chaussée. Sur le qui-vive, perplexes face à l'éphémère présence étrangère qui avait occupé notre territoire pendant des jours et des jours, nous avons vérifié que les employés de la municipalité avaient définitivement quitté les lieux et nous avons inspecté les étranges artefacts qu'ils avaient plantés tous les vingt mètres sur nos trottoirs : il n'y avait guère de doute, il s'agissait de réverbères ; d'immenses lampadaires semblables à ceux qui se trouvaient sur les grandes artères de la ville. Comme le jour commençait seulement de tomber, après avoir admiré ces monstres de métal, nous avons tiré les équipes pour débuter une partie de football. Mais brusquement, avant que le premier but ne fût marqué, un curieux grésillement nous fit lever la tête. Fascinés, nous vîmes les lampes s'allumer avec une lenteur extrême, moderne mais tout uruguayenne ; puis, ébauchant tous les tons du bleu, du violet, de l'ocre, devenir finalement, comme par magie, crues et brûlantes, terriblement blanches.

Pendant quelques jours, nous répétâmes le cérémonial, accueillant l'allumement des réverbères par d'euphoriques cris de joie. Mais au bout d'une semaine, découvrant que leur lumière prolongeait le jour, nous avons simplement modifié nos habitudes, faisant voler *le globe de cuir graisseux comme un oiseau lourd* à la fraîche, de huit heures à minuit, au lieu de le faire de cinq à neuf.

— Mais que faites-vous, chère bête sombre ? Baiser comme ça, en plein jour, avec un bâtard inconnu, qui plus est laid comme un pou ! Lorsqu'on est un monstre noble d'une race aussi noire que la vôtre, il faut au moins vous cacher derrière un buisson pour faire vos cochonneries. Ou plutôt vos humanités, puisque vous êtes une cochonne.

Un autre souvenir que je garde de la calle Parra del Riego en cette avant-dernière année du premier exil est celui de ma chère Celeste baisant avec un chien inconnu au milieu de la rue. Pourquoi cette vision, qui, je sais, m'a alors amusé autant qu'elle m'a effrayé, affleure de nouveau à mon esprit ? je ne saurais le dire. Mais je sais qu'il y avait, dans l'accouplement de mon cocker noir, quelque chose de si bestial que j'ai toujours songé qu'elle pouvait mourir alors qu'elle prenait simplement du plaisir. Collée par le derrière au derrière de l'autre chien, qui, plus petit, aboyait comme s'il allait défaillir, elle semblait avoir en même temps peur et resplendir d'une splendeur où la vie et la mort n'étaient plus séparées.

Pendant les deux dernières années passées à Montevideo les souvenirs de la bande de Parra del Riego pourtant se raréfient, glissant dans les dunes de ma mémoire, se laissant inévitablement recouvrir par le sable fin des souvenirs de mes camarades de classe. Certains membres de la bande – Eduardo, « El Flaco » Juancho, Pepeto Curcio – étaient désormais si vieux que plus rien ne les intéressait que de s'enfermer en bande dans la cave de la maison d'Eduardo pour soulager leurs bandaisons. Membres éminents de notre compagnie, ils étaient parvenus à cet âge poilu que je ne devais atteindre qu'après le second exil et leurs membres gonflés de vent ne débandaient que pour bander de nouveau. Encore impubère, radicalement impubère, je me souviens pourtant de m'être enfermé avec eux et d'avoir tenté de caresser mon membre à moi, qui acceptait déjà de s'ériger comme une petite girafe affamée mais non de soulager son érection en crachant son plaisir comme tous les lamas poilus qui m'entouraient.

Pourquoi les souvenirs de ma rue ont-ils disparu ? pourquoi ceux de l'école sont-ils demeurés si vivants ? Peut-être parce qu'à l'école, en plus de l'amitié et la politique, inversement à la rue, c'est l'innommable amour qui commençait de me passionner. Pour indéchiffrable que demeurât son vocabulaire, s'immisçant lentement dans toutes les fissures de mon innocent quotidien, ce sentiment proprement indicible qui nous force à l'enrober de tant de mots, s'entortillait comme un boa majestueux autour de mon corps frêle. Le sexe disparaît dans la mémoire comme disparaît le désir dans son assouvissement ; l'amour, au contraire, l'amour et son intarissable flot de métaphores et de comparaisons, unit toujours le présent et le passé.

L'amour est la déictique de la pensée (si je peux, pour une fois, faire d'un adjectif un nom et lui attribuer le genre qui lui sied). L'amour et ses allitérations et ses assonances, et ses antanaclases et ses antonomases, l'amour et ses anaphores et ses épiphores, et toutes ses hyperbates et toutes ses paronomases, – l'amour cherche toujours des mots pour ce qu'on ne pourra jamais nommer. Il cherche toujours des mots pour quelque chose qui toujours nous échappe, non pas parce que ça n'existe pas, mais parce que ça n'existe que trop : parce que ce quelque chose est toujours vivant dans un présent que le langage ignore.

Depuis ce jour funeste où Sandra, après avoir été prisonnière de mes bras, m'avait lancé un regard qui avait chamboulé tout ce que j'avais jusqu'alors pu supposer qu'étaient la captivité et la liberté, l'assujettissement et l'indépendance, la tyrannie et la souveraineté, depuis ce jour embarrassant, et envoûtant, et faste et opulent et grisant aussi – depuis ce jour, j'étais né, véritablement, à ce sentiment étrange que je ne pouvais encore concevoir. Chaque jour, j'attendais que Sandra pose de nouveau sur moi un regard aussi tendre, aussi furieux : aussi incompréhensiblement dévastateur. Je voulais, plus que tout, qu'elle me reproche encore ce quelque chose que j'avais fait ou que je n'avais pas fait – et que je ne pouvais pas comprendre, et que je ne pouvais plus ignorer. Chaque jour, pendant des semaines, tant j'étais tout entier à fleur de ma peau, je fus sur le point d'aller la voir pour tenter, par un geste brusque, de sortir de moi-même. Ne pouvant nommer ce que j'éprouvais, j'étais prêt à l'adorer et à la détester, à la couvrir de baisers, ou à me battre avec elle.

Je fus sauvé de la honte de passer à l'acte, comme l'avait fait Luis « Le Petit Monstre » Marsicano en tout début d'année lors de cette bagarre incongrue avec Claudia « Raz de Marée » Olaso, par un événement au départ anodin. Un matin, en cours d'histoire, Alvaro « El Sopa » Aguirre, l'un des garçons les plus soupes de la classe, un garçon qui n'était ni un véritable ami ni un véritable ennemi d'aucun d'entre nous, tenta de faire passer à Patricia Rivara – qui, dès l'année suivante, par la grâce d'une estivale coupe de cheveux à la garçonne, deviendrait, pour nous tous, Patricia « Petit Mec » Rivara – un petit mot qui se résumait à deux petits mots : Te quiero.

Te quiero. Si jamais il fallait donner un exemple de ce qui ne peut se traduire d'une langue dans une autre, ces mots, gorgés de cette fougue qui dans l'amour a toujours à voir avec le désir, et de cette ferveur qui dans le Sud a toujours à voir avec la passion, inculte et animale, de la possession ; ces mots qui veulent dire autant « je t'aime » que « je te veux » et dans lesquels « je t'aime » est si charnel, si insatiable, si sexuel, et « je te veux » si amoureux, si empreint d'une douceur et d'une tendresse amicale et cultivée – ces mots seraient les premiers qui viendrait à mon esprit hispanoaphone.

Ce fut Gabriela « Vieux Jours » Arnesto qui intercepta le petit mot du Soupe. Passant de main en main, il fit le tour de toutes les filles de la classe avant de nous être dévoilé à nous, les garçons, avec une fierté offusquée, presque aussi méchante qu'elle était feinte.

Avec respect et admiration, certains lui reprochant d'avoir osé écrire ces mots, d'autres, comme Daniel et moi, de ne pas nous en avoir parlé auparavant, nous mîmes Alvaro « El Sopa » Aguirre à l'amende ; avec respect et admiration, les filles obligèrent Patricia « Petit Mec » Rivara à faire amende honorable et s'excuser, publiquement, d'avoir provoqué, on ne sait par quelles œillades indiscrètes, cet élan de désir et d'amour.

Nous fîmes cela, nous tous, filles et garçons, avec admiration et respect et, des deux côtés, avec une incertaine ardeur, avec une incertaine euphorie – et une très certaine jalousie. Il nous fallait encore, en public, nous, les garçons, avoir la force de nous souvenir du mépris exagéré que nous avions témoigné aux filles l'année précédente ; il fallait, en public, à côté de l'intérêt de plus en plus grand et de plus en plus flagrant qu'elles nous portaient, que les filles se souvinssent de la méfiance qu'elles avaient ressentie à notre égard, une méfiance parfois personnelle – et ô combien justifiée – mais parfois aussi une méfiance d'étiquette, sociale, catholique, qu'elles ne laisseraient, pour certaines d'entre elles, jamais tout à fait de côté.

Je ne sais au juste quelle morale et quelle immoralité animaient nos transports prépubères. Mais à partir de ce minime incident, que ce fût pour les combattre ou pour les assouvir, que ce fût pour les condamner ou pour les glorifier, plus rien n'allait nous intriguer et nous émouvoir que de suivre ces transports, cette pétulance, dans les méandres du labyrinthe sensuel où l'attraction de l'autre sexe nous entraînait. Nous étions comme des ballons gonflés d'hélium, légers, emportés dans une course folle, à la fois par le vent du désir et par notre propre souffle amoureux. Sans nous en rendre compte, nous étions devenus, tous, filles et garçons, de petits Thésée, de petites Ariane – de minuscules minotaures.

Le monde autour, l'univers expansif et adolescent de la fin des années 60 et du début des années 70 du siècle dernier, cet univers déchiré par les forces antagoniques de Woodstock et de la réélection triomphale de Richard « La

Crapule » Nixon, cet univers tiraillé entre la guérilla et les paramilitaires, entre l'émancipation puissante de la libération sexuelle et le joug plus puissant encore de la pudeur bourgeoise, – cet univers qui nous entourait, qui nous dépassait, qui nous attendait, se colorait lentement d'une violence de plus en plus manifeste. Le monde était comme une page blanche, ou plutôt comme un drap blanc, comme un drap blanc étendu sur un fil pour sécher au soleil mais dont le bord inférieur, touchant le sol, s'imbibait déjà, dans une mare immense, d'un sang caché, obscur.

À la fin de l'hiver austral, au milieu d'une nuit fraîche et pluvieuse, je fus réveillé par des crissements de pneus suivis de bruits brusques. Je m'étais à peine relevé pour m'asseoir sur mon lit que mon père entra dans ma chambre. Il me prit dans ses bras et on s'approcha de la fenêtre. Trois voitures noires étaient venues se garer presque devant chez nous. Étaient-elles venues nous chercher ? Je me tournai vers mon père mais je n'eus pas le temps de poser la question : ma mère, tenant mon frère par la main, vint nous rejoindre et se colla comme nous à la vitre de la fenêtre. Trois hommes armés, aussi sombres que leurs voitures, surveillaient déjà la rue. Il y eut des cris, des coups sourds, et puis d'autres hommes sortirent du chalet de Tommy et forcèrent notre voisin à monter dans l'une des voitures avant de démarrer en trombe et de disparaître dans la nuit.

Ce fut la dernière fois que nous vîmes notre ami.

S'ils ne sont pas là, ils n'existent pas, et comme ils n'existent pas, ils ne sont pas là. Les disparus sont cela, ils ne sont ni vivants ni morts : ils sont disparus.

Jorge Rafael Videla

Disparaître. Le préfixe « dis », paraît-il, établit la négation – ou l'intensité. À quoi ne paraît-on plus ou que paraît-on tellement plus lorsqu'on disparaît ? L'être peut-il *disparêtre* ?

Le nom « Disparu » n'existait pas encore. Le verbe « disparaître » n'avait pas encore le sens qu'il devait prendre peu à peu, fatalement, dans les années qui allaient suivre.

— Oui, oui, c'est ça ! C'est exactement ça ! On est différents. On est différents de tout, on est différents de tous. On est différents de quoi que ce soit. C'est la seule chose qui compte. On est le seul peuple sans armée, sans État. Et on a été élus, mais on n'a jamais vraiment su pourquoi on avait été élus. On a été élus seulement pour se poser la question de pourquoi on a été élus ! C'est ça ! On est juifs. Je suis juif. Mais on ne sait pas ce que c'est. On ne sait absolument pas ce que c'est. Et le plus beau et le plus triste à la fois, c'est qu'on n'arrêtera jamais de se le demander, et qu'on ne le saura jamais.

J'ai parlé, il y a quelques mois seulement, avec une femme qui a vécu son enfance dans le ghetto de Varsovie. Elle m'a raconté comment, un matin, sa mère est partie travailler et n'est plus jamais revenue. Mais le ghetto était là, les nazis étaient là. C'était une guerre nouvelle, plus atroce qu'aucune autre – mais c'était la guerre.

Nacht und Nebel. Nomen nescio. Nuit et brouillard. Nacht und Nebel – niemand gleiche ! Plus personne. Même en dehors des ghettos, les nazis faisaient disparaître tous ceux qui représentaient un danger pour le régime. À partir de décembre 1941, nombreux étaient les prisonniers dont on ne gardait aucune trace, ni de la capture, ni de l'exécution. Encore une idée simple, inventée par les Allemands, reprise par leurs collaborateurs français, mise en application en Indochine et en Algérie par les Paras et la Légion étrangère, puis théorisée officiellement par l'armée française, enseignée aux tortionnaires latino-américains à l'École des Amériques et finalement intégrée dans un plan officiel conçu par la CIA et Henry « Asesino » Kissinger : le Plan Condor.

Parfois oui, parfois l'histoire se répète. Les DD. DD. (Détenus Disparus) latino-américains sont l'équivalent des N.N. nazis. Et les frères d'armes des Algériens, des Vietnamiens, des Laotiens et des Cambodgiens qu'a fait disparaître l'armée française. Parfois l'histoire se répète – même si certains criminels ont finalement ce qu'ils méritent (un procès à Nuremberg ou à

Jérusalem) et d'autres sont récompensés par un prix Nobel de la paix.

Les hablará de su infancia
cuando llegue el momento
sin decirlo en palabras
sin nombrar al dolor

Quelques années plus tard, l'un de mes trois meilleurs amis, Daniel Gatti, allait *ne pas* me raconter comment son père et sa sœur avaient disparu avant son exil, comment ils étaient toujours disparus alors qu'ayant réussi à fuir avec sa mère et son frère il vivait comme nous à Paris. Les deux autres meilleurs amis qui allaient égayer ma vie pendant les tristes années de ma première défaite sont Juan Pittaluga et Daniel Martínez Colistro. Oui, ce même Daniel qui déjà, à neuf ans, devenait mon meilleur meilleur ami. Ce même Daniel avec qui nous allions devenir, à l'Instituto Crandon, des complices tenaces dans la découverte de l'amitié, de l'amour – et de la politique. Car Daniel – Daniel qui serait le seul élève de notre classe si ce n'est à se prononcer, comme moi, en faveur du Frente Amplio, du moins à voter blanc lorsque nous ferions nos premiers sondages en vue des élections du mois de novembre, Daniel qui allait partager le célèbre *Quater* de l'avenue de Clichy avec Gatti pendant des années à Paris, Daniel avec qui je partage, aujourd'hui encore, une profonde amitié politique – Daniel avait la particularité, si l'on peut dire, d'avoir un père militaire.

Je ne sais pas comment on survit à la terreur. Mais je sais que l'amour et l'amitié ne sont pas étrangers à cette faculté qu'a l'être humain de demeurer humain face à sa propre inhumanité. L'amitié de mes deux amis Daniel à Paris au début des années 80 du XXe siècle – l'un fils de Disparu, l'autre fils de militaire – en est aujourd'hui pour moi une incontestable et douloureuse preuve.

Mais je m'égare. Laissons au futur incertain la certitude de sa douleur. Neuf ans. Je n'avais que neuf ans. Je n'étais qu'un enfant et… Non. Non, non et non. La langue parle à ma place. La langue commune essaie encore de parler à la place de ma langue étrangère. Non, je n'avais pas « que » neuf ans, je n'étais pas « qu' » un enfant : j'avais neuf ans, j'étais un enfant, et le monde, malgré les adultes, même s'il était déjà tragique, était toujours magique.

Après que les voitures sont parties, nous sommes restés un moment tous les quatre dans ma chambre. Puis mon père a dit qu'il fallait se recoucher et essayer de dormir. Mon frère est retourné dans sa chambre ; mes parents sont retournés dans la leur. Je me suis remis au lit et j'ai contemplé le mur en crépi. Les monstres, *mes* monstres, étaient tout petits. Ils s'entêtaient, aurait-on dit, à demeurer minuscules. J'entendais au loin les voix de mon père et ma mère. « Il faut partir. On ne peut plus rester ici. »

Mon père, je le sais, pensait déjà qu'il fallait quitter l'Uruguay. Concentré sur mes monstres inoffensifs, je ne faisais pas vraiment attention à ses mots. J'étais calme – et terrifié à la fois. La peur de l'obscurité avait disparu. Mais elle n'avait pas disparu. Comment aurait-elle pu disparaître – simplement disparaître – alors qu'aujourd'hui, en ce dimanche matin du mois de décembre 2020 où le jour ne veut définitivement pas se lever, je suis encore effrayé ?

La peur de l'obscurité avait disparu : elle n'était plus – et elle était tellement plus intense qu'elle ne l'avait jamais été jusque-là.

Et donc me voilà
face à cette chose étrange, redevenue étrange
comme une baleine échouée à côté d'un bureau :
une estrade.

Le printemps est arrivé brusquement. À la fin du mois de septembre, il commença de faire doux de la plus brutale des manières. Jamais encore dans ma vie je n'avais remarqué que le temps pût changer ainsi, tout à coup. Le gomero se couvrit de ballerines roses et les ceibos de leurs grosses fleurs rouges, et les multiples arbres dans la cour de l'Instituto Crandon délaissèrent leur parure noire et grise de branches nues pour se revêtir d'un feuillage touffu, vert reviviscent.

Comme les murgas les plus connues, « L'École des Requins », « On sort pour pas rester à la maison », « Les Dompteurs de Belles-Mères », commençaient de parcourir les rues en chantant leurs *llamadas* pour le carnaval (leurs *chamades*, si vous préférez, puisque, pour une fois, le français lui-même parle un peu espagnol), comme approchaient la fin de l'année scolaire et les élections, nos cœurs d'enfants se déchiraient dans d'absurdes disputes, dans d'absurdes sondages. Car de même que tout au long de cette année de quatrième degré nous, les garçons, avions découvert – enfin ! – l'intérêt que nous portaient les filles (et l'intérêt que nous pourrions leur porter), nous avions tous découvert, chez nous, dans nos multiples foyers, que nous ne pouvions pas demeurer étrangers à la catastrophe politique qu'annonçaient les élections.

Toute élection a quelque chose de ridicule, de blessant pour quiconque s'est un tant soit peu intéressé à l'Antiquité et à l'Histoire moderne. Toute élection a quelque chose de profondément anti-démos-cratique. Même si certaines élections – celle du mois de février 1936 en Espagne, celles des mois de mai 1936 et 1981 en France – ont des résultats heureux, toutes participent d'une dépossession du pouvoir possible des électeurs.

Les élections que nous mimions aux mois d'octobre et novembre 1971 dans notre classe de l'Instituto Crandon en pratiquant ces innombrables sondages dont le résultat ne variait jamais – onze votes pour les Colorados, onze votes pour les Blancs (les deux partis traditionnels uruguayens, équivalents des Démocrates et des Républicains aux États-Unis, c'est-à-dire tous deux de droite), le vote en blanc de Daniel et mon vote pour le Frente Amplio – nous dépossédaient sans doute également de la possibilité de rendre ce moment singulier de l'histoire véritablement politique, mais notre enfance nous rendait suffisamment humains pour que tout fût alors important. Et mimer des élections, comme mimer de l'amour, nous enseignait encore des choses incommensurables – des choses *toujours* incommensurables.

Peut-être étions-nous convaincus que ces sondages qui sondaient les vingt-quatre élèves du quatrième degré de l'Instituto Crandon dévoileraient inévitablement le résultat final de la future élection. Mais peut-être pas. Le besoin de nous surveiller les uns les autres, la nécessité de savoir ce que chacun pensait, et de s'assurer surtout qu'il restait fidèle à ce qu'il avait déjà exprimé, nous était bien plus essentiel. Et c'est pour ça que, même si le résultat était toujours le même, le rite du sondage se répétait régulièrement.

Comme tous les protocoles, comme toutes les liturgies, cette répétition avait quelque chose de calme, de rassurant, et un petit rien de haletant aussi. L'attente du dépouillement, comme Andrea et Daniel ou Gabriela et Gonzalo dépliaient les petits papiers avec les votes, était toujours fébrile bien qu'elle fût toujours – jusqu'à l'un des derniers sondages que nous fîmes – décevante.

Lors de ce sondage insolite survint un minuscule événement qui bouleversa ma vie : un nouveau vote en blanc vint rallier celui, si esseulé, de Daniel ; un vote anonyme dont un coup d'œil complice et furtif me révéla, à moi seul, de la plus tendre des manières, la maternité – ce vote nouveau, instable, fantasque, caméléon, avait été fait par Sandra.

El mundo se parece
El cielo es más azul
Las nubes solo nubes
Las estrellas también
No lo vi en el noticiero
Pero lo vi tan bien
Porque yo también te quiero

Ce même jour, ou cette même semaine, ou ce même mois – ce même printemps 1971 en tout cas –, je couchai sur un bout de page impropre de mon cahier d'écolier le second poème d'amour que j'ai écrit dans ma vie. Un poème qui possède, si vous me permettez une pointe d'autosatisfaction, la beauté rugueuse, agreste, terreuse, et la profondeur insoluble de certaines milongas.

Le monde ressemble
Le ciel est plus bleu
Comme les étoiles
Les nuages des nuages seulement
Je ne l'ai pas vu clairement

Mais je l'ai vu quand même
Parce que moi aussi je t'aime

Une beauté définitivement intraduisible en français.

— À Sandra.

Mais le plus propre de cet impropre poème fut que la page de mon cahier sur laquelle je le couchai, je l'arrachai grossièrement et la pliai en tout petit pour la faire passer à Sandra.

— À Sandra.

Comme je tendis mon petit mot à Daniel qui était assis sur le pupitre à côté du mien, comme il le prit, surpris, et qu'après un long regard il se tourna et le glissa à Andrea en répétant ma téméraire requête, comme Andrea le donna à « Vieux Jours » qui à son tour le confia à « Chaises et » qui le soumit au « Gnocchi » Arigón qui s'en soulagea auprès de « Raz de Marée » Olaso qui, en un dernier relais exalté, le posa sur le pupitre à côté de Sandra ; comme chacun de ces camarades de classe, filles et garçons, accomplissait à la perfection son rôle dans cette chorégraphie suave et fluide ponctuée par deux petits mots susurrés – « A Sandra, a Sandra, a Sandra » –, tous les autres élèves détournèrent leur attention du tableau noir pour contempler le zigzagant périple de pupitre en pupitre de mon petit poème.

Porque yo también te quiero

Parce que je t'aime moi aussi. Dans le dernier vers de mon poème, j'avais souhaité me référer de la plus explicite des façons au petit mot qu'Alvaro « Le Soupe » Aguirre avait fait passer quelques semaines plus tôt à Patricia future « Petit Mec » Rivara ; et dans la course de relais des mains discrètes et agiles de mes camarades de classe qui, telle ces courses en zigzag que font les danseurs de ballet avant de s'élancer dans les airs, et tout à la fois stricte, tendue, sautillante et inquiétante comme une longue série de pointes, avait permis à mon septain d'atteindre mon aimée, cette répétition avait pris la tournure grandiose que prennent, en se répétant, certains événements historiques : le petit mot d'Alvaro nous avait scandalisés, le mien libérait l'inépuisable flot de désir qui avait suscité le scandale.

Mon cœur battait si fort qu'il me semblait – et peut-être était-ce vrai – que tous les cœurs de la classe tambourinaient en chœur, battant la chamade comme faisaient battre le cœur de la ville de Montevideo les *llamadas* émises par les murgas.

Sandra prit mon petit mot, le déplia, le lut, le replia, prit son stylo, écrivit sa réponse sur un bout de page de son cahier qu'elle découpa soigneusement avec à sa règle, la posa sans un mot, sans un regard, à côté de « Raz de Marée » qui la tendit au « Gnocchi » qui la rendit à « Chaises et » qui la fournit à « Vieux Jours » qui la confia à Andrea qui la glissa à Daniel qui la posa devant moi. Avant de la lire, cherchant un signe dans son attitude, je fixai Sandra des yeux. Comme lorsqu'elle avait lu mon petit poème, rien ne trahissait rien à présent dans la manière dont elle suivait les mots et les gestes de mis Molinari, notre maîtresse d'anglais, qui, innocente, allait et venait sur la petite estrade devant le tableau noir : aucune émotion, aucun embarras, aucun émoi. Sandra ne voyait pas davantage mes yeux qui la fixaient que je ne voyais les dizaines d'yeux qui *me* fixaient.

Son solo palabras.

La réponse n'était pas méchante. *Ce ne sont que des mots.* On pourrait même dire – *je* pourrais même dire, la tenant à présent devant mes yeux – qu'il y a en elle quelque chose de gentil, d'encourageant.

Sans réfléchir, sans réfléchir ni craindre les regards et l'attente fiévreuse de mes camarades, j'arrachai un autre bout de la page de mon cahier, écrivis un nouveau petit mot composé de cinq petits mots et, sans même le plier, le tendis à Daniel. Daniel lut mon petit mot, fronça les sourcils et le fit passer rapidement. Le petit mot fit le tour des mains fières et fougueuses de mes amis et, de pupitre en pupitre, arriva entre celles de Sandra au moment où mis Molinari finissait son cours et la sonnerie sonnait et l'attention de toute la classe, avec l'ardent emballement de l'enfance, en un tour de main, abandonnait notre petit dialogue amoureux pour se tourner vers la perspective flamboyante de la récréation de dix heures et demie.

Pero aquí somos solo palabras.

« Mais ici on n'est que des mots. » Sandra lut les cinq mots qui formaient ce dernier petit mot, et les relut, et les relut encore. Elle les lut comme s'ils avaient été dix, cent, mille mots pendant que tous nos camarades rangeaient bruyamment leurs affaires dans leurs pupitres et sortaient en courant de la salle de classe.

Seul Daniel restait debout, figé comme moi dans l'attente avide d'un regard qui conclût notre échange.

Lorsque tout le monde fut parti, comme nous n'étions plus que trois dans la salle déserte, Sandra, changeant brusquement d'attitude, plia le petit mot, le rangea dans sa poche, se tourna vers moi et me dit de loin :

— Vos, sos solo palabras.

Puis elle quitta la salle de classe d'un pas allègre.

Toi, tu n'es que des mots. Sandra avait dit cela doucement et distinctement, en souriant d'un sourire indéchiffrable, empreint de tendresse et de pitié, et aussi d'une rage supérieure et d'une confiance en soi qui était tout le contraire de l'amour – mais d'où l'amour pourtant n'était pas entièrement absent. Elle avait dit cela doucement et distinctement, et rapidement et définitivement, d'un ton sans appel, mais sans que jamais son regard ne perdît son amoureuse compréhension.

Toi, tu n'es que des mots. Sincèrement, je ne sais toujours pas ce que signifie ce dialogue. Je ne sais pas ce que j'ai voulu dire dans mon dernier petit mot, je ne sais pas ce qu'elle a voulu dire en prononçant sa dernière phrase. Le sens de tout ce petit échange enfantin s'alourdit aujourd'hui de tant d'idées fourbes qui lui étaient alors étrangères, de tant d'idées alambiquées qui m'étaient alors inconnues !

Comme nous étions restés seuls dans la salle de classe dépeuplée, Daniel fit les deux pas qui le séparaient de moi, posa sa main sur mon épaule comme si l'heure fût particulièrement grave et me proposa de sa voix toujours franche et limpide, en échange de ce que je demandasse à Andrea « Main de Fer » Ottieri de, comme nous disions alors, « s'arranger » avec lui, de demander à Sandra de s'arranger avec moi.

J'acquiesçai et nous sortîmes dans la cour ensemble. Je contemplai Daniel en silence. Il était déjà le plus mûr de nous tous -- ou le plus sage plutôt, puisque le plus mûr était indéniablement « Le Petit Monstre » Marsicano qui, à peine quelques jours plus tôt, avait exhibé ses poils et son sexe immense dans le vestiaire après le cours de gym. Daniel ne me regardait pas : il contemplait Andrea qui, de sa main de fer, servait ses services légendaires sur le terrain de volley. Comprenait-il ce que ce pacte singulier qu'il me proposait avait d'incongru et d'inégal ?

Il avait compris la manière dont l'amour devait, l'année suivante, édifier notre impalpable désir, ¿ mais pourquoi ne comprenait-il pas à quel point ce pacte singulier – qu'il allât, en mon nom, demander à Sandra « Gros Nez » Cladera de s'arranger avec moi ; que j'allasse, en son nom, demander à Andrea « Main de Fer » Ottieri de s'arranger avec lui – malheureusement (malheureusement pour lui surtout) surestimait mes qualités d'ambassadeur ?

Je ne reviendrai pas ici sur les circonstances précises de la demande d'arrangement couronnée de succès que Daniel fit en mon nom à Sandra ni de celle, à l'échec retentissant, que je tentai de faire en son nom à Andrea. Pas plus que je ne reviendrai sur la manière dont sa bienveillance, qui lui avait fait défendre mon silence de divinité égyptienne deux ans plus tôt, lui suggéra de me proposer cette autre entreprise étrange pour l'année qui allait suivre : rédiger à quatre mains un journal de nos amours et de ceux de nos camarades. Si la curiosité vous démange, il faudra lire la suite de ces pages, ces *Premiers Arrangements*, écrits et publiés il y a plus de vingt ans. Mais je ne peux taire le fait que le résultat désastreux de cet échange de bons procédés n'empêcha pas Daniel, après avoir obtenu que Sandra s'arrangeât avec moi, de proposer et d'obtenir également qu'Andrea s'arrangeât avec lui.

Ce furent, en toute fin d'année, les premiers arrangements de notre quatrième degré.

Que dire de plus ? L'année 1971 mourait lentement. Elle mourait comme un couchant sanglant, aveuglant nos espoirs d'une dernière lueur cruelle et opiniâtre. L'année 1971 mourait comme meurent les après-midi venteuses d'été, ensanglantées par ces crépuscules sans pitié que la mer et le ciel concoctent pour tuer le jour.

Les élections perdues, nous sommes partis passer la fin du mois de décembre près de Punta Ballena. Mes parents avaient loué une maison modeste située sur une longue rue en terre proche de celle des Viñar, cette famille d'Uruguayens qui étaient devenus nos meilleurs amis et dont l'arrestation du père, un an plus tard, allait précipiter notre exil. Nous y sommes arrivés en voiture alors que le soir tombait. Les routes uruguayennes étaient alors si mauvaises qu'il fallait plusieurs heures pour parcourir les cent vingt kilomètres qui séparent Montevideo de Punta Ballena. Les routes étaient si mauvaises – et aucun Uruguayen ne songeait jamais, quel que fût son véhicule, à pousser des pointes à plus de quarante ou cinquante kilomètres / heure.

En entrant dans la maison, nous avons découvert trois grandes araignées au plafond. Mon père partit le soir même s'installer à l'hôtel le plus proche. Il est vrai qu'une grande araignée, en Uruguay, ne ressemble pas à une grande araignée dans le reste du monde. Une grande araignée, en Uruguay, est une bête poilue, grosse comme un gros crabe, qui, lorsque vous vous approchez une chaussure à la main pour la tuer, vous regarde fixement, vous défiant, consciente de sa force. Souvent, sur les routes de campagne, on voyait ces immenses tarentules traverser paisiblement, tels ces chiens paresseux qui semblent toujours trouver normal que les voitures s'arrêtent pour les laisser passer ou qu'elles s'écartent pour ne pas les écraser.

Je ne sais pas ce que ma mère pensa du départ de mon père. L'anecdote est restée dans la mémoire familiale et fait partie de cette mythologie que chaque famille crée pour survivre à son inévitable disparition (que les parents se séparent ou non, les enfants fatalement grandissent et disloquent ce petit cercle éphémère). Armée d'un balai, elle réussit à chasser les trois monstres de ce lieu qui allait devenir, pendant quinze jours, notre résidence estivale. Je ne me souviens pas si mon père est revenu dormir avec nous. J'imagine que oui. Si la famille inévitablement disparaît, le passé passe inévitablement afin de se métamorphoser en cette extension de nous-mêmes, éternellement contingente, que nul devoir ne peut assouvir, et que selon nos humeurs nous appelons mémoire ou oubli.

Le seul souvenir réel – si vous me permettez de qualifier de « réel » un souvenir – que je garde de cette fin d'année 1971 est celui de l'excitation extrême provoquée par les parties de pêche. Lors d'une des premières baignades sur cette plage qu'on n'appelait pas encore Solanas mais Portezuelo, nous avions surpris un drôle de poisson : il était identique à ces petits poissons ronds, argentés, qui pullulent en Méditerranée, mais il était aussi grand qu'un loup de mer et pesait plusieurs dizaines de kilos. Comme il semblait perdu ou blessé et ne voulait pas quitter la proximité de la rive, nous avions passé presque toute la journée dans l'eau à ses côtés.

Est-ce cette journée qui a décidé un ami des Viñar dont j'ai oublié le nom à venir ensuite, chaque jour, nous chercher à l'aube pour nous emmener, mon frère et moi, son fils et Daniel, le fils des Viñar, sur les rochers de Punta Ballena ? Je ne saurais le dire. Mais pendant les deux dernières semaines de ce mois de décembre 1971, nous avons pêché inlassablement.

L'océan, dans ces contrées australes, était alors si poissonneux que nombre d'Uruguayens et de touristes argentins s'installaient simplement sur la plage et lançaient leur ligne depuis le sable, sûrs et certains de tirer dans l'heure de quoi nourrir leur famille et plusieurs convives. Le poisson qu'on y pêchait le plus était le maigre. Et même nous, enfants, attrapions parfois des spécimens de plusieurs kilos.

Si tout homme *a un animal auquel des liens inexplicables le rattachent*, aujourd'hui, adulte, malgré la relation intime, passionnelle et bavarde que j'entretins durant six ans avec mon noir cocker nommé Celeste, je dirai que cet animal, pour moi, est le chat. Mais j'avoue aussi avoir eu, enfant, une autre passion dévorante : la pêche. Une passion qui commença pratiquement avec ma vie.

Du premier souvenir de mon père, étendu tel un drapeau sur le ciel pur de Bariloche, je garde l'écho de quelques mots – que je pouvais alors, âgé de deux ans, à peine comprendre – comme il discutait avec son ami Guga Itzigsohn de pêche à la truite. Puis, entre deux et quatre ans, ce fut la pêche de têtards dans les bassins du Jardin Botânico de Buenos Aires qui m'occupa plus que toute autre activité. Enfin, à partir de six ans, mes souvenirs de pêche s'enchaînent sans fin : dans les rochers de Carrasco avec Celeste, sur les quais du port de Montevideo armé d'une épuisette, sur des barques, contemplant interminablement ce bouchon immobile lorsque je commençai de pêcher à la ligne, et finalement, en ce mois de décembre 1971, la pêche au lancer, avec ces moulinets qui à la moindre erreur élaboraient des *galletas* sans queue ni tête, des nœuds indémêlables qui eussent rendu le légendaire roi phrygien Gordias vert de jalousie.

> *Ainsi le scare, sous les ondes, par son adresse, tombé au fond et s'étant emparé de l'appât, finalement s'effraie du piège. Il n'ose pas heurter de front les baguettes de la nasse : à reculons, frappant l'osier par des coups de queue répétés, il la distend, se faufile et s'évade dans des eaux sûres.*

Certains s'étonnent qu'Ovide, ce dilettante, ce mondain, ait trouvé quelque intérêt à la vie des poissons et à leur capture. C'est oublier qu'à la fin de sa vie, loin de Rome, Ovide *a tenté la plus cruelle des Métamorphoses : la sienne.* À l'inverse de l'esturgeon, *fameux habitant des eaux étrangères,* il se sentait, en exil, d'après les confidences des *Tristes* et des *Pontiques, perdu, solitaire au milieu des barbares devant une mer rébarbative et glacée.* Et il est normal qu'aigri, il ait cherché dans ses vers l'oubli de ses misères.

Sois-moi propice, fils de Saturne, roi des ondes, ô Neptune ! Et toi aussi, vaste Océan ! Et vous tous qui habitez la mugissante mer ! Aidez-moi à chanter les abondantes troupes, les races nombreuses qui s'y nourrissent !

Je ne peux pas dire que je connaisse particulièrement bien les œuvres qu'Ovide et Oppien – perpétuant ce genre *didactique et curieux* qui a passionné les Anciens – ont consacrées aux arts halieutiques, mais rien ne me semble plus naturel que d'avoir écrit des vers pour parler de cette activité si lente qui plonge l'esprit tout entier dans une attente atemporelle et une contemplation sans fin.

La seiche, lente à fuir,
s'est-elle laissée surprendre
dans une eau peu profonde ?
et commence-t-elle à craindre
des mains ravisseuses ?
Elle salit l'eau en vomissant un sang noir
et change son cours,
trompant celui qui la poursuit.

En espagnol, contrairement au français, il existe deux noms pour ces *bourgeois des eaux, multiformes, multicolores, astucieux et muets* : on distingue toujours un *pez* – poisson – d'un *pescado* – un « pêché », un poisson mort. Cette nuance (inversement proportionnelle, si l'on peut dire, à cette grossièreté qui fait qu'il n'y ait qu'un seul terme, *sueno*, pour parler du sommeil et des rêves) m'a toujours semblé souligner, aussi, à quel point nous sommes démunis lorsqu'il nous faut parler de la mer et de l'océan ; à quel point il nous manque des mots pour nommer ce mystère qui occupe les deux tiers de la Terre.

> *Mais où se déversent finalement les flots de tout ce qu'il y a de grand et de sublime dans l'homme ? N'y a-t-il pas pour ces torrents un océan ?* – Sois *cet océan : il y en aura un.*

Fils de la mer, comme tant d'enfants nés à Montevideo, j'ai passé ma jeunesse sur les rives du Río de la Plata, ce fleuve imaginaire qui se transforme en océan. De ce fleuve, de cet océan, de ces eaux indécises, sont nés deux rêves récurrents : l'un, cauchemardesque, qui devait hanter mes nuits après le second exil (et dont je parlerai plus tard) ; et cet autre que voici qui, commencé en cet été 1971, m'a accompagné pendant la dernière année que j'ai passée en Uruguay. Chaque nuit, je rêvais que je me réveillais, que je me réveillais très tôt, à l'aube, et que je sortais de la maison. En pyjama, ma canne à pêche à la main, j'allais jusqu'à la plage et je découvrais que l'océan s'était retiré. Ébahi, stupéfait, je partais à pied vers l'Afrique, m'arrêtant longuement pour examiner les immenses coquillages, les poissons magnifiques encore frétillants de vie, et les monstres marins dont j'avais soupçonné l'existence mais que l'océan avait toujours dissimulés à mes yeux. Je contemplais les requins, les espadons, les raies, les baleines, les orques, et aussi des monstres grandioses ou hybrides, sirènes, méduses, calamars géants ; et je marchais, je marchais vers le large qui m'attirait comme une promesse d'infini. Je marchais et je créais aussi mes monstres à moi, mes Charybde et mes Scylla, hideux êtres marins et nocturnes, mélange infâme des visiteurs de mes nuits et de serpents et d'araignées, et des scorpions que je craignais par-dessus tout. Mais les flots s'étant retirés, tous ces monstres, réels et irréels, éternels ou intemporels, étaient morts ou mourants, et ne pouvaient plus m'effrayer.

L'océan m'appartenait enfin, et avec lui tous ses mystères. Oui, c'était un rêve d'appropriation, de possession infinie que je rêvais chaque nuit.

Notre vie est-elle autre chose qu'une suite de rêves récurrents ? Chaque nuit, nous répétons nos peines et nos plaisirs, nos manques et nos contentements – et parfois, de jour, nous croisons un corps, un regard, une œuvre, qui nous éveille à un nouveau désir, qui deviendra à son tour un nouveau rêve récurrent.

Plus tard, après le second exil, ayant tout perdu, même ma langue, cet autre rêve dont je ne veux pas encore parler, cet autre rêve bien plus douloureux né également des eaux indécises du Río de la Plata et de l'océan Atlantique, allait hanter mes nuits. Mais avant le second exil, enfant encore entier, monolingue et pimpant, ce rêve joyeux de puissance absolue chassait la peur comme le vent chasse les nuages. J'étais Poséidon et je découvrais mes sujets. Ma canne à pêche était mon sceptre, mon trident, et j'arpentais mon royaume sans éprouver nul besoin d'exercer mon pouvoir. Et lorsque arrivait le jour et que je retrouvais le chemin réel de la plage, et que je constatais que l'océan était toujours là, ou plutôt qu'il était *de nouveau* là, promettant de nouvelles baignades et d'éternelles parties de pêche, le charme suprême de la nuit ne s'arrêtait pas. Tout-puissant, je regardais l'azur et le large ; je voyais la transparence douce et pure du ciel pensif et son *air féminin,* comme je sentais la respiration *lente et forte, pareille à celle de Samson endormi,* qui soulevait la mer robuste et brutale ; ici et là, dans les hauteurs, je voyais glisser les ailes blanches de menus oiseaux immaculés, *tendres pensées de ce ciel féminin ;* et dans l'abîme sans fond, je continuais d'imaginer, apaisé, les puissants léviathans, les espadons et les requins qui s'agitaient, *pensées vigoureuses, inquiètes, meurtrières, du viril Océan.*

La nuit était passée et j'étais encore vivant, et les cauchemars que j'avais tant craints avaient laissé la place à ce rêve des plus réjouissants. L'inquiétant ciel nocturne s'était transformé en cette douceur extrême qu'est le ciel clair d'un matin d'été.

Oui, peu à peu, la peur de la nuit, de l'obscurité, la peur de ce qui depuis que j'étais né m'avait le plus effrayé, s'évanouissait. J'allais avoir dix ans et je découvrais vraiment le monde. Je regardais mon frère qui était encore comme moi, qui était encore moi, et qui commençait, aussi, d'être différent, d'être lui-même. Je contemplais la maison et la rue et la plage, et tout m'émerveillait. J'écoutais mes parents et les Viñar discuter de politique et je commençais de comprendre leurs discussions.

La nuit avait-elle à jamais disparu ? L'obscurité avait-elle définitivement jeté son obscure éponge devant la claire puissance du jour ? Non. La nuit menaçante de l'enfance s'effaçait lentement devant la nuit menaçante qui la suit. J'allais avoir dix ans et tout devenait plus précis et plus complexe à la fois. La force de mon frère ne cachait plus sa faiblesse. La beauté de la rue ne cachait plus son chagrin. L'enthousiasme politique de mes parents et des Viñar ne dissimulait plus, à mes yeux, leur profonde inquiétude. Découvrant le monde, je cessais de craindre la nuit, et tous ces monstres que j'avais créés pour la peupler, pour une raison en même temps simple et atroce : parce que je comprenais que désormais, j'allais devoir affronter d'autres terreurs.

Peu après le réveillon, nous sommes rentrés à Montevideo. L'été ne faisait que commencer. Mon père partit seul en Europe à la recherche de ce monde libre dont l'avant-goût en Uruguay allait être rayé d'un trait brutal dans les mois à venir – ce monde libre dont la liberté allait non seulement le mener à décider que nous devions tous fuir rapidement l'Amérique du Sud, mais aussi qu'il devait nous fuir nous, ma mère, mon frère et moi, pour vivre enfin cette vie que les années 60 du XXe siècle lui avaient promise : cette vie furieuse, foisonnante, et heureuse et malheureuse comme toute vie, qui, finalement, serait la seule qu'il vivrait. Son voyage le mena à Londres puis à Paris, où il dormit quelques nuits au premier étage d'une librairie qui allait devenir l'un de mes lieux de prédilection lorsque je deviendrais moi-même un lycéen français : Shakespeare and Company.

De notre côté, ma mère, mon frère et moi sommes partis en vacances dans le seul pays sud-américain qui, pour deux petites années encore, semblait promettre une vie possible : le Chili. De ce moment de joie – les vacances, l'été, le Chili de Salvador Allende –, il demeure seulement, paradoxalement, aussi bien dans ma mémoire que dans la mythologie familiale, trois instants déplorables : mon dîner d'anniversaire dans un restaurant de Valparaiso débordant de monde où, après deux heures d'attente, la patronne vint s'excuser de ce que la cuisine « no daba abasto » et que nous ne pourrions donc rien manger ; une baignade interrompue par l'apparition impromptue d'un requin repu nageant calmement entre les baigneurs jusqu'à ce qu'une dizaine de Chiliens sortît du restaurant qui se trouvait sur la plage pour le chasser à coups de bâton ; et un tremblement de terre qui, à Antofagasta, au milieu de la nuit, nous contraignit à quitter nos lits et à attendre l'aube en pyjama au pied de l'hôtel.

Fin février, l'été fini, de retour à Montevideo, nous retrouvâmes notre maison et notre rue. Comme l'apparition du printemps à la fin du mois de septembre, c'est le premier retour de grandes vacances qui ait laissé en moi un souvenir aussi précis, et aussi réconfortant.

Nous étions arrivés le soir et je me souviens d'être allé me coucher et d'avoir contemplé ma chambre et mes jouets et mes livres et d'avoir ressenti que, pour oriental et minuscule et insignifiant que fût ce petit monde, il avait une puissante simplicité indéniable : c'était *mon* monde. Je savais que j'allais retourner à l'école et retrouver Daniel, qui était définitivement devenu mon meilleur meilleur ami, et Sandra, qui était définitivement devenue ma fiancée. Je « boboyais » et « tatatais » déjà comme le plus pur Uruguayen, je ne craignais plus de devoir « pschitter » si je prenais le bus seul et Nacional occupait désormais, dans cette petite partie hooliganesque de mon cœur, une place presque aussi grande que Boca Juniors.

Le lendemain de notre retour, je sortis de la maison et retrouvai notre gomero, et la bande de Parra del Riego, et l'épicerie de la Vieille Autruche, et la Faculté d'Architecture ; et comme tombait le soir, je retrouvai les prostituées qui arpentaient lascivement les trottoirs du bulevar Artigas, et la sœur d'Eduardo qui se dénuda pudiquement sous mes yeux ; et comme passaient les jours de cette première semaine du retour, je retrouvai le frère trisomique de Juancho qui s'extasiait en mangeant des nèfles, et les mille jardins de notre rue et sa petite place placide et impassible, et le chalet abandonné de Tommy, et la bande d'Araúcho venue rejouer le jeu de cette guerre éternelle commencée au pied des remparts de Troie, cette guerre millénaire dont le but n'est jamais de vaincre, mais seulement de s'affronter.

Je retrouvais, jour après jour, toutes les parcelles d'un domaine où rien n'échappait à ma volonté, où rien ne manquait à mon désir – où tout m'appartenait. Pour la première fois depuis six ans, pour la première fois depuis que nous avions quitté Buenos Aires, j'avais le sentiment, clair et intense, d'être retourné chez moi.

Mais si je retrouvais ma vie, si je retrouvais ma vie avec son passé, son futur, et un présent infini, je retrouvais aussi mon père, revenu de son périple, qui m'avertit que si la situation continuait de se dégrader, nous ne tarderions pas à quitter ce monde qui était devenu le nôtre pour aller vivre en Europe.

DU MÊME AUTEUR

Aux Éditions P.O.L

UNE ENFANCE LACONIQUE, 1998.

UNE JEUNESSE APHONE, 2000.

UNE ADOLESCENCE TACITURNE, 2002.

LE PREMIER AMOUR, 2004 (Folio n° 4466).

1978, 2009.

LA PREMIÈRE DÉFAITE, 2012.

DES JOURS QUE JE N'AI PAS OUBLIÉS, 2014 (Folio n° 5921).

MES DERNIERS MOTS, 2015. Réédition #Formatpoche, 2020.

LES PREMIÈRES FOIS, 2016.

LE GHETTO INTÉRIEUR, 2019 (Folio n° 6893). Choix Goncourt de la Roumanie, Choix Goncourt de la Belgique, Choix Goncourt de l'Italie, prix des Libraires de Nancy, prix de la Renaissance française, Grand Prix SGDL de la fiction et prix des Libraires Folio - *Télérama* 2021.

LE PREMIER EXIL, 2021 (Folio n° 7249).

LA JUSTICE DES HOMMES, 2023.

Dans la collection Écoutez lire

LE GHETTO INTÉRIEUR (1 CD).

Aux Éditions Stock

IL Y A UN SEUL AMOUR, 2020.

COLLECTION FOLIO

Dernières parutions

7052.	Bruno Le Maire	*L'ange et la bête. Mémoires provisoires*
7053.	Philippe Sollers	*Légende*
7054.	Mamen Sánchez	*La gitane aux yeux bleus*
7055.	Jean-Marie Rouart	*La construction d'un coupable.* À paraître
7056.	Laurence Sterne	*Voyage sentimental en France et en Italie*
7057.	Nicolas de Condorcet	*Conseils à sa fille* et autres textes
7058.	Jack Kerouac	*La grande traversée de l'Ouest en bus* et autres textes beat
7059.	Albert Camus	*« Cher Monsieur Germain,... »* Lettres et extraits
7060.	Philippe Sollers	*Agent secret*
7061.	Jacky Durand	*Marguerite*
7062.	Gianfranco Calligarich	*Le dernier été en ville*
7063.	Iliana Holguín Teodorescu	*Aller avec la chance*
7064.	Tommaso Melilli	*L'écume des pâtes*
7065.	John Muir	*Un été dans la Sierra*
7066.	Patrice Jean	*La poursuite de l'idéal*
7067.	Laura Kasischke	*Un oiseau blanc dans le blizzard*
7068.	Scholastique Mukasonga	*Kibogo est monté au ciel*
7069.	Éric Reinhardt	*Comédies françaises*
7070.	Jean Rolin	*Le pont de Bezons*
7071.	Jean-Christophe Rufin	*Le flambeur de la Caspienne. Les énigmes d'Aurel le Consul*

7072.	Agathe Saint-Maur	*De sel et de fumée*
7073.	Leïla Slimani	*Le parfum des fleurs la nuit*
7074.	Bénédicte Belpois	*Saint Jacques*
7075.	Jean-Philippe Blondel	*Un si petit monde*
7076.	Caterina Bonvicini	*Les femmes de*
7077.	Olivier Bourdeaut	*Florida*
7078.	Anna Burns	*Milkman*
7079.	Fabrice Caro	*Broadway*
7080.	Cecil Scott Forester	*Le seigneur de la mer. Capitaine Hornblower*
7081.	Cecil Scott Forester	*Lord Hornblower. Capitaine Hornblower*
7082.	Camille Laurens	*Fille*
7083.	Étienne de Montety	*La grande épreuve*
7084.	Thomas Snégaroff	*Putzi. Le pianiste d'Hitler*
7085.	Gilbert Sinoué	*L'île du Couchant*
7086.	Federico García Lorca	*Aube d'été* et autres impressions et paysages
7087.	Franz Kafka	*Blumfeld, un célibataire plus très jeune* et autres textes
7088.	Georges Navel	*En faisant les foins* et autres travaux
7089.	Robert Louis Stevenson	*Voyage avec un âne dans les Cévennes*
7090.	H. G. Wells	*L'Homme invisible*
7091.	Simone de Beauvoir	*La longue marche*
7092.	Tahar Ben Jelloun	*Le miel et l'amertume*
7093.	Shane Haddad	*Toni tout court*
7094.	Jean Hatzfeld	*Là où tout se tait*
7095.	Nathalie Kuperman	*On était des poissons*
7096.	Hervé Le Tellier	*L'anomalie*
7097.	Pascal Quignard	*L'homme aux trois lettres*
7098.	Marie Sizun	*La maison de Bretagne*
7099.	Bruno de Stabenrath	*L'ami impossible. Une jeunesse avec Xavier Dupont de Ligonnès*
7100.	Pajtim Statovci	*La traversée*
7101.	Graham Swift	*Le grand jeu*

7102. Charles Dickens — *L'Ami commun*
7103. Pierric Bailly — *Le roman de Jim*
7104. François Bégaudeau — *Un enlèvement*
7105. Rachel Cusk — *Contour. Contour – Transit – Kudos*
7106. Éric Fottorino — *Marina A*
7107. Roy Jacobsen — *Les yeux du Rigel*
7108. Maria Pourchet — *Avancer*
7109. Sylvain Prudhomme — *Les orages*
7110. Ruta Sepetys — *Hôtel Castellana*
7111. Delphine de Vigan — *Les enfants sont rois*
7112. Ocean Vuong — *Un bref instant de splendeur*
7113. Huysmans — *À Rebours*
7114. Abigail Assor — *Aussi riche que le roi*
7115. Aurélien Bellanger — *Téléréalité*
7116. Emmanuel Carrère — *Yoga*
7117. Thierry Laget — *Proust, prix Goncourt. Une émeute littéraire*
7118. Marie NDiaye — *La vengeance m'appartient*
7119. Pierre Nora — *Jeunesse*
7120. Julie Otsuka — *Certaines n'avaient jamais vu la mer*
7121. Yasmina Reza — *Serge*
7122. Zadie Smith — *Grand Union*
7123. Chantal Thomas — *De sable et de neige*
7124. Pef — *Petit éloge de l'aéroplane*
7125. Grégoire Polet — *Petit éloge de la Belgique*
7126. Collectif — *Proust-Monde. Quand les écrivains étrangers lisent Proust*
7127. Victor Hugo — *Carnets d'amour à Juliette Drouet*
7128. Blaise Cendrars — *Trop c'est trop*
7129. Jonathan Coe — *Mr Wilder et moi*
7130. Jean-Paul Didierlaurent — *Malamute*
7131. Shilpi Somaya Gowda — *« La famille »*
7132. Elizabeth Jane Howard — *À rude épreuve. La saga des Cazalet II*

7133.	Hédi Kaddour	*La nuit des orateurs*
7134.	Jean-Marie Laclavetine	*La vie des morts*
7135.	Camille Laurens	*La trilogie des mots*
7136.	J.M.G. Le Clézio	*Le flot de la poésie continuera de couler*
7137.	Ryoko Sekiguchi	*961 heures à Beyrouth (et 321 plats qui les accompagnent)*
7138.	Patti Smith	*L'année du singe*
7139.	George R. Stewart	*La Terre demeure*
7140.	Mario Vargas Llosa	*L'appel de la tribu*
7141.	Louis Guilloux	*O.K., Joe !*
7142.	Virginia Woolf	*Flush*
7143.	Sénèque	*Tragédies complètes*
7144.	François Garde	*Roi par effraction*
7145.	Dominique Bona	*Divine Jacqueline*
7146.	Collectif	*SOS Méditerranée*
7147.	Régis Debray	*D'un siècle l'autre*
7148.	Erri De Luca	*Impossible*
7149.	Philippe Labro	*J'irais nager dans plus de rivières*
7150.	Mathieu Lindon	*Hervelino*
7151.	Amos Oz	*Les terres du chacal*
7152.	Philip Roth	*Les faits. Autobiographie d'un romancier*
7153.	Roberto Saviano	*Le contraire de la mort*
7154.	Kerwin Spire	*Monsieur Romain Gary. Consul général de France*
7155.	Graham Swift	*La dernière tournée*
7156.	Ferdinand von Schirach	*Sanction*
7157.	Sempé	*Garder le cap*
7158.	Rabindranath Tagore	*Par les nuées de Shrâvana* et autres poèmes
7159.	Urabe Kenkô et Kamo no Chômei	*Cahiers de l'ermitage*
7160.	David Foenkinos	*Numéro deux*
7161.	Geneviève Damas	*Bluebird*
7162.	Josephine Hart	*Dangereuse*
7163.	Lilia Hassaine	*Soleil amer*
7164.	Hervé Le Tellier	*Moi et François Mitterrand*
7165.	Ludmila Oulitskaïa	*Ce n'était que la peste*
7166.	Daniel Pennac	*Le cas Malaussène I Ils m'ont menti*

7167.	Giuseppe Santoliquido	*L'été sans retour*
7168.	Isabelle Sorente	*La femme et l'oiseau*
7169.	Jón Kalman Stefánsson	*Ton absence n'est que ténèbres*
7170.	Delphine de Vigan	*Jours sans faim*
7171.	Ralph Waldo Emerson	*La Nature*
7172.	Henry David Thoreau	*Sept jours sur le fleuve*
7173.	Honoré de Balzac	*Pierrette*
7174.	Karen Blixen	*Ehrengarde*
7175.	Paul Éluard	*L'amour la poésie*
7176.	Franz Kafka	*Lettre au père*
7177.	Jules Verne	*Le Rayon vert*
7178.	George Eliot	*Silas Marner. Le tisserand de Raveloe*
7179.	Gerbrand Bakker	*Parce que les fleurs sont blanches*
7180.	Christophe Boltanski	*Les vies de Jacob*
7181.	Benoît Duteurtre	*Ma vie extraordinaire*
7182.	Akwaeke Emezi	*Eau douce*
7183.	Kazuo Ishiguro	*Klara et le Soleil*
7184.	Nadeije Laneyrie-Dagen	*L'étoile brisée*
7185.	Karine Tuil	*La décision*
7186.	Bernhard Schlink	*Couleurs de l'adieu*
7187.	Gabrielle Filteau-Chiba	*Sauvagines*
7188.	Antoine Wauters	*Mahmoud ou la montée des eaux*
7189.	Guillaume Aubin	*L'arbre de colère*
7190.	Isabelle Aupy	*L'homme qui n'aimait plus les chats*
7191.	Jean-Baptiste Del Amo	*Le fils de l'homme*
7192.	Astrid Eliard	*Les bourgeoises*
7193.	Camille Goudeau	*Les chats éraflés*
7194.	Alexis Jenni	*La beauté dure toujours*
7195.	Edgar Morin	*Réveillons-nous !*
7196.	Marie Richeux	*Sages femmes*
7197.	Kawai Strong Washburn	*Au temps des requins et des sauveurs*
7198.	Christèle Wurmser	*Même les anges*
7199.	Alix de Saint-André	*57 rue de Babylone, Paris 7e*
7200.	Nathacha Appanah	*Rien ne t'appartient*

Tous les papiers utilisés pour les ouvrages des collections Folio sont certifiés et proviennent de forêts gérées durablement.

Composition Nord Compo
Impression Grafica Veneta
à Trebaseleghe, le 10 juillet 2023
Dépôt légal : juillet 2023

ISBN : 978-2-07-301704-8/Imprimé en Italie

559716